书房系列｜占领书房　　　明阿星 绘

DUKU

读库

2306

主编　张立宪

新 星 出 版 社　NEW STAR PRESS

DUKU
读库

特约编辑　杨　雪
装帧设计　艾　莉
图片编辑　黎　亮
助理美编　崔　玥

特约审校：吴晨光｜朱秀亮｜潘艳｜黄英｜马国兴｜刘亚

目录

万古愁

雷武铃

李白的"万古愁"，是存在与时间、存在与虚无的问题。

　　李白最为人熟知的形象，就是杜甫在《饮中八仙歌》所写的"李白斗酒诗百篇，长安市上酒家眠，天子呼来不上船，自称臣是酒中仙"，斗酒百篇，狂放不羁，喝起来不管天不管地不理皇帝。这一形象渗透在关于李白的民间故事和戏曲情节之中，即使不曾读过这首诗的中国人，也能从各种途径知道这么一个喝酒就写诗、写诗必喝酒、除了写诗就是喝酒的人物。

　　李白本人也写了大量的饮酒诗，其中最著名的应该是《将进酒》。读过中学的人都熟知这首诗，同时它还被谱成古琴曲，被编成摇滚乐曲传唱。这首千古名诗是其最重要的典范之作，充分展现了李白诗歌艺术最神奇的魅力和他最根本的思想。进入李白的诗歌世界的最好途径，可能就是这首常读常新的《将进酒》：

君不见，黄河之水天上来，奔流到海不复回。

君不见，高堂明镜悲白发，朝如青丝暮成雪。

人生得意须尽欢，莫使金樽空对月。

天生我材必有用，千金散尽还复来。

烹羊宰牛且为乐，会须一饮三百杯。

岑夫子，丹丘生，将进酒，杯莫停。

与君歌一曲，请君为我侧耳听。

钟鼓馔玉不足贵，但愿长醉不愿醒。

古来圣贤皆寂寞，惟有饮者留其名。

陈王昔时宴平乐，斗酒十千恣欢谑。

主人何为言少钱，径须沽取对君酌。

五花马，千金裘，呼儿将出换美酒，与尔同销万古愁。

一

首先来看这首诗的意思，它是如何一句一句、一层一层地发展起来，最后形成一个整体性的结构，强有力地表达出诗人想要表达的意义。

这首诗的题目《将进酒》的"将"（qiang，平声），"请"的意思，现在一些方言中仍把"请"读成（qiang，去声）。将进酒就是"请喝酒"，这是一首劝酒歌。喝酒是最常见的情景，聚餐助兴，独酌消愁，古今都这样。喝酒最能调动、触动人的情绪情感，是人兴奋度最高的时刻，当然也就最容易触发诗情。古代中国有很多饮酒诗、劝酒诗，讲喝酒的道理，为什么要喝酒、该喝酒，李白是其中最有名的，且属于写得最多的之列，"李白斗酒诗百篇"已深入人心。

来看看他这首劝酒歌，是怎么劝人喝酒的：

君不见，黄河之水天上来，奔流到海不复回。

君不见，高堂明镜悲白发，朝如青丝暮成雪。

人生得意须尽欢，莫使金樽空对月。

第一句有点儿突兀，上来就招呼，"君不见"，就是"你难道没看见吗？"，就是"请看，你看看吧，请注意"的意思。提请注意什么呢？"黄河之水天上来，奔流到海不复回"。这黄河从高入天空的青藏高原奔流而下，过黄土高原，东流入海，单向流动。这是实有景象，一种客观、准确的事实描述，一个众所周知的事实。我看到了，但提请我要特别注意它，是什么意思？跟喝酒有什么关系？这个意图没法确定。

接下来第二句，同样的提示，"君不见"，请注意，请看，"高堂明镜悲白发，朝如青丝暮成雪"，同样的句式，同样的语气。这一句意思很清楚，在一面大镜子前看着自己的白发形象，发现人的一生太短促，流逝得太快了，朝暮之间，就从年轻变成年老，黑发变成白发。明白这第二句的意思之后，前面关于黄河奔流那句也就明白了。并不只是让你看黄河奔流的样子，这事实也是一个比喻，同时在讲时间的流逝，一去不复返，有着生命流逝的悲伤。两个句式完全一样的诗句合起来，其实在讲一个意思。而它说这些又是为什么？看第三句，"人生得意须尽欢，莫使金樽空对月"，时光匆促，生命短暂，开心的时刻难得，快乐的时候，我们就尽情喝酒欢乐吧。

这下我们明白了，前两句"君不见"作为劝说喝酒的理由，落到第三句"金樽""尽欢"这一喝酒行为上，点题"将进酒"。三句诗构成一个完整的劝酒过程，如此一来，逻辑就很清晰，意思很完整了。

由此可见，诗歌中语言的意思并非单独词句完成，而是一句一句结构起来的，语句之间互相投射，这样形成和确定起完整的意思。我们首先注意到一个句子单独的意思，然后才明白它在整首诗歌中的意思。读完第二句，"高堂明镜悲白发，朝如青丝暮成雪"，这一句把时间压缩，效果强烈，有戏剧性，明白这是写时间流逝，时间迅捷，生命短暂的，而后才意识到，前面一句写黄河奔流不复回，写的也是时间一去不复返，生命流逝无可挽回。如果没有第二句，我们无法确定第一句除了事实本身的表述之外，还有什么意味。要读完第三句，才明白写第一、二句的理由和根据。因此，理解诗句，不仅要理解其单句，还需要在意群中，在整首诗的意义和逻辑关系中去更准确地理解，弄清每一个诗句的来龙去脉，逻辑根据。第一、二句和第三句之间，有一种跳跃，是句式和场景的跳跃，但第三句把前两句托住了，用一种一以贯之的逻辑把它们统一起来。

这三句诗的意思一旦理解，就会发现它很简单。它就是讲了为什么要喝酒，此处的道理就是生命短暂，必须抓紧时间喝酒享乐。这理由说穿了，也很简单。其实什么道理讲起来，都很简单，很单纯、明确，并不复杂，并且绝大多数道理早就有很多人讲过很多遍，属于老生常谈。这三句诗所表达的人生短暂、及时行乐、纵酒狂欢的人生道理和态度，很多诗人的诗中早就讲过很多了。为什么这些最朴素的道理、最基本的事实，会在诗歌中一讲再讲呢？因为每一代人、每一个人面对的最基本的人生问题都是一样的，尤其是这种无解的生命意义和人生态度问题。而这诗歌中的道理并非抽象的，而是浸透了人的强烈情感，人生体验。

诗歌不是让你理解、明白一种抽象的说理，而是要让这道理被读者直接体验到，让你目睹、置身其中，让你感受到。因此，诗歌要有一种感人的力量，一种激发感性印象与感知的力量。

这一切有赖于诗歌特别的语言艺术。诗歌的神秘力量来自语言的惊人效果，这种具体性、直接性、直觉性的语言给人造成的冲击力，远远胜过抽象的道理，更让人信服。也就是说，诗歌不仅仅是意思的表达，更重要的是表达意思的方式、效果。语言的表现力是诗歌作为一种语言艺术的核心所在，《将进酒》非同一般的艺术魅力，也源于李白特别的诗歌语言。

我们来看这些诗句包含的特别的艺术性。开始两句诗，表达的是"我们一次性的单向奔流的生命，太短暂了"这个意思，用了两个气势惊人、一泻而下的排比句。两句表达同样的意思，却用了这么繁复壮观、充满戏剧性的语句，强化出直接震撼人心的效果。

在这两个诗句中，"黄河之水天上来，奔流到海不复回"有一种空间上的阔大，把巨大空间中距离遥远的事物——黄河所来的天上的高原，和黄河所去的东方的大海——放在一个画面中，同时为我们所见。事实上，在任何一个现实的视点上，我们都不可能同时看到黄河从海拔四千多米的青藏高原奔流而下，经晋陕大峡谷，再东流入海这样的实景，不可能同时看到黄河的源头和尽头。李白当时可能站在黄河中下游一带，两者都看不见，因此这是一种想象，而他在想象中的所见如此准确。他想象了一种高空视角，把遥远空间、天海之间发生的事放在了我们眼前，呈现在我们的视觉之内，使黄河的奔流充满了强烈的戏剧性。

李白善用一种升入高空的视角，一览天地的全景视野，非常高远宏大。比如他写长江："登高壮观天地间，大江茫茫去不还；黄云万里动风色，白波九道流雪山。"他写黄河："西岳峥嵘何壮哉，黄河如丝天上来"；"黄河西来决昆仑，咆哮万里触龙门"。他写秋天："长风万里送秋雁。"这种囊括天地的大视野，是李白典型的艺术手法之一。这种神话式的大视野来自庄子和屈原的传统。

第二句，"高堂明镜悲白发，朝如青丝暮成雪"，谈的是时间。像前一句把空间放入一幅画面中一样，这里把时间的速度加快，一天之内朝如青丝暮成雪，一生压缩成一天，这使得人生的时间具有了强烈的戏剧性。当然可以视其为夸张，但这种冲击力正是诗歌艺术的效力。

这一句中，特别刺激阅读神经、特别冲击性的一个词，是"高堂明镜"中的"高堂"一词。这个"高堂"，纯是附属的装饰性的词，只是增加效果的词，不是必需的中心词，可以省略而不影响诗句的意思。中心词是"镜"，一般只写到镜子就可以了。我们读到的古诗词中的镜子，大多是在私密的卧室中，（主要是女性）梳妆时对着镜子看到自己的白发、自己孤单的美貌等，一般只写到照镜子的行为，不会特别指出镜子所在的地方。高堂明镜，这种用法极少见。是哪里的明镜？是高堂大屋里的大镜子，人站在巨大的镜子前效果完全不一样。虽然放在什么地方的镜子功能都一样，就是照见人的形象，是人的自我观看和发现，但高堂明镜这搭配，有了特别高旷的空间感和急促的节奏感，效果非常强烈。一旦去掉"高堂"这个词，这个句子的气势效果顿时就没了——恰成比照的是敦煌抄本《惜樽空》，正好就是"床头明镜悲白发"。这是典型的李白式诗歌语言的艺术特色之一，一些附属性的修饰性的词，如"高堂"这个环境场景性的词，用得非常好，气势性效果极为强烈。

这种语言艺术的感性的力量还体现在语气上。《将进酒》进入的方式非常直接，让我们直接感触到情感、意象、场景，把我们直接导入惊人的意境之中，借由语气、声音、充满气势的黄河之水，悲剧性的一日之间生白发，先让整个身心的感觉感知受到直接的冲击，然后，才一点一点明白它的意思，它所讲述的道理。

《将进酒》起句惊人，非常突兀，情绪高昂，劈空而来。第二句，连绵而至，语言紧张强烈，气势撼人。这两句描述了一种现象、事实，而这描述牵扯到强烈的情感情绪，蕴含着深沉的心理能量。构成这三行诗的，一是高声大呼的语气，二是气势磅礴的景象，三是两个排比句式，四是诗句意思的悬疑和连绵。"君不见"，是呼唤语，直接对你说话。在古诗中，这种直接诉诸读者注意力、和读者说话的，少有。这个句式最早在鲍照的《代拟行路难十八首》中出现，然后李白在诗中大量使用。

这首诗特别的语气还体现在后面，"岑夫子，丹丘生，将进酒，杯莫停。与君歌一曲，请君为我侧耳听。"诗人对劝酒的对象、为之一歌的对象直接说话。李白诗歌擅长用这种先声夺人的起句，不是逐渐展开、交代、进入，而是平地一声惊雷炸响。李白诗中起句惊人、调子高昂悲壮的例子很多，如"噫吁嚱，危乎高哉，蜀道之难难于上青天"，"弃我去者，昨日之日不可留；乱我心者，今日之日多烦忧"，如一阵大风，将读者席卷而去，以气势撼人，极具感染力。这种高歌激越，倾注了全部情感和力量，是震撼人心的，而不是浅唱低吟、轻柔婉转，不是轻松愉悦的情调的满足。

前两句写了生命短暂、时光急迫，这是非常惊人的事实，也是非常强势的道理，那么高昂的调子里趁势而下，顺理成章得出要赶紧抓住时间、纵情生活、让有限的生命尽情绽放享受的人生态度："人生得意须尽欢"。人生本来短暂，而得意之时在人生中更是稀少难得，所以要抓住，"须尽欢"，必须穷尽生命的快乐。怎么尽欢？态度确定之后如何具体行动？那就是喝酒，尽情地喝。"莫使金樽空对月"，樽是酒杯，金樽，黄金打制的很贵重的酒杯；空对月，在月光下空着酒杯；月光下指美好时光，也就是前一句所说的人生得意之时；得意在这里不是"得志便猖狂"那种得志，而是月光下春风里，朋友相聚，这样自由适意的美好时光，开心快乐的时刻。

第一轮劝酒完成。接下去是：

> 天生我材必有用，千金散尽还复来。
> 烹羊宰牛且为乐，会须一饮三百杯。

"天生我材必有用，千金散尽还复来"，是新一层意思，同样有些突兀。怎么一下子说到自己？其实这句的重点是钱的问题，要解决喝酒享受所需的钱的问题。前面所写，都是议论和思考：人生短促，抓紧时间尽情喝酒享受吧。但这只是得出了理论，还没实际去喝，到"烹羊宰牛且为乐，会须一饮三百杯"，才真的进入吃肉喝酒的行动。最平顺自然的逻辑是："烹羊宰牛且为乐，会须一饮三百杯。天生我材必有用，千金散尽还复来"，先顺承前句的喝酒论，具体喝起来，然后再解决喝酒要担心的钱的问题。可李白这里是先解决喝酒的钱的问题，然后再投入具体的喝酒，逻辑上有跳跃，但关于钱的考虑被夹在热气腾腾的喝酒的两句之间，效果非常好。

还有一点，这诗氛围热烈，这个跳跃也完全可以消纳，并且更增添了这种热烈氛围：诗人似乎口不择言，率性而出。更特别的一点是，就整首诗的逻辑来说，这一联的重点是钱，"千金散尽还复来"；但就这两句诗本身来说，重点却在"我"，"我"的自信，"天生我材必有用"。这个意外效果，更增添了一种因这种自信而来的热烈，因为什么都不如充满自信，对自己未来充满信心更能助长人的快乐，让人全身心地投入欢乐，发自内心地感到快乐。前面五个联句对句的逻辑如下：人生事实和道理（第一、二对句"君不见，黄河之水天上来，奔流到海不复回"，"君不见，高堂明镜悲白发，朝如青丝暮成雪"），人生态度（第三对句，"人生得意须尽欢，莫使金樽空对月"），解决行动顾虑（第四对句，"天生我材必有用，千金散尽还复来"），和人生行动（第五对句，"烹羊宰牛且为乐，会须一饮三百杯"）。

　　岑夫子，丹丘生，将进酒，杯莫停。
　　与君歌一曲，请君为我侧耳听。

　　这是一个插入句，用的散句，像歌中的道白一样，中断了前面的诗语之流，起到转调的作用。因为前面太高昂，太激烈，这里就放低下来，和缓一下，调节一下，作为两个高潮之间的停歇、过渡。从"黄河之水天上来"开始，一直在最高音萦绕，标志是前面五个联句，十个单句，每一句都是非常响亮的警言、名句，一直处于高峰之上，句子之间密不透风，每个句子都情感饱满、情绪紧张。诗当然不能一直停留在高音区，就像音乐一样，需要起伏，读者的情绪也一样，不能一直处于紧张状态，因此，这里出现了调节。

　　首先是节奏变了，变成连续的三言、五言、七言，杂言的散文节奏，语气上很亲切，直呼一起喝酒的朋友的名字，"岑夫子，丹丘生"，内容是很具体，很生活化的，"将进酒，杯莫停"。接着劝酒，助兴，喝起来了，我给你们唱首歌吧，你们听听。这非常生动平易，现场感十足，此处出现了歌本身，"与君歌一曲"，很自然地转入下一段，"请君为我侧耳听"：

钟鼓馔玉不足贵，但愿长醉不愿醒。

　　古来圣贤皆寂寞，惟有饮者留其名。

　　陈王昔时宴平乐，斗酒十千恣欢谑。

　　这是所唱之歌，也是第二轮劝酒，是对喝酒人生的正当性和正确性的直接论断和宣示，是对现世价值和历史价值的批判、挑战，声调断然肯定，激越高亢。第一轮劝酒的理由是人生苦短（曹操《短歌行》发端的主题），其中留下一道逻辑缝隙，因为人生苦短还不是喝酒的充分理由，人们也可以说，正因为人生苦短，所以更要积极作为，早点成名，获得富贵（"人生寄一世，奄忽若飙尘。何不策高足，先据要路津"）。这一轮劝酒的理由告诉我们，其他选择没意义，世间权势富贵（钟鼓馔玉，钟鸣鼎食）不值得看重，无法让人欢乐满足，而道德高洁的古圣先贤穷苦单调，寂寞无名，都不如喝酒沉醉的人生更有价值，不如喝酒的人生精彩热烈且能留名后世。然后举出一个留名的饮者：曹植。曹植是王子，才华横溢的诗人，过着钟鸣鼎食的富贵生活。

　　李白在这里称赞的，不是曹植的诗，而是他在洛阳平乐观大摆酒宴，喝着珍贵名酒纵情欢乐这一行为。这是曹植自己在一首纵情游猎欢宴的诗《名都篇》中写过的："归来宴平乐，美酒斗十千。"李白直接引用了曹植的诗句，只是改为第三人称的叙述句式，"陈王昔时宴平乐，斗酒十千恣欢谑"，这是"与君歌一曲"的"歌"的内容。喝酒不仅仅是前面所言的"人生得意须尽欢"，还上升到人生观、价值观和世界观的高度，一种绝对的高度。这是李白不同于一般酒徒的地方，他要使喝酒成为"政治正确"。这完全是颠覆性的，"古来圣贤皆寂寞，惟有饮者留其名"，对圣贤和历史的价值进行了颠覆。

李白喝酒，似乎从来不只是喝酒，还在喝价值观与人生观，但都不如这次有颠覆性。他在《月下独酌·其四》中说，"当代不乐饮，虚名安用哉"，在《行路难·其三》最后一句说，"且乐生前一杯酒，何须身后千载名"，只取生前喝酒的快乐，把身后千载名还是留给了活着寂寞的圣贤。这诗句来自他多次在诗中称赞的晋朝的张翰。

《晋书·张翰传》："翰任心自适，不求当世。或谓之曰：'卿乃可纵适一时，独不为身后名邪？'答曰：'使我有身后名，不如即时一杯酒。'时人贵其旷达。"喝酒一时痛快，不考虑身后留名？张翰选择眼前的快乐，以丧失身后名为代价而不在乎。到李白这首《将进酒》，说那些不喝酒的圣贤什么都得不到，不仅没有当世快乐，后世也籍籍无名。喝酒的人，既享受当下的快乐，还将在后世被人传颂。这必须得喝了。

主人何为言少钱，径须沽取对君酌。

五花马，千金裘，呼儿将出换美酒，与尔同销万古愁。

这里从唱歌中跳了出来，进入喝酒的现实中。或者说，他的高歌，被钱的问题（现实问题）打断了。此处读者面临一个理解上的迟疑："主人"指的是什么人？唐诗中，主人一般指地主、家主、东道主，但这里如果是请客招待的家主人，怎么会对客人说钱不够了，让被请的客人拿贵重物品再去换酒？因此，我们设想这场酒是在酒店里喝的，不是在家里。设想就是黄河边的酒馆，李白请客，三个人一边看着黄河奔流一边喝酒，李白直接以眼前的黄河起兴，唱了这首劝酒歌。"主人何为言少钱"，这句谈钱，既顺承前面"陈王昔时宴平乐，斗酒十千恣欢谑"，接续得很紧，又照应"千金散尽还复来"。这里跳出前面的歌，进入现实中，有种喜剧性的幽默感：正沉醉在兴头上，喝着酒对着朋友唱着歌、谈着历史价值人生观的李白，被打断了，要钱的人来了，店主催账这个现实问题来了。第一次劝酒提到的"千金散尽还复来"主题又出现了。

前面凭"天生我材必有用"的信念来应对，这次要实际支付了，但李白不搭理他，不在乎钱，直接对朋友说，这店主说钱干吗？咱们只管拿来喝就是了，没问题，"五花马，千金裘，呼儿将出换美酒"。呼儿，就是呼，儿是口语的语气助词，有人将它理解为儿子、儿女，在这种情境下就讲不太通了。这种酒兴之上钱不够，拿宝剑、骏马抵酒资的行为通常发生在酒店。浪漫主义诗人李白纵情喝酒，始终面临现实问题：钱。这是矛盾，但他不回避，且每次都能克服，充满信心。讽刺性的现实被崇高的激情克服，这才是真正的浪漫主义者，敢于付出一切。"径须沽取"，不惜一切，拼尽所有，只求有酒。为什么敢于付出一切？除了"千金散尽还复来"，还因为要解决的是人生最大的问题，远远超出钱财这身外之物："与尔同销万古愁"。

本来为"尽欢"而喝酒，最后成了为"消愁"而喝，并且不是一般的愁，而是"万古愁"。诗在结束时来了一个大转折。

最后一句，取消了前面所宣扬的行乐，可谓否定之否定。什么是"万古愁"？就是贯穿古今、无从破除的绝望。万古，指与天地同长久。这种和人的生命与生俱来的、无法消解的整个人类共有的最根本的痛苦，当然是时间，是短暂的生命本身蕴含的有限性（死亡），与无限的存在欲望之间无解的冲突和痛苦，是面对无限时空的人体认到自身渺小短暂的存在之痛苦，是人类存在终将面临死亡这个最大的敌人，不能自由如愿的欲望挣扎。这是"天生我材必有用，千金散尽还复来"之类的尘世自信都无法填充的生命本身的虚无。"人生长恨水长东"，不仅是个人怀才不遇的问题，它超出了个人的遭际得失，是所有人都面对的必然命运。在曹操的诗、曹植、阮籍的饮酒诗里也一样，人的永生意愿和生命短暂之间的冲突，这与人的生命一直相伴的永恒的悲剧，就是我们的万古愁。

中国的饮酒诗传统始于《诗经》的雅颂传统。《诗经·小雅·鹿鸣》："呦呦鹿鸣，食野之苹。我有嘉宾，鼓瑟吹笙"；"我有旨酒，以燕乐嘉宾之心"，一种亲友相聚宴享的欢乐友爱，符合儒家其乐融融的伦理理想。这些诗句经常被后世引用，曹操的《短歌行》就引用了前四句，写的也是"宴享嘉宾"的情景，但曹操引入了个人存在的危机感叹："对酒当歌，人生几何。譬如朝露，去日苦多。"高朋满座的欢宴之上，欢乐的众声合曲之中，透出个人独唱声音中痛苦的音调。

李白这首劝酒诗，完全是个人之歌，和曹操的《短歌行》同样浸透了生命的欢乐和痛苦。在这首诗里，李白虽然看似很放松，纵情高歌，高昂激烈，但他劝喝酒既发自欢乐，又出于忧愁，喝酒是与欢乐相伴的悲愁，与悲愁相伴的快乐。

从曹操开始，酒就和忧愁联系在一起，"何以解忧，唯有杜康"。曹植的《箜篌引》也将饮酒与时光迅捷、生命短暂联系在一起，在快乐和忧愁间转换。在李白这里，起于尽欢的饮酒，最后落到了解愁，并且是"万古愁"。万古愁是无法破解的悲伤绝望，是时光流逝，生命短促，生命的意义无所寄托、无所存留，生命没有永恒长存的价值。生命的痛苦无法解决，只能逃避、遗忘，沉醉在酒的兴奋中，而这种暂时的解脱也令人感到痛苦。

这首诗的起与结，情绪都非常强烈，悲伤劈天盖地而来，中间尽欢高歌而饮，又在弥天痛苦中而终。

但李白反抗宿命的悲剧性的英雄豪气终属人间。

二

诗是一种有关强度、深度、高度的艺术，是以程度来衡量的艺术，它依赖一种由语言修辞、情感个性与精神气质构成的独特的风格的力量。一首诗中的主题，甚至经验，都是和很多诗共有的，每首诗都有很多与其同类的诗，差别只在于这些诗之间的强度和深度，尤其是强度（intense）。表达得最深切、强烈的诗，就是最好的诗。李白这首诗是人对时间流逝、对生命注定消亡的命运的反抗，我们可以通过比较，来体会《将进酒》之所以好，就在于它的紧张、强烈。

宋代郭茂倩《乐府诗集》把《将进酒》编在鼓吹曲中的汉铙歌之目下，此目还收有李贺的同题诗一首：

> 琉璃钟，琥珀浓，小槽酒滴真珠红。
> 烹龙炮凤玉脂泣，罗帏绣幕围香风。
> 吹龙笛，击鼍鼓；皓齿歌，细腰舞。
> 况是青春日将暮，桃花乱落如红雨。
> 劝君终日酩酊醉，酒不到刘伶坟上土。

李贺这首诗写了喝酒的盛大排场，酒具奢华（琉璃钟，钟是盛酒的酒杯），酒很名贵（琥珀浓，珍珠红），酒菜珍稀（煎炒烧烤的龙凤之肉），喝酒环境豪华（罗帏绣幕，绣着花的绫罗绸缎围成的地方），助兴乐队精彩（用龙骨做的笛子，用鼍皮，鳄鱼皮做的鼓，年轻女子的歌舞）。时间是春日将暮，桃花纷落的时候。意思是，这么好的酒，这么好的氛围场合，这么好的时光，你赶紧喝吧（劝君），喝他个昏天黑地（终日酩酊醉）。刘伶是魏晋名士"竹林七贤"之一，随时准备醉死，让人扛着铁锹跟在他后面，醉死在哪儿，就在哪儿把自己埋了。但酒没让刘伶死，是时间让刘伶死了。因此，你就抓紧时间尽情喝吧。

这首诗的写作手法，是用贵重珍稀之物品（酒，酒具，酒菜，乐器，歌舞）来夸饰排场，靠一些熠熠闪光的华丽词语（琉璃，琥珀，珍珠，龙凤玉脂，罗帏绣幕，皓齿细腰，桃花落红）来渲染氛围，但缺乏激烈充沛的内心力量的驱动，这些物品、场景、词语只是被堆砌在一起，没有强烈的情感感染力，整首诗像一篇应景的命题作文一样机械。李白也爱使用华丽词语描述珍稀贵重的物品，"金樽美酒斗十千，玉盘珍馐值万钱。停杯投箸不能食，拔剑四顾心茫然"，但在李白这里，珍贵的美酒佳肴，还映衬出更激烈的情感，更复杂的心绪。

类似的劝酒诗很多，举白居易的一首《劝酒寄元九》：

薤叶有朝露，槿枝无宿花。
君今亦如此，促促生有涯。
既不逐禅僧，林下学楞伽。
又不随道士，山中炼丹砂。

百年夜分半，一岁春无多。

何不饮美酒，胡然自悲嗟。

俗号销愁药，神速无以加。

一杯驱世虑，两杯反天和。

三杯即酩酊，或笑任狂歌。

陶陶复兀兀，吾孰知其他。

况在名利途，平生有风波。

深心藏陷阱，巧言织网罗。

举目非不见，不醉欲如何。

　　白居易也爱喝酒，元稹是他最好的诗人朋友，这是给元稹写的一首劝酒诗。道理都一样，生命短暂（如同太阳一出就消失的早晨薤叶上的露水、只开一天晚上就落的木槿花），你的生命也这样短暂。你不学和尚读经（学《楞伽经》），也不学道士炼长生不死药丹（炼丹砂），白天很短，春天很短，一生的好日子很短，为什么不喝美酒，而总是悲叹？然后讲喝酒的好处：消愁快乐，得到解脱自由。同时处于官场中，那么凶险（有风波，藏陷阱，织网罗），每天睁开眼就看见这一切，不喝酒沉醉，日子怎么过？所以要喝酒。这些话就像平时的闲扯，毫无起伏，整首诗很平淡，讲了些道理摆了些事实，没什么太强的感染力和说服力。

　　但诗歌不仅是传递意思，而且要具有强烈的感觉和感性的力量。

和这些诗一比，李白《将进酒》的非同凡响就彰显出来了。

李贺和白居易无疑是经典的优秀诗人，上述两首诗虽然非常一般，但也都体现出他们各自的诗歌风格。而李白就像他自称的大鹏一样，超出"凡鸟"很多。李白诗卓尔不凡之处（杜甫所言："白也诗无敌，飘然思不群。"），就在于其情感和语言的强度，这种高强度的生命和语言闪耀光芒，如烟花般爆发出璀璨。李白在《上安州裴长史书》中说自己写那封信是"剖心析胆""一快愤懑"。这是李白诗歌的典型风格，就是把自己的热情、赤诚、心肝都捧出来。这生命热情本身就是一种天赋。李白诗中的激越高扬，有一种强悍的生命力的不屈和反抗。

有时候诗不在于内容如何悲观，而在于面对这悲观和绝望处境时，人的心性和气度。《将进酒》本质上很绝望，已经认定生命无意义，不可挽回，但他仍然激发出更大的生命热情。和李商隐的隐忍、委屈、哀叹不同，李白用行动对抗、奋争，哪怕只是喝酒。和李煜的完全放弃，只是沉湎于无力的哀叹、怀想也不一样，李白这首诗一开始就是与时间、与生命的流逝对抗，中间涉及历史和现实，但情绪保持自信而豪迈，最后又落到无限的悲愁。然而即使内容消极，诗人的精神态度却能振奋人心。这有点类似加缪所言的"荒谬英雄"，无论如何无意义，仍要让生命尽情燃烧。这种英雄之气让人激动。李白诗歌的魅力正在于此。

高亢激烈，气势撼人，壮怀激烈，慷慨悲歌，震铄古今。古代描写过这种歌的风格，《列子·汤问》讲了这样一个故事：薛谭跟着秦青学唱歌，认为学会了，要求离开。秦青到城外的路边为他饯别，唱了首送别的歌，唱的时候秦青"抚节悲歌，声振林木，响遏行云"。薛谭听了非常感动，要求再跟他学，再也没提过要离开。秦青的歌我们无从听到，但那传说中"响遏行云"的高亢悲歌，在李白这首《将进酒》中真实地看到了。诗歌的音调穿透我们，把我们带到激情的高空，让我们像行云一样，在散漫漂浮的人生中惊讶地停下来。等这歌声落下好一阵子之后，我们才能从这激情中脱身，重新恢复散漫的常态。

三

《将进酒》中高亢激越的音调，慷慨悲歌的音色，是李白诗歌最显著的艺术风格特征之一。

每个诗人都有自己的音色音调，声音特质。《吹剑录》以此来区分柳永和苏轼的词，说柳永的词适合"十七八女孩儿，执红牙拍板，唱'杨柳岸晓风残月'。学士词，须关西大汉，执铁板，唱'大江东去'"。李白的诗可谓中国古典诗歌的最高音（屈原与他同列）。中国古典诗歌属于抒情诗传统，抒情的方式可谓众多，《二十四诗品》是风格的辨析，也是抒情方式的列举。李白风格众多的诗中，最具个人特色的就是这类高亢激越、慷慨悲歌风格的诗，这和他"剖心析胆"的气质、"一快愤懑"的抒情方式有关。这类诗不含蓄蕴藉，不委婉曲折，而是直抒胸臆，写得酣畅淋漓，是痛快的宣泄。

为能更清楚地感受李白诗歌这种特别的风格力量，我们来读一下这首也写到喝酒的诗《宣州谢朓楼饯别校书叔云》：

> 弃我去者，昨日之日不可留；
> 乱我心者，今日之日多烦忧。
> 长风万里送秋雁，对此可以酣高楼。
> 蓬莱文章建安骨，中间小谢又清发。
> 俱怀逸兴壮思飞，欲上青天揽明月。
> 抽刀断水水更流，举杯消愁愁更愁。
> 人生在世不称意，明朝散发弄扁舟。

这首诗给人印象最强烈的就是第一句，一声最高音的呼喊："弃我去者，昨日之日不可留；乱我心者，今日之日多烦忧。"晴天霹雳一般的开端，没有任何预先准备，一上来就是情绪大爆发，一声最强烈、最尖锐的冲破界限的内心呼喊。它们的意思非常直接，说的就是我在时间之中的存在：那无法挽留的过去的日子，抛弃我而去；让我无限烦恼的眼前时光，扰乱我心境。

这两句的句式非常独特，首先，它们突破了正常诗歌语言的节奏的界限，一个四言"弃我去者"，带一个七言"昨日之日不可留"，连绵十一言的散文句式；两个对称的散文句式，构成二十二言的连绵宣泄。这是内心极度的痛苦，情感和情绪的压力太大，山洪暴发，不如此无法宣泄。这种连绵的宣泄撑破语言形式，使其破格而自由发展，这在李白诗中多有体现。

其次，它们将时间主语"昨日之日"（过去时光）命名为"弃我去者"；同样，把"今日之日"称为"乱我心者"；将这两个描述性命名（弃我去者，乱我心者）放在最前面，加以强调，接下来才是时间主语（昨日之日，今日之日）出现，组合成为最强烈的感叹句。人在时间中的存在，生命普遍的焦虑与不安被如此直接、清晰、准确地呼喊出来，自然能引起读者普遍共鸣，在他们的自我意识中回荡，因而成为名句。

这首诗几乎全诗都是名句，它最大的特点就是名句多，每一句都很激烈，很高昂，很响亮，意思都很独立，都是最高音，都将其意思写到了极致。最激烈、给人印象最深的，当然是三个纯粹的抒情句："弃我去者，昨日之日不可留；乱我心者，今日之日多烦忧"，"抽刀断水水更流，举杯消愁愁更愁"，"人生在世不称意，明朝散发弄扁舟"。这是三个颓废色彩浓郁的句子，消极得这么激烈，颓废得如此高兮，这正是李白诗歌的特色。

　　"抽刀断水水更流，举杯消愁愁更愁"，就跟民间谚语一样，用最简单常见的现象做比喻，说明最普遍的道理，这痛苦像河水一样源源而来奔流不息无法断绝。把河水作为绵延不绝的事物和情感的比喻，孔子用过"子在川上曰，逝者如斯夫"，小谢用过"大江流日夜，客心悲未央"，李煜用过"问君能有几多愁，恰似一江春水向东流"，李白自己也用过"思君若汶水，浩荡寄南征"（《沙丘城下寄杜甫》），"请君试问东流水，别意与之谁短长"（《金陵酒肆留别》），"思归若汾水，无日不悠悠"（《太原早秋》）。想挥刀砍断流水，是一件幼稚可笑根本不可能的事，喝酒消愁也是这样。这是李白饮酒诗最沉痛的一句，在其他的诗中有如灵丹妙药的治疗虚无与痛苦的酒，在这里失效，反而加深了这一痛苦。"人生在世不称意，明朝散发弄扁舟"，也成了标准性的退隐誓愿。在追求功名的道路上不如意，明天就披散头发（不再束发戴冠）放浪江湖，自由生活。其他三个句子："长风万里送秋雁，对此可以酣高楼"，"俱怀逸兴壮思飞，欲上青天揽明月"这两句描述，和"蓬莱文章建安骨，中间小谢又清发"这一句议论，也全都被广泛引用而成为名句。

　　从题目《宣州谢朓楼饯别校书叔云》和诗中的两句"对此可以酣高楼""举杯消愁愁更愁"中可看出，这是一首饮酒诗。饯别，就是送别，这是一场送别酒，送的是李白称其为叔叔的李云，其官职为校书郎。酣高楼，是指在高楼上畅饮、痛饮，照应题目中饯别酒的地点宣州谢朓楼。谢朓是南齐诗人，曾担任过两年宣城太守，其间在城北山上建了一座楼，唐朝时为纪念他，又重建了这座楼，人们称之为北楼或谢朓楼，是当地名胜，李白还写过《秋登宣城谢朓北楼》。

这首诗的第二个特别之处是，它的前后诗句之间有很多地方显得生硬，突兀，跳跃，断裂，并未有一种语义逻辑将所有这些诗句连贯成一个自然有机的整体，个别诗句太突出，太独立，而影响到整首诗的组织发展和结构。"弃我去者，昨日之日不可留；乱我心者，今日之日多烦忧。长风万里送秋雁，对此可以酣高楼"，这两句的连贯性很好理解，在一开始普遍性的感叹句之后，接一个具体的描述性句子。第二句照应题目，交代事情发生的具体时空，是秋风浩荡，大雁在空中长距离迁徙，天气渐冷，但天高气爽，在谢朓楼上纵酒、送别，充满豪情。把前面的感叹和后面的描述自然连接成为一体的，还有这些诗句的韵脚：留，忧，楼。

但接下来，"蓬莱文章建安骨，中间小谢又清发"这个句子，看不出和前面的诗句有什么联系。只是因为题目中的"谢朓楼饯别"，可以理解这是从文学史的角度来称赞与大谢谢灵运对称的小谢谢朓的成就，把他和汉代文章、建安诗歌并列称为"清发"，清新，生动。同样"俱怀逸兴壮思飞，欲上青天揽明月"，俱怀，都怀抱着，"俱"说明此次饯别是一群人喝酒，至少是俩人。所有喝酒的人都逸兴遄飞，自信得起飞，觉得啥事都不在话下，到天上摘月亮都没问题。欲上青天揽月，是典型的李白式奇想。这句也看不出和前面的诗句有何联系，但从题目中可以理解，这是参加饯别的人的兴致和情趣。接下来，"抽刀断水水更流，举杯消愁愁更愁"，这是彻底低落，无解无救状态。这句和前面一句"俱怀逸兴壮思飞，欲上青天揽明月"，完全从一个极端到另一个极端，诗句之间断裂感很强。这些诗句非常独立，一句一转，一句一跳，根本不知道下一句跳向哪里。它们各自和题目发生关系，从题目中得到理解，而它们彼此之间没有关系，直到全诗结束。当然，最后两个对句，在音韵上又回到了开始两个对句的韵脚：流，愁，舟。

这些彼此并不连贯而只是共同指向同一个题目的诗句，有如被一种外在暴力强行并置在一起，那么它们如何在整体上被视为一首完整的诗，而不是一堆凌乱的话语？原因就在于李白诗歌风格的力量，其火热的激情、高亢激越的情绪，裹挟着诗歌中的一切。激情爆发状态下的诗句有些语无伦次，超出理性关联，这些彼此之间处于无理状态的诗句，只顾叫喊的情绪性语句，能超越理性上的理解障碍，而产生情感上的共鸣。这些诗句就像口号一样，都出自心底，每一个都那么强烈。它们从前一句发展到后一句的逻辑关联被取消了，这种饱含激情的语言修辞让人越过了意思跳跃的障碍，因为情绪上、音调上同等的强烈，而把它们听成一曲响彻天地的歌声，即使有些歌词听不清，仍不减低其摇荡心魄的摄人魅力。

这首诗，从第一句就是最高音，并且始终保持在最高音处，没有衰竭、低回。正是这种激情，驾驭着一个个句子，诗中还有好些解释不清的地方，但那些意义上的断裂、跳跃、颠簸，完全被激情的音乐所填平、带走。这是李白诗歌独特的风格力量。一种毫无保留的激情，一种有着强烈的感染力的修辞方式，一种激昂高亢的音调，共同构成的一种风格力量。

在此对李白诗歌的风格可作一简单概括：李白诗歌的风格多样，包括清新自然，潇洒飘逸之作，而《将进酒》《宣州谢朓楼饯别校书叔云》这种高亢激越的风格最为独特。这种风格声调高昂，由激情主导、语言自由不受规则限制，节奏灵活多变，速度在急促与舒缓之间转换。这种风格的诗还有像《蜀道难》《行路难》《梁甫吟》《答王十二寒夜独酌有怀》《梁园歌》《襄阳歌》这些长篇大作，它们都是感叹和抒愤之作，这些高声疾呼，有如洪钟大吕，具有特别的震撼性力量，在语言、思想和情感上都具有很强的冲击力。

四

在《将进酒》中，李白诗歌的这种音调高昂激越的艺术风格，是和"万古愁"主题紧密结合在一起的。正是这种艺术风格，非常强烈有效地表现出了这种思想和情感主题。因此，我们有必要来关注一下它。

"万古愁"，首先是一种时间意识、生命意识。对于人来说，时间在根本上是死亡这一绝对事实所唤醒和决定的。时间概念是对人成长、衰老、死亡的生命过程的意识与命名。人们可以否定时间的变化、流逝、计时的刻度，但无法否定自己的衰老和死亡。时间意识是世界的变化，它在自然中是以昼夜变化、太阳的升落、季节的轮回这种循环往复进行的。人可以否定外部的变化，但无法否定自己生命的死亡。

人是在时间中存在的，时间是对生命的度量。生命是发生在时间中的事件，是一件时间性事件：它出生，成长，衰老，死亡，然后，它变成一个认识存在的意义问题、虚无问题，人的自我存在的意志与无情的命定死亡之间的冲突和悲剧问题。这是思想的最原初的动力，最迫切需要回答的问题。人之存在的终极问题，即生之本能和生命意志与自然规则之间的冲突、矛盾。而思想的努力，就是调和这种矛盾，安抚人类心灵的焦虑不安，用思想来解决这一矛盾。性命之说，安身立命之说。相信奇迹、永恒、本质，来克服肉体生命消亡而来的空虚空无，不仅是心理上的，是本能与直觉，还是认识上的。还有一种，怎么都安慰不了，什么本质的超越性都安抚不了，就是执著于自己的生命，无法摆脱生老病死这些痛苦。这是存在主义者的执著。

"万古愁"，是李白饮酒诗的核心主题，贯穿在他很多重要的饮酒诗中。如这首《襄阳歌》：

> 落日欲没岘山西，倒著接䍦花下迷。
>
> 襄阳小儿齐拍手，拦街争唱《白铜鞮》。
>
> 旁人借问笑何事，笑杀山公醉似泥。
>
> 鸬鹚杓，鹦鹉杯。
>
> 百年三万六千日，一日须倾三百杯。
>
> 遥看汉水鸭头绿，恰似葡萄初酦醅。
>
> 此江若变作春酒，垒曲便筑糟丘台。
>
> 千金骏马换小妾，醉坐雕鞍歌《落梅》。
>
> 车旁侧挂一壶酒，凤笙龙管行相催。
>
> 咸阳市中叹黄犬，何如月下倾金罍？
>
> 君不见晋朝羊公一片石，龟头剥落生莓苔。
>
> 泪亦不能为之堕，心亦不能为之哀。
>
> 清风朗月不用一钱买，玉山自倒非人推。
>
> 舒州杓，力士铛，李白与尔同死生。
>
> 襄王云雨今安在？江水东流猿夜声。

襄阳歌，这是一首以地方命名的歌，内容与当地的自然风物、社会生活和历史文化紧密相关，因此在读这首诗之前有必要了解一下襄阳的历史、地理情况。

襄阳，现在因为处于政治经济中心地带之外，远离交通主道，显得偏僻，不太为一般人所知，但在历史上它靠近政治中心，位于最繁忙的南北交通要道，有着赫赫声名。襄阳处于湖北、陕西、河南的交界地带，位于长江重要支流汉水的中游，是汉水边的一座重要城市。南北流向的汉水在中国历史上有过非常重要的意义，和长江、黄河、淮河并称江淮河汉，共同构成中国历史的核心文明地带。汉水发源于秦岭南麓，由西北向东南流入长江，沟通南北航运。在中国历史以西安、洛阳为政治文化中心的时代，襄阳是关中、河洛地区通往南方的最重要的交通要道。从长安去南方，翻过秦岭，就可以坐船沿汉水直达长江，再转往长江流域各地。身在成都的杜甫在《闻官军收河南河北》中畅想"白日放歌须纵酒，青春作伴好还乡"的回家路线，"即从巴峡穿巫峡，便下襄阳向洛阳"，从成都回洛阳，先是顺长江而下，然后转汉水到襄阳，最后再到洛阳。在南北分裂的历史时期，这里是非常重要的战略要地，是南北对抗的前线：战国时期的秦楚对战的前线，三国时期的魏、晋与吴、蜀对战的前线，南北朝时期南朝和北朝对战的前线，南宋和蒙元对战的前线。

历史的丰富，意味着有很多著名人物和精彩故事。在唐前的襄阳历史，有过三个很有魅力的人物，羊祜、杜预、山简，他们都是西晋时期人，先后担任襄阳的最高军政长官，同时也都是名士，各自在襄阳留下过名胜和故事。

羊祜是个很有情怀的人，《晋书》记载："祜乐山水，每风景，必造岘山，置酒言咏，终日不倦。尝慨然叹息，顾谓从事中郎邹湛等曰：'自有宇宙，便有此山。由来贤达胜士，登此远望，如我与卿者多矣！皆湮灭无闻，使人悲伤。如百岁后有知，魂魄犹应登此也。'"一个对时间流逝极为敏感、生命意识非常强烈的人，深知历史长河中人之存在的短暂和微弱。同时他还是个完美的官员，在战乱频发的年代，西晋和东吴激烈对抗的前线地区，实施仁政，竟能让百姓安居乐业，过着和平富足的生活，因此深受百姓热爱。他死后，百姓在其游玩的岘山立碑纪念，每到碑前，想起他的仁政，人们都会落泪，由他推荐的继任者杜预，称之为"堕泪碑"。

杜预也非常著名。首先，他在羊祜的基础上治理好襄阳，积蓄攻打东吴的力量，最终灭了东吴；其次，他喜爱《春秋左传》，做了注，对后世影响很大；再次，唐代著名诗人杜甫是他的十三代孙，杜牧也是他的后裔。

而山简，是竹林七贤中的山涛之子，也是名士。他在襄阳任上时，正逢西晋历时十六年的八王之乱，局势混乱，因造反的流民攻打襄阳，他被迫迁到夏口（汉水和长江的汇合处）。他留下的是喝酒的故事，民间儿歌："山公时一醉，径造高阳池。日暮倒载归，酩酊无所知。复能乘骏马，倒著白接篱。举手问葛强，何如并州儿？"高阳池是襄阳本地一个地名；接篱是一种帽子；葛强是他的部将，并州人。

李白二十六岁出四川，到江南游玩之后，便在湖北安陆隐居结婚（入赘），酒隐十年。安陆在襄阳东南三四百里，对一生好入名山游的李白来说，到襄阳游玩是太正常了。他要去政治中心地带的关中、河洛，也会顺道经过襄阳。他写过不少襄阳的诗。

了解这一切之后，我们可以进入李白的《襄阳歌》了。

> 落日欲没岘山西，倒著接䍦花下迷。
> 襄阳小儿齐拍手，拦街争唱《白铜鞮》。
> 旁人借问笑何事，笑杀山公醉似泥。

诗的开头是一幅非常生动的襄阳特色图景：夕阳落入岘山，本地最高官员歪戴着帽子在花丛中醉迷迷的；小孩们在街上拍着手，追着最高官员的马车唱着儿歌，童谣《白铜鞮》；人们在路边看热闹，看着领导醉如泥的样子。这是一幅和平、安宁、快乐的图景。对比前面举出的关于山简的歌谣，可以看出《襄阳歌》这一部分是改编自那首流传的歌谣。这是李白诗歌写作的一个特点：将民间流传的歌谣或传统诗歌加以改编和完善，用于自己的诗中。这个开头，从日落岘山写起，非常真实、真切，整个氛围很温暖地透出来。当然，这个故事其实很有讽刺性的，当时局势混乱，山简在襄阳一年就被围攻，不得不被迫迁移到夏口去，这么动荡的时代，身为地方最高长官，他却在醉生梦死。当然反过来也成立：尽管他在历史上丢掉了襄阳，而人们记住并津津乐道的，却是他放纵不羁的好酒名士形象，恰如《将进酒》中所言，"惟有饮者留其名"。

> 鸬鹚杓，鹦鹉杯。
> 百年三万六千日，一日须倾三百杯。
> 遥看汉水鸭头绿，恰似葡萄初酦醅。
> 此江若变作春酒，垒曲便筑糟丘台。
> 千金骏马换小妾，醉坐雕鞍歌《落梅》。
> 车旁侧挂一壶酒，凤笙龙管行相催。

承接前面的醉如泥，这里完全放开了，尽情地喝酒，推杯换盏，气氛热烈地呼唤着杯杓，"鸬鹚杓，鹦鹉杯"。然后是一番计算，每天喝，喝一辈子，能喝多少天，多少杯？数字也有力量。把绕抱襄阳城流过的汉水全看成了葡萄酒，这是一个很夸张的比喻，也可视为一个酒徒眼里最高级的幻觉，看啥都是酒，无限美好的幻觉。碧绿的汉水，像正酿造的葡萄酒，整个世界河山都成了酒河酒山——酒糟垒筑成的高台。千金骏马换小妾，应该是千金骏马小妾换。"车旁侧挂一壶酒，凤笙龙管行相催"，一边走车一边喝，笙管还一直在奏乐。凤、龙，当然是修饰笙、管的，以其形状，也显其珍贵。催，而不是吹，吹是管乐的吹奏，催是节奏欢快热烈，情感意欲的氛围急切。古诗中这样的词非常精妙，莫名强烈，有感染力。这是极尽享乐的情景。

咸阳市中叹黄犬，何如月下倾金罍？
君不见晋朝羊公一片石，龟头剥落生莓苔。
泪亦不能为之堕，心亦不能为之哀。
清风朗月不用一钱买，玉山自倒非人推。

这部分是氛围的转折，举出两个悲剧性例子作为对比，说明极尽享乐的正当性、合理性。一个是李斯，秦统一六国后，出任丞相，位极人臣，但在咸阳被腰斩。临刑前他对儿子说，"我想和你牵着黄狗出上蔡（他的家乡）东门去追逐野兔，再也不可能了"。诗人的意思是，与其像李斯那样追求富贵但最后被杀，不如在月下喝酒。金罍，饰金的酒器。一个是羊祜，羊公石碑，驮着石碑的石龟（叫赑屃）头都剥落了，长满了苔藓。羊祜是个完美的官员，为人们爱戴，但这一切在死亡和时间面前也没有意义。"君不见"，引入时间，把眼前的极乐置于长时空的历史视域中。你难道没看见吗？一切是如此消逝，如此没有意义，前者李斯是历史人物命运的悲剧，后者羊祜是时间长河中有如沙粒的人之存在的悲剧；历史长河消融了所有人的悲剧，这本身是最大的悲剧。所以，此处乐极生悲的转折，接续着强烈的情感抒发，"泪亦不能为之堕，心亦不能为之哀"，意思其实是为之落泪，为之悲哀都不足以表达，但写法用的是无法为之落泪，无法为之悲哀，也照应了羊公碑又被称为"堕泪碑"。而不能为之堕泪，承接上面，碑已残损，指留名后世的举动落空。最后又只能落到纵情山水，纵酒为乐。玉山自倒，嵇康的典故，说嵇康醉酒的时候，像玉山自倒。

舒州杓，力士铛，李白与尔同死生。

襄王云雨今安在？江水东流猿夜声。

最后是一个誓愿，愿意将自己的生死都寄托在酒中，像舒州杓和力士铛这些酒器一样，这俩酒具也照应前面的鸬鹚杓、鹦鹉杯。因为楚襄王和他的云雨之梦一样消逝无影，唯有汉水日夜东流，听着悲苦的猿啼声。这里用了楚襄王梦见神女的典故，襄阳正是楚国属地。

《襄阳歌》以襄阳的山公（山简）纵酒起，写到尽情行乐的欢快，写到及时行乐的人生态度。功名事业在死亡和时间的虚无面前均无意义，李斯、羊祜、楚襄王，他们的富贵、德行、美梦都没有意义。我们分解的这四个部分，正好符合这首诗的结构：起、承、转、合。最后是一个总结，统合于它强烈的主题：宁愿一生如酒器，生死沉浮于酒中。这是一首享乐主义的诗，以享乐开始，中间乐极生悲，最后又悲中作乐，以更强烈的及时行乐精神反抗时间中的生命的虚无。这是李白很多诗中通用的模式，《襄阳歌》的特别之处是其襄阳特色，有着襄阳的风景名胜和历史人物故事。

这首诗的中心还是时间。它"起"的部分是一日将尽的黄昏，和平、安宁、欢乐的时刻，孩子们拍手唱着歌谣，长官醉酒而归；"承"的部分是及时行乐，当下纵情享受；"转"与"合"，呈现随无尽时间而来的短暂生命追求的虚无，也就是无解的"万古愁"。

万古愁，就是虚无，生命的虚无，它首先和时间相关，是一种时间意识、生命意识，是生命在时间中的有限性的意识，内在于人的存在之中的死亡意识。有限的生命在无限的时间和死亡面前感觉到的虚无——虚无意识。死亡取消了生命存在的一切意义。李白的"万古愁"问题是存在与时间、存在与虚无的问题——对应了海德格尔与萨特著作的题目。它同时是生命最根本的意义问题，在必定的死亡面前，人生的意义何在。这种虚无感和我们的生命、我们的存在相伴而生，它是对人生的巨大否定。人就是虚无之中的存在，当然人的存在本身也是对虚无的反抗，对无意义的反抗。人们不得不承受这种虚无，李白对抗这虚无最常用的方式就是饮酒，及时行乐。

五

"万古愁"是个体存在的意义问题，而不是个体在社会中的成功问题，是人脱离社会关系之后，独自感受自己个体存在的意义时候的体验，因此这万古愁除了前面所说的虚无，还有个体存在的孤独感，这种个体存在的孤独也是与生俱来的。

李白饮酒诗中对此也有最强烈、最独特的表达，如《月下独酌·其一》：

> 花间一壶酒，独酌无相亲。
> 举杯邀明月，对影成三人。
> 月既不解饮，影徒随我身。
> 暂伴月将影，行乐须及春。
> 我歌月徘徊，我舞影零乱。
> 醒时同交欢，醉后各分散。
> 永结无情游，相期邈云汉。

这首诗的题目点出了喝酒的场景和状况，在月光之下一个人独自喝酒。饮酒场合可分与人会饮、对饮，以及个人独饮。会饮、对饮，气氛热闹，欢乐；独饮容易喝闷酒。李白写了很多聚饮的诗，也写了很多独酌的诗。"抽刀断水水更流，举杯消愁愁更愁"，"金樽美酒斗十千，玉盘珍馐值万钱。停杯投箸不能食，拔剑四顾心茫然"，这是李白写喝酒的苦闷诗。《月下独酌·其一》写的是一个人喝酒，它的特别之处在于并不苦闷，而是很有趣，很活泼，很洒脱。一个人喝酒，无人陪伴，"举杯邀明月，对影成三人"，这是一个充满奇思与奇趣的举动。这句是全诗的核心，整首诗就围绕着我、月亮和影子，这三者的关系回旋往复发展而成。一首非常飘逸脱俗的饮酒诗，超出了通常独酌诗的愁苦、烦忧和愤懑，写出了春天花前月下自然洋溢的一种甜美。这首虽然是五言诗，却有着歌行体一样行云流水般的节奏和回旋复沓的声韵。

这首诗和《将进酒》《襄阳歌》有一个很大的不同，后面两首都有一种在时间的远距镜头和近距镜头之间的切换转变，有人在整体的、普遍的、历史长河中的存在处境，有人在眼前的、此刻的饮酒场景；它们会从眼前场景转到历史人物典故的意义，从一个普遍性的论断再转回眼前的行为；在历史时间的大视野和眼前个人行为的小视野之间转换，赋予眼前的行为一种根本性的意义。而《月下独酌·其一》始终在写当下饮酒的情景，对当下反复描写，并要将当下的行为作为一种最终的状态延续到未来，"永结无情游，相期邈云汉"，当下还立下永远的誓约，还要预订未来。

这是非常能代表李白潇洒飘逸风格的一首诗，但在这花前月下和潇洒自由的姿态后面，诗中努力排除孤独的办法本身，透出的是一种非常深刻的生命存在的孤独，随时随地无法逃逸的孤独。

"花间一壶酒，独酌无相亲"，良辰美景当前，却欠缺"相亲"的人，没有亲近亲密亲爱的人相伴，他因此"举杯邀明月，对影成三人"——全诗最好的一个词是这"邀"

字，将月亮和影子拟人化，陪伴着他。这是自寻其乐的洒脱，也是强自作乐的孤独。但是"月既不解饮，影徒随我身"，月亮不理解我的行为，影子也不理解我的内心，我只是"暂伴月将影"，短暂地偶然地在一起，"醒时同交欢，醉后各分散。永结无情游，相期邈云汉"。全诗最后落到"无情游"，并且是"永结"，"永结"一词，最常用于"永结同心"，而这里是"永结无情游"，前面"独酌无相亲"中对相亲的渴求被彻底放弃了。这是一种绝对的孤独，个体存在的孤独。当然，这种"无情游"是自由的关系，没有牵挂的洒脱。所谓道家无情，就是得到了自由，也弃绝了人情温暖的希望，但是"永结"本身，对与某人永远同游的期待本身，又是一种饱含深情的内心意愿，所以"永结无情游"，兼具冷热两极的情感，这体现出诗歌语言丰富的表现力。"相期邈云汉"，期待和月亮与影子在遥远的灿烂星河之中再相聚。

乐极生悲（《襄阳歌》）和苦中作乐（《月下独酌·其一》），是李白饮酒诗的两种基本发展模式，它们表现的"万古愁"主题，一是存在的虚无，一是存在的孤独。李白的《月下独酌》题下有四首诗，《月下独酌·其三》将孤独与虚无的主题融汇在了一起：

三月咸阳城，千花昼如锦。

谁能春独愁，对此径须饮。

穷通与修短，造化夙所禀。

一樽齐死生，万事固难审。

醉后失天地，兀然就孤枕。

不知有吾身，此乐最为甚。

　　这也属于苦中作乐的诗，一首努力排除孤独的诗。在如此美好的时光中，"三月咸阳城，千花昼如锦"，这个"昼"字太漂亮了，写出白天阳光照耀万千花丛，繁花似锦的明亮感觉——这首诗题目为"月下"，"昼"字极有表现力写的却是白天，有点文不对题。在这样繁花似锦的最美好时光中的繁华大都城咸阳，我却陷入难以承受的孤独之中，"谁能春独愁，对此径须饮"，这种状态之下只能直接喝酒，来解除这无法忍受的个人的孤独、个人的痛苦。这种"独愁"因何而来？是因为"穷通与修短"和"生死"，命运的难以把握和生命的短暂。喝酒能消愁，是因为喝醉了能忘掉生死（"一樽齐死生"），忘掉自我生命的存在（"不知有吾身"）。不要去想"穷通与修短"，人生的遭遇是穷困还是发达，生命是长寿还是夭折，都不去想，因为这一切是说不清的——"万事固难审"，审，就是追问，审理辨别，难审，就是这追寻是没有答案、没有结果的，只会徒增痛苦。唯一的办法就是喝酒忘掉这一切，什么都不去想，只能喝醉，沉入睡眠。最后"不知有吾身，此乐最为甚"，最大的快乐，就是喝醉睡着了，忘记自我存在，也就是说，意识到自我存在（知有吾身），就是痛苦之源。意识到生命的存在就生发出了痛苦，这就是生命存在无解的万古愁，其后也透出悲苦，生命本身的悲苦。

"万古愁"是一种无端的痛苦，根本性的痛苦，它难以解决，无法根除，只能承受。李白在诗中有时候可以与之对抗，如在《将进酒》中；有时候只能完全被它压倒，如这首《春日醉起言志》：

> 处世若大梦，胡为劳其生？
>
> 所以终日醉，颓然卧前楹。
>
> 觉来眄庭前，一鸟花间鸣。
>
> 借问此何时？春风语流莺。
>
> 感之欲叹息，对酒还自倾。
>
> 浩歌待明月，曲尽已忘情。

这首诗分三部分，前四句写喝醉的样子；中间四句写从沉醉中醒来的所见；最后四句写接着喝。整首诗就是一个醉—醒—复醉的循环过程，刻画出一个终日醉茫茫的形象。"处世若大梦，胡为劳其生？所以终日醉，颓然卧前楹"，诗歌的第一句就是压倒一切的决定性的命运断言，"处世若大梦"，这就决定了一切。尘世的人生有如一场大梦，一切都是幻影，一切都已经注定，一切都将归于虚无，因此，何必劳碌呢？何必再努力呢？"所以终日醉，颓然卧前楹"，所以整天喝醉，随处躺倒，倒在门柱前就睡，一副绝望、颓废、沉沦的模样，被存在的虚无，被万古愁完全压倒，放弃了挣扎。中间四句，写醒来后发现生机勃勃的春天世界，"觉来眄庭前，一鸟花间鸣。借问此何时？春风语流莺"，看着前面的庭院，鸟在花中鸣唱，这是头脑从沉醉深睡中醒来，又被世间的活泼生命（花和鸟）唤醒，注意到这世界的存在；注意到时间的存在，"借问此何时？"，连时间时令都忘了。这是春风和流莺交谈的时节，生命力焕发，万物欣荣的美好春天，但这美好的春天带来的不是鼓舞振奋的力量，反而是更深的痛苦："感之欲叹息，对酒还自倾。"又重新喝起来。为什么？因为如此美好的春天光景中的一切，都如梦一样短暂，最终归于虚无。因此继续饮酒，"对酒还自倾"，自己倒酒自己喝，也是独酌，"浩歌待明月，曲尽已忘情"，边喝边唱，等明亮的月亮升起，也就是从白天喝到晚上，又是一次痛饮终日。浩歌当然是情不自禁，情不可遏，一种难以遏制的情感的抒发，而曲尽，歌唱完后，达到的是"忘情"。忘情，就是忘我，忘记自我存在，忘记随存在而来的虚无，忘记孤独，也就是"万古愁"。这万古愁，没来源，没根据，在这么美好的春天，花开鸟鸣，春风流莺，明月照彻的良辰美景，却让人感到更深的存在的虚无与痛苦。

这就是大量出现在李白饮酒诗中的主题——万古愁。

六

写个体生命存在的虚无感、无意义感的"万古愁"主题，不仅大量出现在李白的饮酒诗中，也常见于他的咏史诗中，比如这首《古风五十九首·其三》：

> 秦王扫六合，虎视何雄哉！
> 挥剑决浮云，诸侯尽西来。
> 明断自天启，大略驾群才。
> 收兵铸金人，函谷正东开。
> 铭功会稽岭，骋望琅琊台。
> 刑徒七十万，起土骊山隈。
> 尚采不死药，茫然使心哀。
> 连弩射海鱼，长鲸正崔嵬。
> 额鼻象五岳，扬波喷云雷。
> 鬐鬣蔽青天，何由睹蓬莱？
> 徐市载秦女，楼船几时回？
> 但见三泉下，金棺葬寒灰。

这首诗写的是秦始皇。秦始皇消灭六国，结束春秋战国争霸的混乱历史，统一了华夏，改变了持续八百多年的周朝分封制度，建立了郡县制的中央集权帝国，成为前无古人的中华第一帝，大权独揽，威赫煊天。这首诗的内容就是把众所周知的秦始皇的盖世功业、煊赫权势、统治措施和个人行为叙述了一遍，因此，这种诗的成功，完全依赖于语言修辞表达效果的好坏和情感的力量，因为诗歌内容中的材料（历史事实）、观点（思想看法）都是人所共知的，差别在于语言表达。

"秦王扫六合，虎视何雄哉！挥剑决浮云，诸侯尽西来。明断自天启，大略驾群才"，开始这六句写秦始皇灭六国，一统天下。这六句写得气势磅礴，"扫六合"，"决浮云"，"自天启"，从俯瞰天地寰宇和古今历史的大视角写秦始皇拥有深宏远大的谋略，驾驭各路英雄才俊，成就统一天下的宏图大业，这是对秦始皇最有力、最形象生动的概括和赞颂。这些语言激发人的想象力，其节奏和所押韵（ai，开口赞叹的象声词音，a的长声）也很有力量。

每个人都知道秦始皇的煊赫成就，这些事实都是尽人所知的，关键就在于语言的表述，用什么语言修辞和渲染来确立戏剧性的对比效果，使得这种效果成立。让这所有人都知道的历史事实显露出惊人的一面，这有赖于语言修辞，而李白正擅长于此。李白有着特别的修辞才能，能使众所周知的事实产生震撼人心的戏剧性。他就像电影大片导演，能调动各种词语修辞手段，营造出震撼人心的大场面。这种语言修辞的声色效果，是李白诗歌典型的艺术特色之一，对于这点，他在《大猎赋》序中说得很清楚，"白以为赋者，古诗之流，辞欲壮丽，义归博远。不然何以光赞盛美，感天动神"。他的诗就是"辞欲壮丽",他最擅长就是"光赞盛美",就像这首诗对秦始皇灭六国统一天下的赞美;而他的诗也真正达到了"感天动神"的效果,杜甫也这么称赞他:"笔落惊风雨,诗成泣鬼神。"

"收兵铸金人,函谷正东开。铭功会稽岭,骋望琅琊台。刑徒七十万,起土骊山隈",这六句承接前面秦统一天下后,秦始皇的统治措施、巡游天下的事迹和他打造的形象工程。首先他解除全国的武装,把所有金属兵器都收集起来,铸成十二座巨型人像,安放在咸阳。原来为防卫东方诸侯国而设的函谷关,在天下统一后也敞开了大门。他巡游天下,树立权威,在浙江会稽山刻石纪功,在山东琅琊山筑台眺望。还征集囚徒在骊山修建阿房宫。秦始皇的这些作为意图都是向天下显示个人的权威,消除威胁,使家族帝王统治可以代代相传以至万代。

"尚采不死药,茫然使心哀。连弩射海鱼,长鲸正崔嵬。额鼻象五岳,扬波喷云雷",这是一个转折,"尚",就是还不满足,还有欲求。更根本性的问题"不死药",生命的长生。秦始皇打赢了所有战争,现在还面对一场与自己必然死亡的战争,他需要征服死亡这人类最强大的敌人。秦始皇征服了大陆,巡游来到大陆尽头,面对无边的未知的大海,这大海中藏着巨大的鲸鱼,他想要征服大海、长鲸。但在这界分有限与无限,也意味着界分生与死的海天之际,盖世英雄秦始皇,这位如此自信、横扫一切、掌控整个天下的

45

专制皇帝，"明断自天启，大略驾雄才"战无不胜的皇帝，也陷入了"茫然""心哀"，一种无力、无奈、无从做起的悲哀。这是"万古愁"的威力。

"鬐鬛蔽青天，何由睹蓬莱？徐市载秦女，楼船几时回？但见三泉下，金棺葬寒灰"，这界分有限与无限的神秘大海的天际线之外，隐藏着长生的秘密。蓬莱，虚无之境，幻想的仙境。秦始皇晚年最关心的就是派徐福带着童男童女乘船去传说中的蓬莱仙岛采摘不死之药。但是，那被大海起伏的波涛的脊背（鬐鬛qí liè，指鱼、龙的脊鳍，而起伏的波浪也如大海的背脊）遮蔽的蓝天之外，是无法穿透的；那带着希望而去的徐福的船队，再也不曾回来。那种可能性，让人充满了怀疑。连续两个疑问"何由""几时"，最后的回答非常明确，有如一声巨响，"但见三泉下，金棺葬寒灰"，"但"字转折非常有力，有着巨大的思想力量：盖世帝王和他的一切权势、功业终归泯灭。这最后一句非常短促，干净利落地结束于一个铁一样的事实，令人无限感慨。而其他很多同类题材的诗还附带一个及时行乐的结论，这里没有结论，只有事实对比所展现的强烈的戏剧性。

这首诗的结构和意思都非常简单，但效果极为强烈。全诗就是一组戏剧性对比：盖世帝王生前如何煊赫，如何在人世无敌，如何追求长生不死，但这位创造历史的始皇帝终究难逃一死，他的一切同样归于空无。这组对比在篇幅上是不对称的，前面渲染叙述皇帝的功业有十六句，最后只有两句："但见三泉下，金棺葬寒灰"，而这两句在分量上完全压倒了前面的全部叙述和渲染。前面的叙述和渲染越有力，这最后两句就更有力。

当然，前面也有过渡性的两个句子，"尚采不死药，茫然使心哀"，"鬐鬣蔽青天，何由睹蓬莱？徐市载秦女，楼船几时回？"整首诗所有的力量都集中在最后两句，可以说全诗都是为最后两句服务的。

这个结论是早就确定的：死亡带来虚无感，万古愁，死亡对生命意义的取消，死亡压倒一切。这是人类最深刻的悲剧，人超越不了必然的死亡。这首诗的特别之处在于，它举出了一个非常典型的例子：拥有盖世功业和权势的秦始皇，在死亡面前也归于空无。

"万古愁"主题经常在李白的饮酒诗中出现，也许是饮酒使人进入一种超脱了日常生活的纯粹的存在状态。饮酒诗触发着生命危机，存的意义危机。该主题在李白的咏史诗中出现，因为历史就是时间，这类诗把人放在无穷的时间之中来看。其他诗人对这一主题最强有力的表现就是陈子昂的《登幽州台歌》："前不见古人，后不见来者，念天地之悠悠，独怆然而涕下。"天地悠悠，人生短暂，只是历史中的一瞬，怎能不让人伤感。

七

　　饮酒诗中的"万古愁"主题，起源于曹操的《短歌行》："对酒当歌，人生几何。譬如朝露，去日苦多。慨当以慷，忧思难忘。何以解忧？唯有杜康。"构成该主题的所有因素，都包含在八句诗中了。一是人生短暂，有如朝露，朝露是这类典型比喻之一，太阳一出露水就消失。一是忧思难忘，让人一再追问；一是唯有沉醉于酒中，才能忘掉这万古忧愁。还有一点是气质性的，就是感受这一切时个人的态度与反应"慨当以慷"，慷慨激昂，并成为其诗歌风格。李白的诗继承了曹操诗中的一切，包括慷慨激昂的个人气质，李白的很多诗歌，都可称之为"慷慨悲歌"。

　　源于曹操的这一主题和风格，成为建安诗人共同的时代特征，并影响到其后的时代。"万古愁"这个终极问题，为什么在汉末动乱的建安时期开始变得急切，紧迫，如影随形，日夜不宁，扰动人心，成为诗歌总体风格？因为汉末的动荡不仅是社会政治秩序的崩溃，还是思想价值观念的坍塌。

　　思想价值观念最大的作用是安抚人心，提供人生意义的支撑，庇护人们免受混乱、荒谬和虚无的侵袭，像大气层保护地球一样，保护人们心灵的安居之地。一旦整个社会的思想价值观念崩塌，人们就会直接暴露在虚无、混乱的现实之中，直接面对生命的无保障无意义，一直到新的思想信念建立起来，安顿好人们的心灵。而汉末魏晋，就处于这一旧思想旧道德旧秩序崩溃，而新的思想尚未建立、个体生命只能单独面对虚无的时候，所以"万古愁"主题和慷慨悲歌的风格，成为当时诗歌的普遍精神。它从曹操到曹植，到阮籍，一直到陶渊明，主题一直持续，当然风格一直在变化。到陶渊明之后的谢灵运身上，这种主题和风格就平息了，因为新的思想价值观念已经确立，谢灵运已是一个佛教徒。

陶渊明写了大量的饮酒诗，他的饮酒诗和李白的一样，主要涉及人生的虚无，万古愁，其中及时行乐的思想，都是基于一种虚无，一种悲中作乐，有种苦涩滋味的快乐，有种根本的无奈的悲哀。这万古愁，是无法消除的，只能在喝酒时忘却，将它从意识中驱除。这是终极问题，没法克服，它涉及人如何战胜虚无，战胜死亡，也就是如何获取个体生命的确定意义，生活和世界的确定意义。如这些诗：

万化相寻绎，人生岂不劳？

从古皆有没，念之中心焦。

何以称我情？浊酒且自陶。

千载非所知，聊以永今朝。

——《己酉岁九月九日》

提壶接宾侣，引满更献酬。

未知从今去，当复如此不？

中觞纵遥情，忘彼千载忧，

且极今朝乐，明日非所求。

——《游斜川》

运生会归尽，终古谓之然。

世间有松乔，于今定何间。

故老赠余酒，乃言饮得仙。

试酌百情远，重觞忽忘天。

天岂去此哉，任真无所先。

——《连雨独饮》

这种虚无感，这种"万古愁"主题，到唐诗中基本上很少见了。张若虚的《春江花月夜》，有着这一主题的弱化版本，是一种民歌化大众化的历史遗迹。因为到唐代，新的思想价值观已经建立起来。王维在他的佛教信仰中，安顿好了自己的生命热情，消除了这种万古愁。韩愈在他对儒家传统和功名事业的追求中，消除了这种万古愁。信佛的白居易在他对日常生活的满足之中，消除了这种万古愁。他也写了大量的饮酒诗，其中最著名的是《问刘十九》，"绿蚁新醅酒，红泥小火炉。晚来天欲雪，能饮一杯无"，充满非常闲适的生活小情调；还有《赠梦得》，"前日君家饮，昨日王家宴。今日过我庐，三日三会面。当歌聊自放，对酒交相劝。为我尽一杯，与君发三愿。一愿世清平，二愿身强健。

三愿临老头，数与君相见"，简直就是过着庸碌生活心满意足的老头乐了。三天见面喝了三场酒，一个真正的享乐主义者，一个信仰佛教的世俗主义者，喝酒喝出了追求世俗生活快乐的心愿。

而李白是唐代的一个异数（还有陈子昂），只有他依然保持着强烈的虚无感，万古愁。李白的《将进酒》《宣州谢朓楼饯别校书叔云》《襄阳歌》《答王十二寒夜独酌有怀》，很多这样的饮酒诗和《行路难》这样的诗，就感情色彩上来说，都是高亢的生命悲歌，如建安诗歌的"慷慨悲歌"一样。李白在思想和诗歌风格上，承袭的正是建安风骨。他自己也称赞"蓬莱文章建安骨"，认为"自从建安来，绮丽不足珍"，略去南朝传统，直追建安风格。为什么独独李白仍然保持这魏晋时的古风，魏晋时的慷慨悲歌，强烈的生命的虚无与急迫？使其整个诗歌与生命都有如一曲高亢的生命悲歌？这是李白诗歌的最大特点，他和唐代其他诗人非常不一样。其他诗人的心灵都在新的思想价值信念之下安定下来了，唯有李白仍在直面存在之苦的万古愁。

这可能与他难以确定的神秘身世有关。李白可能是一个归化华夏文化不久的胡人，还保有一种自由的野性。他未曾受到形而上的思想价值信念的庇护或束缚，他身上同时兼具儒、释、道、纵横家的价值取向，但不受制于任何一家，而是在它们之间自由出入，将它们作为工具在不同的场合随意使用，并不在乎前后彼此之间的矛盾冲突。相对来说，他身上儒家的社会使命感和道家的个体自由观更多一些，佛教更少，因为他有着强烈的自我意识，始终无法放弃自我。也就是说，万古愁最深刻、虚无感最强烈的他，是源于生命的自我存在感最深刻、最强烈。虚无与存在是互相激发的，这一方生命存在强烈的虚无感来自另一方生命对自我存在同等的执著，所以李白这个虚无思想最强烈的人，并没有归向以消解自我为最终目标的佛家空门。他始终无法舍弃的就是生命的自我存在，这是最根本最朴素的生命意识，一种生命本能。不受形而上学价值信念的保护，就必须承受虚无感侵袭的痛苦。

我们因此看到一个极为独特的李白。他依赖的是一种生命本能，一种生命直觉、冲动与自然天性，一种直接欲望主导的生命激情，用生命本身的冒险和投入，去对抗这种必然的虚无，最终死亡的结果。他的生命本身就是一件武器。他的心灵一直不得安宁，一直在漂泊，在追求，在寻找途径。他追求当官也不是目的，而是一个途径。他当官的目的只是为了荣亲，为了最后彻底抛弃官位，潇洒离去。他追慕的还是一种终极的自由，自我的终极存在。他的功利性，甚至他神仙式的自由，都只是一种生命本能的欲望冲动，而不是思想信念的归宿。他就是赤裸的生命存在意识本身的自由表现。

在李白之后，没有他的传人，因此他被视为天才诗人，是一个例外，无法作为后世诗人学习和效仿的榜样。他并非空前，但确实绝后。这几乎是李白之后的古代诗人们的一种共识，写诗者可以学杜甫，而不可学李白，学杜甫即使学不到最高境地，也会有所得，因为有确切可循的路径；学李白可能不仅得不到好处，还会有害处，因为李白的诗来自他的天才个性，无迹可寻。事实上也确实如此，后世没有一个有成就的诗人是以学李白而成就的，相反，标榜为杜甫继承人的却很多。杜甫是一个开辟诗歌新道路的诗人，后人可以继续沿着他的道路前行；李白是终结汉末魏晋以来诗歌传统的风格与主题的诗人，在他之后他标志性的"万古愁"主题，基本上也就结束了。

八

现代以来，很多论诗者把李白和苏轼都视为豪放派，把苏轼视为李白气质的传人。他们在不受约束、潇洒自由的风度上，有很多相似之处。李白的饮酒诗中有"对酒不觉暝，落花盈我衣。醉起步溪月，鸟还人亦稀"（《自遣》），"两人对酌山花开，一杯一杯复一杯；我醉欲眠君且去，明朝有意抱琴来"（《山中与幽人对酌》）这种闲适自在的诗，苏东坡也有很多这类自得其乐心境的诗。但事实上，他们在气质上思想上的不同才是根本性的。

苏东坡的心境是旷达，气定神闲，而李白总有一种紧张焦虑、动荡不安。苏东坡也爱喝酒，他还自己做酒，写了很多饮酒诗词。而正是从苏东坡的饮酒诗词中，我们可以看到李白的存在主义意识，他的"万古愁"主题如何被彻底消解。

苏东坡有两首非常著名的饮酒词，一首是《临江仙》（"夜饮东坡醒复醉"），一首就是下面这首《水调歌头》：

> 明月几时有？把酒问青天。不知天上宫阙，今夕是何年。我欲乘风归去，又恐琼楼玉宇，高处不胜寒。起舞弄清影，何似在人间。
>
> 转朱阁，低绮户，照无眠。不应有恨，何事长向别时圆？人有悲欢离合，月有阴晴圆缺，此事古难全。但愿人长久，千里共婵娟。

这首词前面有一个序："丙辰中秋，欢饮达旦，大醉，作此篇，兼怀子由。"丙辰中秋，是1076年的中秋，苏东坡在山东高密，中秋夜喝酒赏月，一直喝到天亮，喝得大醉。然后写了这首词，同时表达对弟弟苏辙的怀想。这确定无疑是一首饮酒词。

开头第一句"明月几时有？把酒问青天"，就是一个饮酒的动作和姿态。这个把酒问天、举酒嘱月的举动和姿态，完全来自曹操的原初造型"对酒当歌，人生几何"，还照应了李白的"举杯邀明月"，尤其是李白的《把酒问月》，"青天有月来几时，我今停杯一问之"。然而，动作和姿态是承袭而来，内容却完全不一样。曹操问的是生命的时间，关心的是人生短暂，"譬如朝露，去日苦多"，并为此忧思难忘，"何以解忧？唯有杜康"，无以排解，只能接着喝酒。而苏东坡在这里所问的"明月几时有"，关心的虽然也是时间，但不是人生有限的、在眼前不断流逝的时间，而是标记时间的时令、时节的日子，月圆的时候，"不知天上宫阙，今夕是何年"，天上今天是不是也过中秋节？这里天上、人间是两个世界，问天上用的是一种什么样的计时日历。接下来，他想乘风去往月亮上，"我欲乘风归去，又恐琼楼玉宇，高处不胜寒"，这乘风登月的意思，是照应李白诗中的"相期邈云汉"。李白诗中提到了星空中的相会，但苏东坡对月亮所在的天空生活的担心犹豫，对高处之寒，就是那种世外的孤独，难以承受，意味着他对人间的温暖情谊的留恋，这便要在孤独清冷的永恒生命和短暂温暖的人间生活之间做选择，在人间和天上两个世界的选择上产生矛盾冲突。这种态度在李商隐的诗句"嫦娥应悔偷灵药，碧海青天夜夜心"也能看出。

苏东坡和成天想着成仙得道、飞离人世的李白，和他的"永结无情游，相期邈云汉"，希望在星空之中同游的约定完全不一样。李白是无情，苏东坡则是多情，他自称"多情应笑我"（《念奴娇·赤壁怀古》），"起舞弄清影，何似在人间"，这也是和李白的"我歌月徘徊，我舞影零乱"

相照应。又觉得月光照彻，不像人间。这部分讲的是他对天上的向往无法抵消他对人间的依恋，处处照应李白《月下独酌·其一》中的诗句。

第二部分就写他的多情，他的关切关爱和宽慰。这是他独有的，没有承袭照应。一开始仍然写月亮，"转朱阁，低绮户，照无眠"，月光落到睡不着的人身上。接着是对这失眠者的劝慰："不应有恨，何事长向别时圆"，这时明白，这无眠者是因怨念，为什么偏偏在分别的日子里月亮圆了，为什么团圆佳节，亲人分隔，不得相聚。失眠者是为这个而难过。苏东坡说，别为此抱怨，因为"人有悲欢离合，月有阴晴圆缺，此事古难全"，月亮有阴晴圆缺是自然的，人的悲欢离合也一样，从古至今都如此。他的意思是对于不可改变的事情就接受好了，别再要求。而这点正是与"万古愁"不同的，万古愁就是无法接受人只有短暂的生命，最后必须得死，彻底消失。万古愁不接受自我存在会消失的事实，要求不可能的可能，而苏东坡愿望的是在有限的现实条件下能过好就满足了。"但愿人长久，千里共婵娟"，只要人活着平安健康，即使不能相聚，能长久相望相思也很好的。这里的"人长久"，并非无限时空下的长久存在，而是在有限的生命周期之内。这首诗关心的并非个体自我存在意义的问题，而是在具体现实的生活中，兄弟亲人团聚的人伦情感愿望不得满足的问题，它所宽解的是亲情阻隔的痛苦，而非个体孤独存在的痛苦。

作为饮酒词，除了开头一句"把酒问青天"，其他就和喝酒没关系了。同样在苏东坡的另一首词《念奴娇·赤壁怀古》中，只有最后一句"一樽还酹江月"这个结尾写到了喝酒，整个前面和酒也没关系。在苏东坡的饮酒诗词中，喝酒只是一种背景性动作，位于最前面相当于起兴，多了一层具体真实的氛围，位于结尾处相当于一种抒发情感的动作，总之和诗的内容关系不大。这点与李白的饮酒诗不同，在李白的饮酒诗中，饮酒的行为举动会在一首诗的前面、中间、最后反复出现，与酒相关的"万古愁"主题贯穿始终，如《把酒问月》最后又回到喝酒，"惟愿当歌对酒时，月光长照金樽里"。而这一主题在苏东坡的诗词中消除了，因为他已经将这存在问题彻底解决了。

这一点在苏东坡的千古名篇《前赤壁赋》中有最充分形象的表达。赋中开篇写道"壬戌之秋，七月既望"，也就是他被贬谪在黄州期间的1082年阴历七月十七日（月圆后一日，大月为十七日），他和朋友泛舟夜游于赤壁之下。他一开始就"举酒属客"，中间"饮酒甚乐，扣舷而歌"，最后"客喜而笑，洗盏更酌，肴核既尽，杯盘狼藉"，所以这也是一篇饮酒（诗）赋。只是酒桌搬到漂浮在赤壁之下的长江水面上，身在"白露横江，水光接天"的世界，感觉在"纵一苇之所如，凌万顷之茫然。浩浩乎如凭虚御风，而不知其所止；飘飘乎如遗世独立，羽化而登仙"。这是一个脱离了日常生活的纯粹存在的世界，这种时刻也脱离了日常劳碌进入纯粹的存在状态。人直接处在天地宇宙之间，非常自然的，关于人生存的问题被提出来了，其实是直接显现在眼前。尤其是他们所在的地方，传说就是曹操横槊赋诗《短歌行》的赤壁，这是曹操最意气风发，也遭受最大失败的地方。

问题就从曹操《短歌行》中的"月明星稀，乌鹊南飞"说起，因为他们处于同样的情境之中。当年的人和诗如今已成典故，当年的英雄曹操、周瑜"固一世之雄也，而今安在哉"？全如流水逝去，全如梦幻消散。因此强烈感觉自己"渔樵于江渚之上，侣鱼虾而友麋鹿，驾一叶之扁舟，举匏樽以相属。寄蜉蝣于天地，渺沧海之一粟。哀吾生之须臾，羡长江之无穷。挟飞仙以遨游，抱明月而长终。知不可乎骤得，托遗响于悲风"。这种"寄蜉蝣于天地，渺沧海之一粟。哀吾生之须臾，羡长江之无穷"，正是李白无法释解的"万古愁"。在苏东坡饮酒词中不见踪影的问题，在这赋中他必须面对了。

苏东坡给出了非常漂亮的回答：

客亦知夫水与月乎？逝者如斯，而未尝往也；盈虚者如彼，而卒莫消长也。盖将自其变者而观之，则天地曾不能以一瞬；自其不变者而观之，则物与我皆无尽也，而又何羡乎！且夫天地之间，物各有主，苟非吾之所有，虽一毫而莫取。惟江上之清风，与山间之明月，耳得之而为声，目遇之而成色，取之无禁，用之不竭，是造物者之无尽藏也，而吾与子之所共适。

苏东坡首先给出了一种对时间的相对论解释，认为"逝者如斯，而未尝往也"，这是对"子在川上曰，逝者如斯夫"的回应，孔子面对流水而生出的对时间流逝的感叹，应该是中国最著名的时间叹息。苏东坡的理由是长江之水尽管不停地流逝，但并未减少，这当然是后浪继前浪的缘故。他分别从变者与不变者两个角度看，从而取消了变化，也就是死亡的绝对性。然后，他提出了生命存在可寄托于天地自然存在，可以"适"于无尽藏的自然，也就是将存在的渴望消散在自然山水之中，不再执著于自我存在和自我意识。生存还是死亡，哈姆莱特纠结的这个问题，在苏东坡这整体的天地宇宙时间中，根本不用纠结。

就这样，源于曹操在赤壁横槊赋诗所发出的慷慨悲歌，于魏晋时成为时代强音，并且一直萦绕李白的"万古愁"问题，这对生命意义的追求，对自我存在永远的执著，这生命存在的痛苦与绝望，这与生俱来的虚无感与孤独感，被苏东坡在另一个赤壁（其实并非曹操那个赤壁）如此漂亮地解决了。

被上天贬谪到人间的李白，总是带着骄傲的不甘与轻蔑；而被朝廷贬谪到黄州的苏轼，安于现实，创造自给自足存在的快乐。李白众多的历史英雄榜样中，并没有曹操，但他的诗在气质和主题上却是其传人。他们三个都不是思想家而是诗人，他们有着非常敏感的心灵直觉，非常高超的语言表达能力，很大程度上，是他们语言特别的表现力，使这些问题得以最充分地显现出来。这就是为什么他们的个体消亡之后，他们作为伟大诗人的生命仍长存于我们的文化中，且将一直存在下去。

就生命状态而言，苏东坡是和李白完全相反的奇人。李白充满激情，其生命飞扬，紧张，焦虑，兴奋，总在大喜大悲起落，内心一直躁动不宁；他只对奇迹和伟大感兴趣，他总是在筹划大谋略，想做大英雄，超凡拔俗，凡是他所触及的物，他遇到的人和事，都会被提升到很高的高度；他经常陷入不可调和的冲突与矛盾之中。苏东坡则心态放松，思想旷达，多才多艺，富有游戏精神，他对各种日常小事都满怀兴趣，他的生活也充满乐趣；他惯于从具体生活中发现乐趣，包括在黄州因为穷而猪肉便宜，他发现了做猪肉的新方法；他当过高官，也坐过牢，面临过死刑威胁；他有过春风得意的时候，也经历过坎坷颠簸，三次被贬斥，一次比一次远，直到当时的海外海南岛，但他什么都想得开，什么都能乐观以对，安于自己有限的生命，安于自己在逆境中的命运；他总能在环境的限定之中，在困境之中发现生活的乐趣，找到安顿心灵的办法。李白是一个听从生命本能冲动的自由野人，一个超迈的谪仙；苏东坡是一个文明之子，一个非常富有人性的人。相比李白激越的慷慨悲歌，苏东坡的世俗快乐和人性欢笑更能安抚人心。那动荡不已的生命悲歌就此消失在历史的长空中，那让李白的心灵日夜不宁的万古愁，不再惊扰后世人们的睡梦。

等这种个体存在的虚无感再次剧烈地侵蚀我们时，已是二十世纪末二十一世纪初了。在工业化与后革命时代的中国，在传统思想价值信念秩序崩溃，在乌托邦理想幻灭之后，个体存在的危机，生命意义的危机，又变得异常紧迫。失去思想信念庇护的我们，由此再次发现了一个为生命存在之虚无而激烈抗争的李白。

知识分子去哪儿了？

陈雯锐

　　海内外的"野心大学"都已经深深地卷入高等教育排行榜上的竞争。

一

　　1987年，美国作家拉塞尔·雅各比在其著作《最后的知识分子：学院时代的美国文化》的序言开篇就问："我们的知识分子去哪儿了？"

　　雅各比不是第一个有此疑问的人。半个多世纪前，另一位美国作家哈罗·斯登司就在他1921年发表的《美国和年轻知识分子》一书中提出了这个问题。当时，大批作家厌烦了美国爵士时代金钱至上的商业文化，纷纷乘船逃往巴黎。最著名的，无疑是欧内斯特·海明威、F.斯科特·菲兹杰拉德、格特鲁德·斯泰因、T. S.艾略特等几位大文人，就连作者斯登司本人也紧随其后，成了Lost Generation——所谓"迷惘一代"中的一员。不过，雅各比认为，二十世纪中以来，美国知识分子逃离的并不是国境线，而是他们的社会角色。他想告诉大家：美国公共知识分子在"二战"后日渐式微，取而代之的是各种专家顾问和大学教授；他们的工作以研究和教学为主，而不再面向公众写作——这个转变非同小可。

要描述一个群体的边缘化、缺席，甚至败北并非易事，相当于指着自己的前辈说：你们这代人还没登场就消失了。不过，雅各比并没有置身事外。他生于1945年的纽约，1974年取得罗切斯特大学的博士学位，同样属于战后一代。在他看来，1950年代后的美国知识分子和之前那一代有着巨大的鸿沟。1920年代的时候，在纽约那些逼仄的咖啡馆或便宜的公寓里，文学知识分子和艺术家们喝着咖啡讨论时事，争相把自己精心撰写的文章送到文学期刊和杂志的编辑手里。其中的代表人物是一批出生在十九世纪末的知识分子：路易斯·芒佛德、德怀特·麦克唐纳、埃德蒙·威尔森、沃特·李普曼。他们是大众文化繁荣时期的看门人，以各自鲜明的文风和批判立场为大众所熟知，长年为纽约城中的报纸、杂志和文学期刊写作，为受过教育的读者源源不断地输出学识和观点。但到了1960年代，独立于美国学院体制之外的自由知识分子已经所剩无几。

这场知识分子从公共领域的集体隐退，跟战后美国的诸多社会变迁密切相关。首先是城市空间的衰退，雅各比以最有代表性的纽约为例：曼哈顿下城区的格林尼治村曾以低廉的房租吸引了大批逃离常规职业的年轻知识分子前来聚居，自十九世纪末以来，这里开起了不少独立出版社、艺术画廊和先锋剧场，逐渐成为激进文学青年和艺术家，即所谓波希米亚族的天堂。战后，格林尼治村渐渐被诸如艺术公寓等高端地产项目蚕食，原来的轻工业厂房被改造成豪宅，租金一路飞涨。曾经支撑和滋养波希米亚知识分子、各种亚文化圈子的廉价城市空间日益难以为继。

当然，城市空间与自由知识分子之间的关系不单单是租金高低的问题。这些"多余的知识分子"，寻求的是主流之外的生活方式和创作空间。他们依赖城市，并不是因为这里更富裕，而是其复杂的社群和文化生态。具体来说，城中川流不息的街道、便宜的小食店、租金宜人的公寓、文明的市井氛围、各色人等和活动，这些都是他们赖以生存的条件。然而，这种街区社群也十分脆弱，一旦遇到经济危机、市区重建项目上马，甚至一条高速公路飞架而过，原有的微观生态都有可能被破坏殆尽，这时候，大家就会散去，各寻出路。雅各比说，虽然他们并没有消失，但一百个艺术家、诗人、作家加上他们的朋友和家人，聚居在十个街区以内是一回事，遍布到十个州定居则是另一回事。

在中心城市吸附大量资本、高度商业化的另一面，是1950年代美国郊区的快速兴起。大批城市家庭迁往更为清静、安全的郊区住宅，这是主流媒体大力宣传的"战后繁荣"标准图景：快乐的家庭主妇在自家独栋小楼的现代化厨房里忙碌，两三个孩子和小狗在前院的草坪上愉快地玩耍；

夕阳西下，父亲开着小汽车下班回来，一家人围在温暖的餐桌边共享天伦之乐。只不过，这不光是"二战"后美国中产阶级家庭的生活方式，也是越来越多知识分子过上的生活。

离开城市文化阵地之后，大批自由知识分子进入了高等教育和研究机构。对多数人来说，学院提供的稳定教职和带薪暑假是巨大的诱惑。根据雅各比的统计，从1920年到1970年代，美国的大学教师数量从五万上升至五十万，足足翻了十倍，足以说明美国战后高等教育的爆炸式发展。著名文学杂志《党派评论》创办人之一飞利浦·拉夫曾说：波希米亚知识分子是战后繁荣的副产品，但最终还是被学院体制吸收了。我们正在见证的这个历史进程，或可称为"美国知识界的资产阶级化"。

全国最有求知欲和创造力的一群人有了更好的生活条件、更优越的社会地位，这是件好事。但吊诡的是，知识分子进入学院之后，与公共文化生活却渐行渐远。之前，学院外有大批知识分子写文章给受过教育的读者阅读，以稿费为生；现在他们变成了专业的老师和教育者，在固定的课室里给大学生授课，参加的是专业领域的会议和研讨会，文章则发表在业内的学术期刊上进行内部评审。往后的知识分子，已经越来越难想象高校之外还有什么生活方式。知识分子和专家教授几乎成了同义词。文化生产的学院化，逐步让知识分子从大众文化中剥离出来。著名社会学家米尔斯在其五十年代的经典之作《白领：美国的中产阶级》中就写过这个问题：（教授们）"身居微不足道的等级制度里，几乎是全然笼罩在中产阶级机构的环境之中，与社会生活基本脱节……这里盛行的是中庸之道和自洽的成功标准"；"知识分子共享的战后繁荣，对他们而言是一场道德衰退"。

必须承认，知识分子的专业化有值得夸耀的进步之处。学者要有充足的闲暇时间来写作和做研究，在学术上才会有所成就。而美国大学里漫长的暑假和资金充足的图书馆，无疑是有志学术者的人间天堂。1958年，丹尼尔·贝尔离开《财富》杂志之后加入哈佛大学社会学系，因研究后工业社会而闻名。辞职时，他告诉《时代》周刊的创始人亨利·卢斯，这个决定背后有四个很好的理由："六月、七月、八月和九月。"

高等教育的扩张带来了制度化的发展。在教授工会的努力下，终身教职制度被践行为确保学术自由的圣杯。美国大学教授协会颁布的《1940年关于学术自由和终身职位的原则声明》中写明："公共利益依赖于对真理的自由探索和对真理的自由阐述。"由此，终身教职制度规定了一位教师可以作为非终身制教员或教授的年限，"可以硬性要求该机构授予或终止个人的终身职位"。这也就是说，美国高校教师享有一项特殊的劳动权利：在六年左右的时间之内，校方机构应该对符合资格的教师给予终身聘用合同，让其享有相应的福利，并且只有在极其特殊的情况下才可以解除。这一点和美国普遍运行的商业逻辑很不一样：在美国公司，炒掉一个四十岁甚至更老的员工，老板并不需要给多少理由甚至补偿。但学术界需要一张安全网，保证那些具备资格的教授能尽早得到认可；大概在学术生涯的中期，他们的知识之旅需要一张永久的雇佣合同，以便在没有行政干预（和报复）的环境下继续前进。

这听起来很美好。跟那些终日游荡在城市中、在咖啡馆里苦苦码字的上一代文青知识分子比起来，"二战"以来的美国教授穿得更好，住得更舒服。虽说他们变得没那么有趣，比起关注社会大众的福祉，他们可能更关心自己的学术头衔，但他们和商业世界并没有什么瓜葛（往往还有点鄙夷）。教授们虽然和普罗大众渐行渐远，用晦涩的术语来写作，课堂上对他们讲的东西真正感兴趣的学生也有限，但专业逻辑的底线是科学，而不是大学或高等教育的财务状况。一旦他的专业资格——即终身教职申请通过了同行的审议，那么他就应该在象牙塔里自由掘进，对世俗烦嚣再少一些担忧。毫无疑问，这是专业主义的崇高理想。所谓象牙塔，难道不应该是这样阳春白雪的存在吗？

二

也许没人能预料到这一改变带来的后果。在1960年代席卷全美校园的民权运动中，精神领袖是让-保罗·萨特、阿尔伯特·加缪、法兰兹·法农、赫伯特·马尔库塞、艾萨克·多伊彻、威廉·赖希这些欧洲知识分子。1965年，波兰作家艾萨克·多伊彻在加州大学伯克利分校结束演讲的时候，全场一万两千名听众起立鼓掌致敬。雅各比说，参与民权运动的年轻学生未必能够理解萨特的《存在与虚无》、马尔库塞的《单向度的人》，但这些知识分子和他们的写作中所展现出来的反抗精神、革命意志以及道德力量，跟美国学院派的自由主义显然不同。听众向多伊彻致敬，不是读过他那厚厚的三卷本《托洛茨基》，而是因为多伊彻"代表了一个紧贴时代、愿意挑战美国（以及苏联）官方意识形态的知识分子"。

到了1980年代，美国知识分子的生活跟二三十年前的前辈已有天壤之别：他们拿着学院工资和研究资助，每年参加各种国际学术会议，随身带着履历表和个人名片旅行。对大部分人而言，在哪一所高校任教，往往比个人头衔更为重要。明星学者固然受到同行和在读研究生的追捧，但他们的名字却很少为一般人所知。知识分子在学院化的道路上一往无前，意味着要在专业研究上投注绝大部分的精力，即便是在偶尔的媒体采访中露面，也必然是以某个领域专家的身份发言，绝不会对非专业领域的公共议题贸然表态。今天的美国教授们敬业、随和，谈吐温文谦逊，虽然大部分以自由左派自居，但很少会否认德国社会学家马克思·韦伯的教诲：学术作为一种志业，是要让学生得到技术、思想方法以及清明的头脑。要保持教师的身份，就不能成为一个鼓动者，将自己的立场加诸学生身上。他们或许追求学术界的声誉，但对于改变学生的价值观兴趣不大。

社会学家米尔斯在1950年代所谓战后繁荣中发出的孤声警告，已经成为现实：美国当代的小说家、艺术家、政治写手，在大量涌现的白领工作岗位上表现出色，他们没有拒绝唾手可得的利益，不再追求撇开私欲的独立精神，也不再与身边的环境对抗。"技术人才的崛起和知识分子的败退越来越明显，目前似在顺利无虞地展开。"

十多年前，我辞去广州报社的工作，到美国一所中西部大学读传播系。当时的博士导师是一位媒体历史学家，为人谦逊。他自1980年代初开始学者生涯，在教学和研究两方面业内口碑极佳，业余时间则喜欢看棒球比赛、听爵士乐。记得有一次，我在他面前抱怨本科生不好教，他便以一贯的阅尽千帆的智者口吻劝我："Speak only to the converted."（只跟对的人说话嘛。）

这种温和的自由派立场在学院里颇有代表性。教授们虽然立场不一，但都是各谋其政，阵线分明。博士研究生的十六门课程只有两门必修，十四门是自选；包括选导师，也是"愿者上钩"的自由市场原则：学生带着自己的题目和准备工作，主动写邮件约见老师，双方"情投意合"则事成。要是教授觉得学生的领域或者立场跟自己不对味，一般都会直接告知"你找错人了"。或者，用我棒球迷导师的说法，I will play some hardball with you.（我打出的球会很难接哦。）

当然还是有例外。有位媒体政治经济学的著名教授罗伯特·麦切斯尼，除日常教学之外，还写了十多本书批判美国跨国媒体公司的霸权，在课上课下也从不掩饰自己的激进立场。2007年，他和大名鼎鼎的麻省理工语言学教授、政治活动家诺姆·乔姆斯基一道，被收录进了一本叫作《教授：美国一百零一位最危险的学者》的书里。后来，麦切斯尼招兵买马，创办了自己的媒体改革倡导组织，积极为政策改革做准备。只不过，除了乔姆斯基之外，明星教授也只为行内人所知。正如雅各比所说的，美国知识分子并不是在变笨、变胆小，而是他们的写作背离大众之后，在工作中展现的想象力、勇气和眼界都和前人不可同日而语。像麦切斯尼教授这样的异类，多年来笔耕不辍，为媒体改革高声呐喊，躬身教学，却因为通俗易懂和立场鲜明的"搞事"风格，不时受到"不够学术"的非议。麦切斯尼的媒体政治经济学课两三年才开一次，每次必爆；四百人挤满一个小礼堂，每周听他在台上雄辩滔滔地讲三小时（中间休息十五分钟）。这门面向大二学生的课程课业很重，必读书有五本，一个学期下来还要完成两篇八页论文和两次考试，分别包含一百四十五道他每年都亲自更新的多选题（每题五个选项）。据我跟他一个学期的助教经验来看，本科学生虽敬重麦教授研究扎实、作风严谨，但总有人会发出"这位教授的看法过于一面倒，不够客观"的评论。毕竟,美国学院尊崇的不是面对大众或者学生的演讲能力,而是另一套学术规范。有麦切斯尼这样天赋异禀的逆流者存在,只能说明潮水已经改变了方向。

在学院制度下,写作和社会活动的公共性都在快速后退。学术论文和书、报纸杂志都不同:追求的不是可读性,而是行内的关注度(即所谓的引用率、影响因子)。研究生和年轻教授想高效产出论文,最好的策略是投入到一个狭窄的课题上,才能快速产出成果。在这些学术"领地"里,正确使用行话、注释和方法论,不光是研究入门的基本功,也是学者身份的表达:你用了谁的理论框架,引用什么人,行内人一眼便能看出大概是哪个流派、师从哪里。而某个领域的术语行话积累得越多,学科的堡垒就越高;如医学和法律,门外汉越难进来,就越容易证明自身的重要性、越容易争取外部的资金支持。

换言之,知识领域在学院制度下一再细分,正所谓"隔行如隔山",这是专业化的本义。但对关心现实、想对社会甚至历史做出整体把握的学者而言,这无疑是南辕北辙。而且,雅各比甚至认为,要想在学术界取得成功,靠的不是有多少才华,也不是对公共讨论的贡献。相反,一个教授如果在公众活动中投入得多,反而会引起怀疑:"是不是学术做不下去了?"在这里,成功的秘诀是要将精力投入到学术专业领域的活动中去,只跟声名在外的机构或者人脉产生联系。到媒体、公众活动里发言,甚至写出畅销书,都难以转化为学院认可的学术成果。经年累月，高校教师的语言也随之发生改变，"同行代替了公众，而术语取代了英语"。他们失去了和普罗大众交流的能力，甚至永远失去了这套上一代知识分子必须掌握的语言和写作词汇，"起初是不为也，最后则是不能也"。用雅各比的话来说："咖啡沙龙酝酿的是隽文妙句，而大学校园则生产学术专著和课程，以及研究经费申请书。"

但是，无论是对公众发言还是写作，知识分子的语言正如外科医生的手术刀，是思想的工具和传播手段。如果两者同时落入技术化的"内卷"当中，不再为公众所熟悉和理解，那么知识分子作为社会道德良知的管道也就关闭了。社会学家米尔斯曾经毫不客气地写过：现在知识分子"已经成为较为稳当的中产阶级，坐办公桌的人物，结婚生子，住在令人称羡的郊区……写写备忘录，指示别人做些什么，而非著书立论，告诉别人来龙去脉"。1967年，早就发表过成名作《句法结构》、拿到麻省理工学院终身教职的诺姆·乔姆斯基，在《纽约书评》上发表了数篇反对越战的文章，其中一篇题为《知识分子的责任》的文章影响最大。他写道："社会革命的愿景失落，其中一个原因就是技术化的知识界心甘情愿地加入了新的统治阶层，和他们融为一体。"

乔姆斯基的话颇有预见性。接下来，美国知识分子退出公共生活的前沿和批评阵线，专心教书育人搞学术，但学院却并没能成为独立于商业社会之外的净土。相反，在知识分子把眼光和精力都转入校园的几十年里，他们赖以安身立命的高校却走上了一条和美国主流社会步调一致的道路：有的是野心勃勃，有的则是迫不得已。

三

在美国，约四分之三的大学生在公立高校读书，而在过去四十年里，联邦及各州政府不断削减对公立系统的财政资助，这在2008年美国政府为破产的华尔街金融机构买单之后尤为明显。为此，高校不得不另寻出路来填补资金的空缺，其中最普遍的办法之一便是打学生主意——扩招、提高学费，以及招收更有钱的学生。

事实上，自1981年里根政府执政至今，美国已经建成了世界上最昂贵的大学教育体系。根据美国国家教育中心（NCES）公布的数据，四年制大学生在2020-2021学年的平均学费约为两万九千美元，这超过了加利福尼亚州平均家庭年收入的百分之三十五（2021年中位数为八万一千五百七十美元）。别忘了，这只是一个美国本土大学生的开销。如果是美国的海外留学生，费用则更高。

政府补贴的减少，让美国大学和学院将财政目标的重要性提升到了前所未有的高度。根据《大西洋月刊》2018年9月11日的报道，在过去十年，美国中西部著名的普渡大学招收的学生中，本州的学生减少了四千三百名，外州和海外留学生则增加了五千三百名，而后者需要支付的学费是前者的三倍。

对于某些高校来说，留学生所交的学费尤其成为至关重要的收入来源。根据《泰晤士高等教育》2018年11月29日的报道，美国伊利诺伊大学厄巴纳-香槟分校在2018年甚至购买了一份商业保险，以防"中国留学生学费收入的大幅下降"。这份保险为期三年，每年保费是四十二万四千美元。如果来自商学院和工程学院的"中国留学生学费收入下降百分之二十"，学校可以获得高达六千万美元的保险金。这份商业保险是高等教育界的全球首例，据报道，"中国留学生学费占了商学院总收入的五分之一"。

为留学生数量买保险，意味着学校宁愿每年交数十万美元的保费，来保证中国留学生带来的学费收入不会受"签证限制、流行病或瘟疫、贸易战"等影响而下降。如今，高等教育，尤其是短平快的研究生项目，已经高度市场化。就如奢侈品一般，爱买不买，悉随君便；教育全球化，其实质是让原本属于国家公共系统的福利，变成市场上的商品。

的确，如果稍微回顾一下冷战后的政治，我们便会发现，当时西方社会关于教育及其他公共事务的主流观点与现在大为不同。那时候，精英之间的共识是，这些事务都应该由政府来承担和管理。例如在英国，麦克米伦的保守党政府颁布的《1962年教育法案》规定，本国全日制学生均免收大学学费。没错，从1962年到1998年，除了非全日制及海外留学生，享受英国高等教育是不用交学费的。然而，随着《1998年教学与高等教育法案》的引入，新自由主义作为历史秩序开始在高等教育中渗透。换言之，市场逻辑在公共事务，例如教育、医疗等领域中的分量与日俱增。

冰冻三尺非一日之寒。英国《1998年教学与高等教育法案》将每年学费的上限定为一千英镑，并且按照家庭的年收入来分层收取。但仅在六年之后，《2004年高等教育法案》便规定，从2006年起，英格兰的大学每年可收取最高达三千英镑的学费。这个上限很快在2010年提高到九千英镑一年（议会投票时，这项法案获得三百二十三票支持，三百零三票反对，以二十票险胜）。尽管当时有大批学生在伦敦游行抗议，却无济于事。2015年，英国政府发布了《高等教育绿皮书》，允许英国大学提高学费到九千英镑以上，解释是"学费应该与教学品质挂钩"，引发了英国大学生联合会的强烈抗议和示威行动，但依然无效。

英美公立高校的剧变，并非暗度陈仓，但其过程在学院内部却没有引起多少抵抗。2009年，曾以《做新闻：现实的社会建构》一书在1980年代闻名的美国社会学家盖伊·塔奇曼，将人类学家的目光投向高等教育，出版了一本名为《高校争流：走进公司型大学》的著作。在书中，她翔实记录了一所美国研究型大学如何野心勃勃地攀登大学排行榜。但是，教授们普遍关心的是各自在自己专业的发展，大部分人对本校事务的热情并不高。即便有诸多不满，也很少会通过大学理事会提出异议。在"野心大学"里，新的领导班子越来越像商业机构总裁，讲求"愿景使命""标杆管理""战略计划""持续品质提升"这些企业管理的词，费尽心机要"打造大学品牌"，离高校教授越来越远。

塔奇曼认为，这些变化正是大学"中心化、官僚化、商业化"带来的。当政府削减对公立大学的资助，美国公立大学的运营便开始前所未有地转向商业模式，想尽办法"开源节流"。为吸引到更多其他州和海外的学生，各所大学在排行榜上百舸争流。毕竟，排名上升不但能够吸引更多的外州学生和留学生报名就读，还能吸引优秀的教授和研究生慕名而来，带来更多的研究成果和资金支持。而这些高等教育排行榜，无一例外基于一系列可量化的标准，例如教职人员的出版物数量和学校获得的资金资助，是证明学校科研能力的两项主要指标。要在这些标准下胜出，就意味着学校要制定新的措施来激励学术的生产效率，而这原本属于学术界自主管理的范围。

这一改变非同小可。在此之前，学术界虽然在公共讨论中逐渐缺席，但内部的讨论毕竟是自由的，有其专业的缓慢节奏，就如大树之间的对话，需要长时间的深思熟虑。但在今天，这需要大大加速，才能跟得上体制层面所预期的学术成就。也就是说，教授和教师们需要用某种方式来展现自己对于高校的"价值"，让它们转换为某种能被门外汉（家长、高中毕业生、大学管理部门，以及像《美国新闻与世界报道》这样的高校排名杂志）所能理解的标准。在强烈的愿景驱动下，高校的管理层开始主动介入学术生产，软硬兼施。就好像原本在孩子的成长过程中一直持放养政策的父母，有天突然醍醐灌顶，决定采取行动，尽一切努力介入孩子的未来。他们不再想着成为孩子的知心好友，开始加大投入、规范管理，为孩子的履历全力以赴。这个合情合理的动机，给这些刚刚启动的"家长经理人"注入了巨大的权力，来把所有对孩子的愿望一一实现。正如"虎妈"会给孩子安排繁复的课外活动和计划严谨的"自由时间"，"野心大学"也会开展众多的各类评审以及规划清晰的学术研究计划。我记得自己读博的时候，一位系里的女教授喜欢在课上分享学术界生存法则，其中一条建议非常直白："一鱼三吃，同学们。"

教授解释说，这不是鼓励我们把同一篇文章原封不动地发到三家不同的期刊寻求发表机会，而是大家都知道，研究不易，发表更难，所以必须把研究成果切分到"最小的发表单元"，一点都不能浪费，这样才有办法在竞争激烈的学术圈里生存下来。我有一位师兄在美国高校找到工作之后，为尽快评上终身教职，决定将博士论文拆分成六篇文章来投稿。记得他解释说："给出版社投一本书过于冒险了，搞不好两三年弄不出来。文章投中几率要高一些，成果数量也更多。"

在研究生院，类似关于学术生产力的计算和"攻略"并不少见，可见学院的生存环境跟丹尼尔·贝尔从《财富》杂志辞职的1958年已不可比。塔奇曼在她的研究中发现，高校在财政吃紧的情况下有两个常见的"节流"做法：一是招聘更多的兼职老师来讲课；二是请全职老师，但是合同期满以后就不再续聘。在过去二十年，美国学院里的兼职讲师、访问讲师不断增加，这一类似学术"临时劳工"群体的出现，折射的是学术界雇佣制度的结构转变。2010年，拿到终身教职的文化人类学教授凯伦·考斯基从伊利诺伊大学厄巴纳-香槟分校辞职，创办了一家名为"教授来了"的咨询机构，专门为深陷研究生院毕业无望、毕业了又找不到像样工作的美国博士生提供职业指导。2022年，凯伦·考斯基在一次演讲中说："教授们都说高校工作如何安稳、光鲜——这是一个谎言。由于四十年来系统性的资金投入减少，美国学术界自1980年代起就已经不是一条安稳的职业之路……现在的学院跟沃尔玛这样的跨国公司逻辑相通：一边高喊节约成本，一边减少带福利的全职雇员数量。和沃尔玛一样，美国学院里面高达百分之七十六的教员不在终身教职的编制上：没福利，非全职。"

高校管理层权力的扩张和制度化，让之前来之不易的终身教职从"勇者的自由"迅速退化为年轻教师苦苦追求的基本劳动福利，从教员与校方之间的平等承诺变成教员苦熬论文的解放之日。本来，一位学者应该自由地拓展知识、积累经验，直到水到渠成地成长为该领域的权威，继而受到所属机构的认可，但现在，终身教职制度或工作保障变成了获得中产阶级生活和社会地位的诱饵。这是一场名副其实的哲学与社会学意义上的双重溃败：对于个人来说，学术自由成为学术生涯的"终点"而非"起点"。毫不夸张地说：高校，这片知识骑士们原本肆意驰骋的自由之地，已经变成大量求稳之辈的安全地带——却越来越不可得。

四

　　美国知识分子的转变并非孤例。从自由写作的文人作家，到养尊处优的专家教授，再到合同制下的知识劳工，这里粗笔浅描的百年精英故事，随着1980年代以来的全球化进程而四处落地生根。现在，新一代的知识分子正在世界各地的"野心大学"里砥砺卖命，在"要么发文，要么走人"的大棒压力下，拼命提高教学效率，争取研究时间发论文，指望通过严苛的学术评审制度获得终身教职，甚至将退休视为其最终的救赎。今时今日，做一名合同制的高校教师，会遭遇什么样的日常生活？

　　2015年秋，我来到澳门一所大学执教，为我的第一节新闻课程做准备。教室里，七十多名大一新生济济一堂，人数是我在美国教过的本科课堂三倍。和我一样，在澳门这所大学里任职的，大多是拿着海外博士学位的老师。对我们这类海归一族来说，中西夹杂的澳葡小岛不失为一个缓冲地带：在无数的旅行手册和网站上，澳门被誉为"东方的拉斯维加斯"，是中国境内唯一可以合法赌博的地方。这里终年游人如鲫，互联网亦相对开放。不过，我所任职的大学校园很小，步行十五分钟距离之内就有三家赌场。这些日夜无休的超级赌场和豪华酒店，可能是世界各地旅客的终极假日想象，但对我而言，教室的窗外是一片后现代飞地奇观——不下雨的威尼斯，没有罢工的巴黎。

我到大学面试完的那天，一位热心同事带我去坐赌场的免费"发财车"到拱北关闸。在车上，这位准备去珠海拱北买菜的媒体学者直率地告诉我：在这里，你不会觉得自己是知识分子，就是一名外劳。

老实说，这个身份我并不陌生。在美国的研究生院里，我是助教，每周法定工作二十小时，要独立教一门课。作为补偿，我的学费全免，每月可以领到一千多美金的工资维持生活。暑假没有工资可发，就要靠家里补贴才能混过去。到第四年的时候，学校董事会以州政府削减资金投入为由，通过了对所有研究生讲师"三年不涨工资"、不保证"免学费"的决议。大学研究生工会代表和学校管理层谈判未果，决定发起罢工，结果，我和几百名研究生，还有一些同情我们的教授一起，在中西部深秋的凄风冷雨中，围着各大教学楼敲锣打鼓、扯着嗓子抗议了三天，终于使学校做出让步：新政从下一年入学的研究生开始实施，在读研究生不影响——这才保住了每年跟随物价水平约百分之三到五的"涨薪"幅度。不过，比起那些美国同学，我还算相对"富裕"，至少没有本科和硕士阶段欠下的学贷，多少体现了一把社会主义和独生子女的优越性。我的一个荷兰博士同学，来美国读书前把自己在阿姆斯特丹的一间小公寓卖了，读到第四年的时候据说是"轻度负债"状态。总而言之，所谓"体面的贫穷"，我们都深有体会。

开学前两周，我拖着行李箱过关，在人口最为密集的澳门半岛落脚，和另一位老师合租一套高层公寓的两房一厅。她先来，选了月租五千葡币的主人房；我住月租四千八的小房，厕所和厨房共用。在我来之前，澳门的住宅均价从每平方英尺的六千三涨到近十万葡币，十年里翻了十五倍，令这里迅速跻身全球房价最高的城市之一。按照当时的楼价和收入，理论上只要我在大学工作二十五至三十年，全部工资就刚好可以买下这间八十平方米的公寓。

当然，如果暂时忘记自己的外劳身份，那么澳门无疑是有趣得多。二十年前，澳门特区政府发放赌牌，三家拉斯维加斯的美资企业成功入场。在外资的带动下，氹仔的赌场和酒店一间比一间更新更豪华，旅游生意蒸蒸日上，进入两位数的经济增长期。目前，澳门依然有超过三分之一劳工来自内地，往返珠澳两地。我们专业有几位老师把家安在珠海的，便总是行色匆匆，每天跟着滚滚人潮在清晨过关涌入澳门，如幽灵部队般；又在黄昏后退回拱北，日日如是。有位女老师跟我说："每次只要和地盘工人一起前胸贴后背夹在长长的队伍之中，所有关于知识分子的身份想象都会消失。"

即便不用两地通勤，大学的教学任务也相当沉重。老师们每个学期要带四到五门课，即每周上十二到十五课时。比起美国研究型大学的教授，这里的课时量是他们的二到二点五倍，学生总数是六至八倍，而且没有助教帮忙改作业、带讨论课。乍听之下，这几乎是不可能的任务，然而，不少老师还要超时工作，每周带十八小时，甚至二十一小时的课。这还没有算上备课、改作业和带研究生的工作量。另外，教师们还必须每年发表至少一篇学术论文——最好是国外的核心英文期刊。如果年终考核不过关，还会直接影响到老师的升职（加薪）申请、下学期的教学课时，甚至劳动合同的续签。

一位在广州重点大学任教的老师告诉我，像这样的工作量，在她们学院也属于正常范围。自2003年以来，国内的重点大学逐步引进欧美的学术晋升制度，即博士刚毕业的青年教师需要跟学校签一份六年的预聘合同，届时如果科研成果达到了学校的要求，才能申请进入正式晋升到长聘编制。而在预聘阶段的讲师，即便是国外名校毕业的海归，也要以发表的论文、拿下某些国家基金项目来重新证明自己的"价值"，否则就得另寻高就——俗称"非升即走"。为了能够竞争过关，青年教师只能在压力下拼命超时工作，与同事竞争，来争取名额极其有限的晋升机会。大家的工作状态，与一般人印象中一年有两个长假、可以到处旅游的大学教师相去甚远。

2021年8月3日，一位大学教师以笔名林苏子（音）在国内英文媒体 *Sixth Tone* 上发表文章，坦陈她从美国回来的工作经历。在南方一所著名大学和她签订的六年劳动合同里，包括了发表三篇期刊文章、拿下一项国家基金项目，以及每年二百课时的教学任务。当时，她以为这不算难事，但万万没想到：国家基金项目的申请竞争异常激烈，而论文则必须发表在指定的核心刊物才算数。在此之上，上课、备课以及定义含糊的"行政服务"已经占去了大部分的时间。最后，即便你排除万难达成所有的要求，也只是获得了申请副教授的资格而已。六年后，在三千公里以外一所"没那么著名"的大学工作的林苏子写道："如果时光可以倒流，当时的我就应该马上另找工作。后来我才知道，这所大学从2014年开始疯狂招聘了上千名像我这样的年轻学者来发论文，帮助学校爬升学术排行榜。这波操作，已经决定了我们不过是学校的工具，用完即弃。"

林苏子的经历，和美国越来越多的兼职教授、博士后讲师、驻校教师等新聘的临时教职人员类似。但比起美国高校的兼职教师，国内的林苏子们不但要以更低的工资承担更重的教学任务，还必须面对发表论文、申请外部研究基金的压力。林苏子写道，她长期失眠、常常扭伤脚踝，身体开始过敏；开车的时候，导航常常提醒她"保持直线行驶"——经过隧道的时候，她甚至有过自杀的念头：撞上去就可以彻底休息了。

可见，不论东西方，高等教育的学术生产力已经被新的市场逻辑所渗透：越多政府投资、公司看好的热门领域研究，意味着越多外部资金通过项目经费、管理费流入学院，所产生的科研成果就可能更多地转化为具有市场价值的专利技术和产品，为学校（或校办公司）带来更多的利益。塔奇曼说，在二十世纪六十年代到八十年代，美国许多"纯粹"的科学家会看不起那些为大公司工作的同行，因为他们认为学术工作和公司研发不同：前者以公开论文形式来发表成果，是为公众服务、推动科技进步；而后者则申请专利，将成果私有化、为个人牟利，实质上妨碍了社会进步。甚至到九十年代，发明专利还很难写到学术简历里面，转化为堂而皇之的学术成果，但随着学院的公司化、学术的公共性质后退，拥有专利的意义已经改变，非但不再低人一等，反而是学院争相追捧的对象；教授的"拿钱"能力越强，资助的研究生就越多，未来出成果、拿项目的能力就越强——属于学术市场上的"优质资产"。

在这样的商业逻辑下，许多高校开始将课时量作为一种奖惩制度：成果多的老师可以少讲课，甚至不讲，成为研究型教授。多出来的课谁讲？要么是兼职老师，要么是研究成果少的老师，但不管是哪一种，学生的利益都不在优先考虑的范围之内。走到这一步，教学在大学里实际上已经成了一种"良心活"——甚至是惩罚。在美国研究院里，有的导师会直接劝诫某些爱上讲课的研究生讲师：不要在学生身上花那么多时间，好好写论文才是正道。

美国布法罗大学社会学教授莱农·路易斯专注研究高等教育机构多年。在1996年出版的《边缘价值：教学与学术劳动市场》一书中，他写道："那些努力教学，甚至带着理想主义色彩投入教学的老师就上当了。如果他们的学术成果因此而减少，那么他们在学术市场上的价值就会归零。从结果上来看，专注于教学的老师相当于所在学院的人质，哪儿都去不了。"

我在澳门教书的第一个学期带了两门课，五个班，一共三百五十多名学生，其中一门基础课有四个班，相当于同样的内容要讲四遍。只要布置一篇文章作为作业，我就得批改三百篇。一个学期下来，我只记得大约三十来个同学和他们的名字。那一年，我两点一线的生活乏善可陈：除了学校和附近的一个游泳池，公寓楼和附近的一家公共图书馆，我几乎哪里都没去过。只记得夜晚备课时，从四十二楼的房间大窗望出去，可以看到澳门半岛的万家灯火，和远处晦暗不明的南中国海；隔壁的室友、楼上楼下看不见的老师们也各自在忙吧，但似乎离我同样遥远。

五

学院制度的变迁不但改变了知识分子，同样也培养着新一代的学生和未来的知识分子。大洋彼岸的校园，对越来越多的中国家庭来说已非遥不可及。今天的留学生可能会留意到，不少美国公立高校在近年配备了设施一流的健身中心、多种多样的餐饮服务和重新装修的学生宿舍，甚至还建起了电影院和水上乐园。不仅如此，美国的学术界会议看起来也越来越像商业会议：有固定的着装要求，餐点也越来越精致高档。然而，他们看不到欧美高校在过去半个多世纪以来翻天覆地的历史变迁，也未必知道这些立竿见影的加分项目跟教授的论文数量一样，是学校在大学排行榜和招生宣传册上为博取高中毕业生及家长好感的投资项目。2016年6月22日，专栏作家弗兰克·布鲁尼在《纽约时报》撰文，认为美国高校正通过各种创新来吸引并服务于新一代的学生。他说：这种讨好学生的消费者模式，是过去四分之一世纪里高等教育领域最为惊人的转变。

然而，这些还都是英美公立教育系统商业化、全球化的问题，而像常春藤联盟这类美国私立大学和小型文理学院，一年高达五六万美元的学费从来就没降过，反倒吸引了越来越多中国家庭不惜重金把子女送去。2001年中国加入世贸组织时，赴美学习的中国留学生数量仅为六万三千人；到疫情前夕的2019年，这个数字约为四十七万。中国已经成为留学生来源的第一大国，而且日趋低龄化。对于学生及其家庭来说，周围似乎有无数的理由可以正当化这种"新常态"。

"如果你觉得教育太贵，你可以试试保持无知。"一位保守派的美国大学校长曾经这样回应对高等教育涨价的批评。比起一百年前赴海外留学的公费学生，今天许多中国留学生，尤其是工薪阶层家庭的学生，会深深地感受到他们的"西游记"不仅贵，也未必能达到预期效果。更值得追问的是：在渴望全球化的高等教育机构和家庭的合力之下，会培养出怎样的一代青年学生？

离开澳门之后，我到了珠海一所中外合办学院教书。过去二十年，这座人口不足两百万的二线城市吸引了来自北京、广州乃至香港的好几所高校前来设立校区。在城北的唐家湾，相隔不远的四所大学俨然一个中等规模的大学小镇。这里海岸线悠长，离澳门只有二十分钟高铁路程，四季暖热但人文节奏分明：春秋学期每到周末，北上广州和南下拱北的城轨列车上人头涌动、一票难求；而寒暑假一到，处处便是人去楼空的清幽景象。

在这所学院教了不到一个月，我便发现这里的学生异常忙碌，很不容易约见。"噢，我忘了我明天下午五点到六点有一个小组讨论，改成周五怎么样？下午两点以后我就有空了"；"对不起！我们下周开会可以吗？我这周有两个deadline，还有一个课题展示⋯⋯"即使在晚上九十点过后，校园里依然灯火通明，学生们还在参加小组讨论、舍堂活动、舞蹈社团排练、摄影作业……一位老同事经常打趣说："我的学生终于有时间接见我了。"

不但学生课业繁重，本科课程的设置也超出我的想象。有一次，一位学生告诉我她要去"观鸟"了——那是一门课的名字。还有一位大一女生曾告诉我，她搞不懂"情绪智能"这门课到底是在学什么：要练习打太极拳，还要每天写下三件"发生在你身上的好事"上传给老师。学院的非专业课程占总课时三分之一以上，记得我们专业的一个女生曾对我抱怨过，她每周都要去珠海的大小沙滩上捡垃圾，但最后这门"志愿者"课程只得了个"C"。

然而，这正是他们的父母甘愿买单的项目：具有全球视野的博雅教育，其理想是要彻底改革中小学的应试教育模式，尽可能让学生与他们的全球同龄人拉近距离。除专业学习外，英语水平、沟通技巧、领导素质、社区服务、海外交流项目、艺术、体育……通通融入了四年的学习计划，以及各类学生团体和校园后勤支持之中。创校前辈们认为，学院的学生要具备全面的综合素质，打破国内高等教育一直被诟病的除了死记硬背什么都学不到的僵局。为此，学院采用了一套更全面的评估标准：除了考试之外，口头报告、小组项目、学期论文，课程考核形式多样。而且，为促进评分公正，学院要求教师布置的每项作业都要公布评价标准，让学生清楚知道，比如说，这次写作作业占总成绩的15%；其分数将根据"主题（20%）、结构（20%）、语言（20%）、研究（25%）和风格（15%）"来判定。总之，学生要明白这份作业占多大比重，老师想看到什么，以便有的放矢。

由此，学院的作业量、评分量和各类文书工作都大大增加。二十年前我在广州读大学的时候，除了学期末那一两个星期之外，平时有大把时间可以自由支配，这在如今这所学院很难实现。然而，学院的开创者和教职员工都对这样一个现代、高效、以学生为中心的教育环境充满信心：虽然成本高昂（学费每年十万元），是一个学生、老师、职员都要拼命工作的劳动密集型机构，但它有可能培养出我们都希望看到的中国最优秀的一代全球公民啊！

我所在学部的院长，是一名美国常春藤大学毕业的学者。工作面试结束后，她说的一句话常在我脑海中回响：我们的目标是小而美。对此，我也深以为是：中国高校的确可以尝试一下美式的精英教育，毕竟，高考制度本身就是具有中国特色的精英教育嘛。尽管自1999年以来中国大学一直在扩招，从2000年的不到二百二十一万扩大到2022年的近四百六十八万人，但具有大学文化程度的人口比例依然未超过五分之一。另一方面，由于地区经济发展水平差异巨大，本科学历已经不能保证毕业生在大城市找到一份好工作。对于大部分较为富裕的城市中产家庭来说，孩子如果不去一间像样的国内外大学拿个研究生学历，似乎越来越难以接受。在这里，我经常听到大一学生不无骄傲地说：我已经准备好再上四年高中了。

不过，很多对英美私立教育趋之若鹜的中国家长和教育界人士有所不知，美式精英教育也有其历史和危机。《纽约时报》专栏作家大卫·布鲁克斯早在2001年就在《大西洋月刊》以长文批评：耶鲁大学和其他常春藤盟校里过度培养出来的美国千禧一代是"体制青年"，对打造光鲜履历而非学习本身更加感兴趣，更别提自身修养和道德历练了。布鲁克斯说："在培养下一代国家精英的学校和大学里，人们找不到愤怒的革命者、沮丧的懒鬼或阴暗的愤世嫉俗者，而是体制青年"——人类历史上受到最多训练和监督的一代。

在2015年的畅销书《优秀的绵羊：美国精英的错误教育和有意义的生活之路》里，耶鲁大学前英语教授威廉·德雷谢维奇同样失望地写过：耶鲁大学和其他常春藤盟校的学生更愿意求稳，紧跟主流价值观和各种攻略来规划自己的生活。这些精英机构正在大量生产"幼稚的事业心和无方向的野心"。

如果说常春藤名校或美国精英制度的失败，在于培养出一大批履历优秀但亦步亦趋的未来领袖，那么对中国的富裕家庭而言，这两点似乎很难称得上是失败。相反，海外知名高校里那种追求功成名就的氛围和高强度的"镀金"经验，让家境优渥的中国Z世代及其父母觉得动辄过百万的学费依然物有所值。

每年春季，我所在的学院都会在全国各大城市组织大规模的招生宣传活动，与未来的学生和家长见面。记得2018

年3月，在广州一所高中宣讲会的问答环节，有一位妈妈举手提问："我们已经决定报考你们的学校，然后再申请约翰·霍普金斯大学的计算机硕士学位。我想请问下，在这四年当中参加国外交换生项目是不是浪费时间？"

这位女士的话刚说了头一句，就在全场引起了不小的轰动。毫无疑问，这些准备充分的超级父母，在他们孩子的教育过程中掌控着巨大的权威。在我们学院，活跃的家长志愿者不仅参与学校的招生宣讲会，还组建线上线下关系网，随时分享学校信息、校园政策以及孩子们的学习成绩等相关新闻。在新生开学和毕业典礼上，一两个骄傲的优秀毕业生父母会被校方邀请上台发表演讲，分享他们如何"与孩子一起成长"的经验。

然而，对教育期望的全面上涨、子女管理一路看紧，超级家长们的做法难免有代价。在学院任教的四年里，我很少遇到怀着一颗好奇心进入大学的学生。相反，带着一箩筐预备好的计划、一脸焦虑的年轻面孔比比皆是。有两年时间里，我每周组织一次纪录片放映活动，没有学分，也没有作业。系里有二百多名学生，但通常不会超过十个人出现。而我在任教的四年当中，校内一共发生过两起学生自杀的悲剧。一位在学院有超过十年教学经验的社会学教授曾经对我说："我觉得我现在的学生就像没有皮肤一样。任何批评都很容易让他们流泪甚至精神崩溃。"

不过，我认识的大部分老师和家长却难以承认：这样一个荣誉满载、资源丰富的环境，怎么会产生这么多焦虑的年轻人？不久前，我电话采访了一位在学院工作过的心理咨询师——由于其工作性质不便透露姓名，我们暂且称之为K博士。他手上三年的案例存档里面，共接触超过一百位"问题学生"。我问他：为什么学院有这么多学生精神出现问题呢？第二天，K博士整理出主要问题，一条一条地解释给我听，包括父母关系、祖父母逝世哀悼不足、跨省文化敏感度不足等等。

听了近半个钟头的回复，我问K博士：但这些具体问题并不是现在才有的，例如父母关系破裂，二十年来中国的离婚率虽然在攀升，但离全球前十还有不短的距离。又如跨省读书带来的适应问题，也是大学生的普遍经验啊。

K博士想了一想，说："这可能与社会文化资源和多样性的减少有关。现在除了高深的学术作品，学生能够接触到的就是互联网上的鸡汤。一旦涉及现实生活中的问题时，这代人好像几乎没有可供参考的答案。"

学院文化的变迁只是社会的缩影，社会文化空间的收窄和单一化也不是中国独有的问题。2015年，韩国文化人类学家赵韩惠贞发表了一篇她称之为韩国"规格一代"的文章。她说：这代年轻人的生活以积累各项指标为重心，把自己当作一个产品来经营。他们把生活视为无休止的竞争，不喜欢听到"做你想做的事"或"做你自己"之类的话，却更喜欢谈论待遇、时间管理和如何保持正能量的技巧——总之，他们跟二十年前努力反抗主流文化的千禧一代韩国青年形成鲜明对比。与韩国的情况十分类似，中国内地公务员和教师等"铁饭碗"大受欢迎。2022年，考研、考公务员和考教师资格三大考试报名火爆，特别是教资考试，吸引超过一千万年轻人报名参加。我所在的学院，每年大约百分之七十的毕业生会继续他们的学业，去完成一个海外硕士学位。

然而，如果海内外的"野心大学"都已经深深地卷入高等教育排行榜上的竞争，以各项统一的指标来自我要求、追名逐利，教育者又如何指责学生缺乏批判精神和想象力，只会以学校、家庭，乃至社会设定的各项指标来要求他们自己，而不去追求个人理想呢？

可以肯定的是，1980年代以来，全球新自由主义经济政策的推行带来了深远的变革，高等教育亦无法独善其身，更非这场疯狂赛事的终点。曾经被誉为人生"黄金时代"的大学，已经不再是享受诗意年华的象牙塔了。如果说二十年前的大学还容得下逃课看书的怪咖、剑走偏锋的愤青和大器晚成之士，那么在我的学院以及大批野心勃勃、想要攀升国际排名的高等教育机构里面，这些不随大流、寻求独立发展的学生只会越来越少。相反，大多数年轻人在打鸡血般的"内卷"和索性"躺平"之间摇摆不定，却没人敢于置身事外。

"穷途末路"的英语专业

纳森·海勒（Nathan Heller）

美国各大学人文专业学生人数为何断崖式下跌?

　　危机来得如此迅速，起初没人能把握其影响范围。从2012年到新冠疫情发端，亚利桑那州立大学英语专业的在校学生数量从九百五十三名降到五百七十八名。该校档案显示，其语言和文学类专业毕业生人数减少了一半，历史类专业也是如此。女性研究类专业，同期则少了八成毕业生。"对我这样的英语专业学生而言，真正爱上我们的专业可不容易。"一位名为梅格·麦歇斯的大三学生这样说。当时已近黄昏，校园上的天空，边缘开始逐渐朦胧。这是一个深秋，落日如同快速燃烧的薄纸，很快便迎来深沉暮色，"我们心里都清楚，总会有人后悔自己的专业选择"。

※本文原题为"The End of the English Major"（copyright © Nathan Heller），载于2023年3月6日《纽约客》杂志，作者授权《读库》刊发中文版。
※本文注释均为译者注。

扎根于坦佩市区的亚利桑那州立大学，被誉为当今公立高校民主化进程之典范，在校生人数超过八万。该校本科录取率高达百分之八十八，近半数为少数族裔，有三分之一本科生是其家族的首位大学生。该校本州生的学费，平均仅为四千美元；其师生比率比加州大学伯克利分校好，对教师科研的资助比普林斯顿大学还阔气。对有志于英语文学的学生而言，这所大学看起来是个大热门。该校拥有七十一名终身教职的英语系教授——其中包括十一名专注于莎士比亚文学研究的学者——大部分为有色族裔。2021年，亚利桑那州立大学英语系捧回两座普利策奖，冠绝全美同类院校。

在亚利桑那州立大学校园里，我遇到很多这样的学生：他们为该校诸多人文特性所吸引，最终却选择了其他的专业。以大四学生露易莎·蒙蒂为例，她毕业于凤凰城一所私立高中，刚入校时兴趣极为广泛。得益于一个暑期交换生项目，她一度爱上意大利，痴迷于意大利语言和文学，但她最终选择的是商务专业，确切地说，是一门包含意大利语课程的交叉学科，强调基于语言和文化交流的经商业务。蒙蒂说："这就像个安全保障。"她戴的耳环，就来自母亲从巴西移民过来后创立的珠宝行，她对我说，"（选专业的）重点在于将来谁会雇佣你"。

另一位大四学生贾斯廷·科瓦奇，一直热衷于写作。他曾自发地读完上千页的《堂吉诃德》，觉得那是一个着实有趣的故事，从此在搜寻大部头文学著作的道路上一发不可收。"我喜欢文字优美的长篇经典名著。"他说。不过，他学的可不是英语或其他文学专业。他的大学之路始于匹兹堡大学，在那里他所学庞杂，一度在计算机科学、数学与天体物理学之间横跳，却没有一科让自己有满足感。"我大部分时间都懒得做功课。"他承认。然而，他从不否认只有专注于科学、技术、工程和数学的理工类专业才是最好的选择。最终，他决定攻读数据科学方向的一个学位。

到毕业时，科瓦奇将背上三万五千美元左右的学费贷款，正是这样的负担，影响了他的专业选择。近几十年来，美国高等教育学费全面猛涨，稳超同期通货膨胀。有种说法认为，正是这种学费压力，加上中产阶级日渐升级的对不确定未来的焦虑，多多少少促使像科瓦奇这样的大学生更多选择了硬技能专业（一般而言，英语专业所需学贷相对较少，但将来靠薪水偿还债务的时间也更长）。

发生在亚利桑那州立大学的专业选择现象并非个例。据美国艺术与科学院人文指标项目组联合主任罗伯特·道森介绍，他们收集到的数据显示，2012年至2020年，美国各大学专业招生人数——尽管程度不一——都经历了方向一致的变化：俄亥俄州立大学主校区人文类专业毕业人数减少了四十六个百分点，塔夫茨大学则减少了五成，波士顿大学少了百分之四十二。圣母大学最后只有开始的一半，而纽约州立大学阿尔巴尼分校更是几乎只剩下四分之一。像瓦萨学院和贝茨学院这样典型的文理学院，其人文专业学生数量都是降低近半。因为相关专业招生困难，2018年，威斯康星大学斯蒂芬斯角分校甚至曾短暂考虑过取消十三个专业，包括英语、历史和哲学等。

道森的研究表明，在过去十年间，英语与历史专业的本科生人数减少了整整三分之一；而全美人文学科学生人数则降低了十七个百分点。这是怎么回事？其实，这个十年，全球趋势皆如此，在经济合作与发展组织成员国中，五分之四都经历了人文类专业学生人数的普遍降低。但这很难令美国学者们安心，这一代大学毕业生所受人文历史的教育远比前辈少，学者们难以估量其影响。

如果静下心来，在脑海里构想一下"何谓大学"的问题，你很可能会偏向于两种常规设想之一。也许你设想的是一种人文田园主义，是"两耳不闻窗外事，一心只读圣贤书"的博雅教育。这似乎是英语专业最理想化的归宿：勤勉聪慧的学生们，可欣赏纳博科夫[1]的小说《微暗的火》，亦可品味鲍德温的散文集《下一次将是烈火》，或是去丈量《尤利西斯》的高度。这种教育的目的，并非直接的职业训练，而更注重对思想的培养；其背后支撑的信念，一如文学大家莱昂内尔·特里林所戏称的，是"只要你肯读，总会有好事"。这种教育模式有点像针灸或心理分析，似乎能有些效用，但其背后原理却百般尝试也仍未解释清楚。

关于大学，你或许又会将它设想成一个研究基地，这里有众多的实验室，开不完的研讨会，还有只有专家才能看懂的同行评议论文。这个地方有种跳动的能量，来自成千上万人对知识传承的共同狂热。这样的大学既是像《幸运儿吉姆》和《灵欲春宵》里描绘的校园喜剧发生地，更是挖掘出解构主义、量子电动力学、价值理论的知识采石场。这样的大学，能创造别的地方无法产生的新知识和新思维。

1963年，时任加州大学校长的克拉克·克尔发表了一系列演讲，后来集结成一本名著《大学之用》。他认为上述两种大学体系，一种沿袭了以牛津和剑桥为代表的英国体系，另一种则继承了十九世纪德国大学的传统，而这两者在美国都没有完全对应的学校。克尔指出，美国人创造的是一种"多元巨型大学"（multiversity），是上述两种大学体系的杂糅外加更多元素。这种多元巨型大学，融合了"赠地大学"[2]的传统，以培养工业化时代所需技能为目标；但它同时又提供面向所有人的教育资源。比如，这种大学可提供各种准职业训练，以法学院、商学院、医学院和农学院等设定为代表，同时也教传统人文艺术类科目。克尔在书中写道："大学对不同的人群而言，有如此多样化的意义，以至于它必然会产生部分自我矛盾。"

这种多元巨型大学的确有个长远目标，即对社会的全面开放。二十世纪三十年代，哈佛大学开始着力培育社会经济精英阶层，大幅提升对优秀学生的奖学金。1944年签署的《军人权利法案》[3]将两百多万退伍军人送进了大学校园，创造了美国大学入学率（确切地说是男性入学率）最高增长纪录。在1940年至1970年间，美国民众中至少接受过四年大学教育的比例，提升了大约三倍，凸显了高校民主化进程的成果。那个时代的大学生们，极力推进课程安排的变革，一切以让大学更匹配本科生的兴趣为目的。高等教育不再是清高的象牙塔，而成为很多人生活的一部分。

很长一段时间内，全国各校园人文院系学生所占比率，尽管跟随美国经济繁荣与衰退期而有起有伏，但基本维持在百分之十五的平均线。（以"富起来"为目标的商务专业，其在校学生比率并不依从经济起伏。这种对比容易被误解成"学英语专业会让你穷一生"。）然而，近十年的大学录取率，开始背离过去的趋势。当经济形势见好时，人文科目类学生数却持续下降；当市场不景气时，这些学科的学生人数掉得更快。如果说过去的趋势如同过山车，如今却成了自由落体。形成鲜明对比的是，美国大学其他专业，例如健康科学、医药科学、自然科学和工程学的学位授予率都在大幅增长。越来越少的大学依然将人文科目列为核心课程，康奈尔大学仍在坚持，但其英语专业在全校毕业生中的比例，在2002年到2020年间，从十个百分点降到了五个百分点，计算机科学专业毕业生所占比例则在大大增加。

"直到四年前，我还认为这会是个可逆的情境，我以为只是那些人文科目的教授们在激发学生兴趣方面还做得不够好。"哥伦比亚大学英语系教授詹姆斯·夏皮洛对我说。那天在他的办公室里，顶着一头花白金发的夏皮洛显得很忧虑。在他摆放紧密的书架上，摆着几张他参与过的莎士比亚戏剧的剧照。"可我现在不再相信趋势可逆了，原因有二。"

第一个原因，是我们所处的世界已经发生了极大的变化。夏皮洛从桌上拿起一部磨损严重的苹果手机，"我是智能手机新用户，上手才一年，之前一直是抗拒的。"他说，然而，他很快发现自己的抵抗是无效的。"过去二十年，科技已经极大地改变了你我，就我而言有何变化呢？在2000年前，我每个月能读完五本小说。现在如果我能每月读完一部，就算多的了。这不是因为我对虚构文学不再感兴趣，而是因为我的时间被浏览一百个网站，或聆听各种播客给占用了。"他一边摇晃着手机一边轻蔑地说道。"假如让你现在去看一部舞台剧，差不多一小时的时候，你拿出手机看一看，就再也放不下了。以文化人自谓的你我，恐怕都无法控制自己！"在这种条件下，布置一篇关于《米德尔马契》[4]的作业，就像在村头小路降落一架波音747那般困难。

第二个原因就是钱。夏皮洛放下手机，还瞪了它一眼："一分钱一分货！"他说完，抓过放在桌上的一份院系发布的备忘录文件，拿起一支有点钝的铅笔，在纸张背面画了一张图，纵横两个轴向之间，夹着一道上下翻转的抛物线，"我是指联邦拨款这个超级大水管。"

在我的注视下，他在抛物线起始位置标上了"1958"。1957年，苏联发射了斯普特尼克一号卫星[5]，刺激美国于1958

年通过国防教育法案，一下发放超过十亿美元的教育资金。

"我们在这里讨论的不是精英大学，我们说的是发放到全部五十个州的资金，一直到更基层。那一年，标志着人文类专业的光荣复兴。"夏皮洛接着说。在抛物线接近底部之处，他标上了另一个数字"2007"，正是上一轮经济危机开始的年份，"对人文专业的资助没了，不仅联邦的钱没了，来自各州政府和各大学本身的资助也都消失了。"

夏皮洛抚平一下画纸，想了片刻，拿起笔沿着曲线来回画着。

"这条曲线，其实也可看作是民主的堕落过程，"他说道，继而抬起头，迎上我的视线，"你可以将它盖在资金图上，会发现它们就像重写本[6]上隐现的痕迹一样，能吻合一致。"

在秋色最浓的季节，正值精英学子们期中考试的时候，我到了马萨诸塞州的剑桥市，来感受下哈佛大学的氛围。2022年，该校公布的录取率为三点一九个百分点。那些通过针眼般狭小入口的新生，有机会避开一些拉低人文类专业录取生数量的影响因素。哈佛的助学资金项目，明面上会极尽所能地分发，而且不是作为学贷，这让接受资助的学生都能在毕业时做到无债一身轻。哈佛学位的金字招牌也保证了毕业生的就业率：即使是那些不怎么走俏专业的学生，也能找到养活自己的工作。理论上，该校应该能完美无缺地展示"多元巨型大学"的广度。

然而，2022年一项调查表明，哈佛当年的新生中，仅有百分之七计划选择人文类专业；而在2012年，这一比例为百分之二十，在二十世纪七十年代，选择人文专业的新生比例更是高达百分之三十。从十五年前，到新冠大流行开始，哈佛大学英语专业的注册学生数减少了四分之三；2020年该校共有七千多名在校本科生，可英语专业只有不足六十名；哲学和外国文学专业也经历了持续的生源流失；基于某些烦琐死板的规定，哈佛大学并不把历史算作其人文科系，但该专业近年学生锐减的趋势是一样的。"我们觉得自己就像是在泰坦尼克号上。"英语系一位资深教授对我说。

　　哈佛的学生们，对英语系人人自危的处境则有不同感受。"我一般不会跟英语系或电影学系的朋友们讲这些，但我倾向于认为这些专业就是个笑话。"一位名叫伊莎贝尔·梅塔的大三学生对我说，"我以前觉得我想写作，但我也不想选英语专业。"她想选的是社会研究专业，一个融合哲学、政治学和经济学的交叉学科，近年来很火。（在学生们看来，政策学，更多是为了影响一些更紧急的变化。）可是她又觉得相关讨论很无聊。"同学们成日纠缠于那三样知识[7]，"她说道，"我讨厌跟每天张口闭口资本主义的同学在一起。"于是，她最终还是很纠结地选择了英语专业。"我的自我认同有些扭曲了，我选择的专业远离了一般人认为重要的东西，但我还是不可避免要受那些大众文化的影响。"她这样对我解释。

英语系教授们觉得，这样的变化在当前显得特别令人困惑：如今这时代，从各方面来看，对于语言、文化认同和历史撰写的群体思考，以及研讨会上一些长远议题的兴趣，都处于巅峰。"年轻人尤其关注诸如民主代表制，以及文化交流的伦理标准等一系列问题，而这些正是我们（这些科目的教授们）长期在研究的！"这是哈佛大学本科教育部主任、同时也是英语系教授的阿曼达·克雷伯格在去年（2022年）秋天对我说的。她与好几位同僚都在担忧如今大学的定向都过于注重当下，一定程度上导致很多学生找不到历史的归属。"最近我在教《红字》[8]这篇小说的时候，发现我的学生居然在理解句子基本结构上有困难，诸如辨析一个句子的动词和宾语，"她说道，"他们的能力自然不在这里，十九世纪对他们而言已是老古董。"

塔拉·K.门农是2021年才加入英语系的年轻教授，她将大学新生专业选择趋势的变化，与他们不情愿触及不开明的历史联系起来。哈佛大学和其他学校一样，部分涉及经典理念的课程，以"人文主义"这种需要提前申请、对历史文化进行全面纵览的课程为例，就被学生们认为其课程大纲过于注重欧洲传统，而极大忽视了黑人艺术家的贡献。

"当学生找到我们提要求，'我要读后殖民时期的著作，那才是我想研究的，我对几个世纪前老白男们的作品毫无兴趣'，这其实是种误解。"门农说道，"我在第一堂课一般会解释，如果你们想要理解阿兰达蒂·洛伊、萨尔曼·鲁西迪或是扎迪·史密斯[9]的作品，那就一定要读狄更斯的著作，因为所谓大英帝国的悲剧之一，"她笑着说，"就是所有那些作家都读过同样的经典著作。"

不过，对于刚来美国的移民家庭而言，学习文艺无法排进他们最紧要的优先序列。有一天晚上，我遇到一位2021年刚从哈佛大学毕业的学生，她主修分子细胞生物学，辅修语言学。像前文提及的贾斯廷·科瓦奇一样，她也热衷于文学，却从未考虑以此为专业来深度学习。"我的父母是低收入移民，一直跟我强调选择将来容易找工作的专业的重要性，'你上哈佛不是为了将来编篮子'是他们教育我的口头禅。"她告诉我。她是他们家第一位大学生，美国的精英大学对这种学生求之若渴。"我入学后选了一门对大一学生来说几乎是最难的课程，需要综合运用计算机科学、物理学、数学、化学和生物学知识。对分子细胞生物学专业而言，那门课一下子满足了诸多必修科目。为了父母，我学完了那门课；我接受了高等教育，能找到一份好工作了。"

她顿了一下，继续说道："我还选了华语电影和文学课，以及烹饪科学的课。作为家里的第一代大学生，我的问题在于总是将人文科目视为兴趣课。你得有一定经济条件，才能选那些科目为专业，然后好对人说，'是的，我能选这些专业，是因为有钱就可以为所欲为'，有那样的条件自然是好。对我而言，人文类课程更多是满足兴趣爱好。"

在一个雾霭蒙蒙的下午，一位名叫亨利·海默的大三学生带我在校园里逛。我们沿着达恩斯特大街，走过哈佛校园里那有着红砖外墙的高等学生公寓。海默那天的穿着，放在哪个时代都彰显着常春藤名校气息：斯文眼镜，扣领衬衫，搭配一条皱巴巴的休闲长裤。他在试读了一段哲学系后，选择了历史专业。"如今各学科的研究，都很强调'伦理'。"他解释说，我们常听到人工智能与伦理、生物学与伦理等，"有效利他理念（Effective Altruism，一种号召依据优化和效率原则来积累和分配财富的社会实践）在校园里很流行，渗透到各个方面，一部分主修或辅修哲学的学生可能受此影响。"

我问海默，哈佛大学里是否有某种流行的术语。（当年我在哈佛的时候，学生们热衷讨论"具体化"。）海默回答说有，那就是统计学思路。哈佛大学里最火爆的课程之一，是统计学入门，目前一学期有七百多名学生注册，而在2005年时，注册该门课的学生只有九十名。"即使我学的是人文专业，当我发表对某些事物的见解时，总有人指出：'嗯，你的采样群是什么？你是如何收集数据的？'"他说，"换而言之，统计学无所不在，它是任何评论分析必不可少的一部分。"

我有些震惊，但随即理解了他的话：在社交媒体和平面媒体上，可视化数据的身影总是闪现其中，当前统计学的确无所不在，成为信息交流的标准语言。目前，关于"严格"的量化定义，在关于人文科目特别价值的讨论中都很重要。上一个学年，一位名为斯宾塞·格拉斯曼的历史系学生在校报一篇专栏文章里说，哈佛的人文学科"要求应该更严格"，因为相比起"统计课或物理学课规定学生必须了解的细化知识点"，那些人文类课程没有确定的考核标准。格拉斯曼告诉我说："（那些课的）学生可以轻易地拿到A或A－，但是却没有学到任何东西。主修理工科的学生，都认为人文科目就是个笑话。"

我的另一位学生记者发给我一段很火的抖音[10]视频，里面是一位身材很好的女孩，穿着超短裤，在嘻哈歌曲"Twerkulator"[11]的伴奏声中，在自己的宿舍里大跳"花洒舞"[12]；与此同时，屏幕上闪耀出一句句理工味儿很冲的弹幕："我到底是爱科学呢，还是科学能满足我的自大狂？"有一条是这样写的："我到底是绝顶聪明呢，还是我的阅读能力冠绝小学快班？"来自人文学科的抖音播主们则是完全不同的风格。"将墨镜推到额头上，伴随着一片古典音乐声，我翻开了一本哲学书。"一位哈佛大学人文学系的抖音播主，热衷于这种情调。

海默与我掉头往哈佛广场走。"依我看人文学科的问题，在于学生自己能感知到前途一片迷茫，这就有点可怕，"他说道，"你这个学期论文写得比上学期好，那种感觉完全不同于解决了一道经济学问题，或者编出了一段程序，或是剖析了某项公共政策。"这种情形其实一直存在，只是现在的学生对于能比过去写出更好的文章，或能做更深入的思考，缺乏对其长远价值的认同。去年夏天的时候，海默在一个名为"造史者"的机构工作过，该机构致力于构建一个非裔美国人群口述历史的档案库。他对我说："我在申请工作时想，我有哪些条件适合这个职位？确实，我能做研究，我也有写作能力。"他探出身子，检视过往车流，"然而这些能力都很难具体展现，而且说实话，这个世界总体而言也不大需要这些。"

亚利桑那州立大学生物系的一栋教学楼，是助理教授布兰迪·亚当斯开设的"英语206：文学研究入门"的上课地点。"它看起来像是个衣柜门。"她指引我去她的教室。那天早上我加入他们课程的时候，亚当斯将一头烟灰色长发绾起来，扎了个高高的发髻，透明边框的眼镜，时不时沿着鼻梁下滑。她那天正跟学生们做一个关于课程大纲的调查。

"我们读了《贝奥武夫》，读了斐南督·弗洛斯的小说《特鲁佛猪的眼泪》，读了菲利普·玛辛格的悲剧《罗马演员》，还读了莎士比亚、托马斯·怀亚特、特伦斯·海恩斯以及比利·科林斯等作者的十四行诗。"亚当斯说道，"我们还读了《劝导》和《白色通行证》，读了维多利亚·张律动十足的诗篇《达西先生》和《爱德华·霍普的夜间办公室》，读了芮塔·菲尔斯基所著的《文学之用》。我们还观看了奈飞出品的对《劝导》和《白色通行证》的改编电影。"亚当斯注视着她的学生们，教室里有九个，线上还有两个，显现在屋里的影音系统中："这一学期的教学，让我有机会评估哪些读物是我们真正喜爱的，而哪些不是。我有点想从大纲中去掉《劝导》，你们觉得呢？是该保留它还是放弃？"

"我投放弃。"一个学生说。

亚当斯问："那我应该用另一本简·奥斯汀小说来替代吗？"

"我喜欢《傲慢与偏见》。"一个学生推荐说。

"所以大家都同意是'我'当初挑选了不合适的读物吗？"亚当斯问道，继而耸耸肩，"那么就去掉《劝导》好了。"

亚当斯的教学方法，反映了当下在亚利桑那州立大学广泛施行的、迎合学生兴趣的努力。"过去是老师告诉你为什么学的东西很重要，但那可能和你实际的生活体验没有联系。我认为很重要的一点，是让每个学生可以选择不同的学习方式。"杰弗里·科恩这样对我说，柔和的语调从他长满络腮胡子的嘴里飘出来。他自2018年以来一直担任亚利桑那州立大学人文学院院长。任职伊始，他就雇了一家名为Fervor的营销公司来更好地经营该校的人文专业。该公司针对八百二十六名学生进行了问卷调查。"调查结果令人大开眼界。"科恩说道，"总体而言，他们喜爱人文科目，对其评价高于他们选的其他课程。然而，他们对人文的理解有些迷糊，有二百二十二名学生居然认为生物学属于人文学科。"

对人文科目的学习能导向什么职业目标，学生们也不清楚，因此，科恩决定新开一门课，就叫"以人文打造事业"。"学生们的作业之一，是选一位人文专业背景的名人，然后为此人作传。"他解释道，"许多学生是家里第一代大学生，将家族寄托的重担带进了课堂。如果他们发现像约翰·传奇[13]这样的明星也是英语语言文学专业毕业，然后拥有了非常成功的事业，他们就会想'好吧，我也行'。"科恩的办公室存有一份日益扩大的名人名单，在新生注册该门课程时，会通过电子邮件推送给他们。

在一个喜欢量化的社会，以最小投入获得最大产出的"优化"概念，已经成为一种不证自明的标准。各大学纷纷奖励能美化数字的行为，而职业前教育能带来的变化更是有迹可循。2019年，埃默里大学的两位院长，迈克尔·A. 艾略特[14]和道格拉斯·A. 希格斯[15]，从梅隆基金会拿到一份一百二十五万美元的资助，用来创建名为"人文学路径"的项目，专注于这些学科的事业规划与培养。(德语教授彼得·霍英告诉我："老师们也在探讨如何提升教学大纲，好让学生们明白课堂所学如何能满足将来职业需求。"他是该项目的联合指导。) 项目通过安排 Zoom 云视频会议，让已毕业的校友来分享经验和指引方向。没过多久，该项目的创始者们就被委派以另外的重任：去年（2022 年），艾略特转去阿默斯特学院任校长，而希格斯则成了戴维森学院[16]的校长。

"上世纪九十年代，我还在读研究生时，《纽约时报》

刊发了一个杂志版故事系列，介绍一批文学理论大家，当时他们的地位很尊崇。"艾略特在他的新办公室对我说，"现在的风云人物，都是人工智能或是自然语言处理领域的。"学生们感受到这种社会关注点的变化。"他们热衷于参与激烈的争论和讨论，这是我们能见证类似黑人研究[17]课程依然有不错的注册率的原因。"艾略特说。

在亚利桑那州立大学，英语系已经在考虑是否有必要保留该系的名号。"这个专业的许多学生，并不在修文学方面的课程。"一位名为德芙尼·卢瑟的教授告诉我，她是研究简·奥斯汀著作的专家。那些学生更多是对创意写作或是媒体研究或其他方向感兴趣。英语系在其所在大楼只占两间教室，几百码开外，是商学院楼区：主楼连着两座副楼，清一色的水磨大理石地板，配有空中走廊和喷泉水池，墙壁上的标语牌，写着诸如"我们的洞察力改变世界"之类豪气干云的字眼。系与系之间的比较，自然无法避免。"'品牌营销'策略让很多人感到不舒服，英语系的教授们又都是不怎么迁就市场的类型。"卢瑟说道，"不过现在我们正面临这一时刻，需要重新构想我们的专业。"

亚利桑那州立大学的部分人文科系，赶上"松绑"的时髦，有的组成了松散关联的学院，有的则打破系与系之间壁垒、让学生们按需求学。"说得理想化一点，这叫我们能否招揽那些原本无缘高等教育的学生？说得粗俗一点，则叫我们能否将零散的东西标价推销？"历史系教授凯瑟琳·奥多纳尔如此评论，"所有人都被捆在这个炸药包上，因为当我们将高等教育工具化时，学生们会质疑本科教育的整体：大学教育到底是否值得？人文专业文凭到底是否值得？所有的人文学科都变成附庸，就像河马身上的小鸟一般，成为平衡其他教育目标的马后炮。"

对很多学生而言，人文科目已经是可有可无的小小鸟。蒂芬妮·哈曼宁是亚利桑那州立大学的大四学生，她准备进医学院深造，目前主修神经科学，"我来自一个医生世家，而且我们是中东人！"她告诉我。辅修英语之外，她还创建了一个学生社团叫"医学人文协会"。她读着小说和诗歌长大，不过在准备医学院之前的课程时，她却没有选择人文学科。"从事人文行业的人，不一定需要进相关专业学习。"她说，她不觉得研究《荒原》[18]会帮助人写出好的诗歌，"此外，在我们生活的世界里，人人都渴望早日实现财富自由、早日退休。"

我问她那是什么意思。

"很多都跟我们成天看到的有关，那些网络上的'流量播主'们。"哈曼宁解释道，在说到打引号的词时特意放慢了速度，方便我消化一下这种新事物，"我现在二十一岁，我的同龄人有的在炒数字货币，有的已经有经纪人帮忙打理银行账户和股票交易。与其朝九晚五挣那么点最低工资，不如追求时间价值的最大化。"哈曼宁和她的同龄人成长的阶段，见证了打工人的日趋不满又无奈，因而更多追求为自己而工作。"那是因为我们这一代思想更进步。"她这样对我说。

美国的精英文化——或者确切地说是精英文化的核心理念——在冷战遗留制度的保护下，多年来一直保持着高高在上的姿态。在二十世纪五六十年代，一个由中情局幕后支持、名为"文化自由议会"的组织，堂而皇之地资助了不少持同样立场的文学和思想杂志。还有一些不那么明显的渠道，比如从四十年代开始，美国政府资助了很多美国艺术展，后来国务院还出钱办了很多场爵士乐的海外巡回演出，其背后的理念都是一条：加强文化领域的冷战。

对于文化建设的支持效果，与日益普及的大学教育的后果，两者往往相互交融、难以区分，在很长一段时间内，也的确没必要去区分。二十世纪后半叶，向外界逐步开放的大学所培育的，也正是外界看重的知识和技能。能够欣赏塞隆尼斯·蒙克[19]的专辑，或是米勒[20]的舞台剧，或是涉猎宽广的品钦[21]小说，是被广泛接受的教育目标。所谓"经典"，都是后人附会，毕竟当初从"山上"[22]传下来的，并没有一份阅读清单。不过，对于用创造性艺术来构建可以分享的知识体系，这一理念在人类历史中很有生命力，故而到中世纪的时候，研习经典已经被认为是从底层向上层社会流动的途径之一。法国社会学家皮埃尔·布尔迪厄和让-克罗德·帕瑟隆提出了"文化资本"的概念，来概括流传下来的或后天获取的文化知识，能使社会某一领域更容易取得进步和发展。到二十世纪六十年代，这种文化财富在美国得以向全社会释放。1962年，"尼古拉斯与梅"这对有抱负的校园喜剧组合，与玛丽莲·梦露那样的大明星同台为肯尼迪总统表演；1964年，《窈窕淑女》这部关于底层小人物通过文化传授变身上等人的通俗歌舞片，在电影院获得了比同年另一部音乐喜剧片《一夜狂欢》多几倍的票房。

然而，换个角度看的话，美国政府对文化事业的投入，可能又产生了适得其反的效果。过去六十年的大多数反体制运动，从反越战集会，到如今的"撤资警察"[23]运动，大学生们都是最积极的参与者。校园之所以成为运动温床，部分原因在于像文学和历史这样的科目，培养了学生基于事实的深入研究和批判性分析能力，从而成为揭露社会阴暗面的先锋。学生毕业后进入更广阔的社会层面，他们依然遵从大学学到的实践方法。那些还年轻的毕业生，与还在大学校园里的师弟师妹有着很强的共同语言，他们的诉求很容易反馈到校园里形成共鸣。这种连锁反馈，是近代青年运动酝酿发展轨迹的重要一环。

部分学者研究指出，在如今的课堂里，"提出批评"似乎比长久以来追求的"理解问题"更容易获得声望。哈佛大学一位文学教授及评论家——不是老白男那种——注意到这样一种现象：对如今的学生而言，他们觉得批评某样事物"有问题"，反而比找出问题的症结所在更容易获得大众青睐；在当前的文化态势下，学生们似乎已觉察到单单罗列一些担忧，反而比探究是什么造成了那些担忧显得更有价值。这种"捏软柿子"的探究方式令这位教授吃惊，她觉得这极大降低了批评本身以及所有艺术的价值。

还有学者觉得，当今人文领域的某些学术范式，反而加速了人文学科在文化资本上的流失。比如有一种声音认为，如今的评论和分析已经变得太琐碎而有些钻牛角尖。过去在大学里，你要研究《曼斯菲尔德庄园》[24]，可以去考量其形式、风格、与作者现实生活的对应，以及其他各种体现作者天才笔触的特点，这是广为人知的弗拉基米尔·纳博科夫讲解这本小说的方式，相当于地铁上一位普通读者理解该书方式的强化版。而现在如果要写一篇关于这本小说的论文，你可能会探讨它如何在描绘景观的段落里，一边构建英伦父权体制，同时又以一种微妙的方式瓦解它，从而形成文本的内在张力。但这种研究和普通读者的阅读体验有什么关系呢？亚当斯在亚利桑那州立大学的课堂里，曾介绍过芮塔·菲尔斯基的《文学之用》。书中指出，学者们的专业研究已经越来越难以打动文学爱好者，反而令其不屑一顾。"回顾历史，近三十年的文艺理论，如今看起来更像是承袭自'哲人王'[25]传统的启蒙运动的一种回光返照，他们企图说服自己，那些堆砌起来的种种推理，足以掩饰其混乱、世俗、漏洞百出的理论本身那令人羞愧的平庸。"菲尔斯基写道，"当代评论家引以为傲的能力，恰恰是在消解文学本身的魅力。"这种消解，已经对学生造成很大的影响。当我还在大学的时候——并非太久之前——写字为生虽然说不上有多么高大上，但也被视为能跟憧憬的生活沾边。就我个人经历而言，我的认知可以说这些年来已经发生了显著的变化。哈佛大学和亚利桑那州立大学的好几位学生，都皱着眉头问过我未来的打算，担心我会不会有事。尤其在我的写书出版计划不断经历挫折后，我那码字人生的光环已经暗淡了。

有的专家建言：重现文艺应有的惊奇，就会吸引学生。"在我们系，作家梦还是存在的。"罗伯特·菲根这样对我说。他是一位研究罗伯特·弗罗斯特[26]的专家，是克莱蒙特·麦肯纳学院的资深文学教授。他观察到该校的人文学科学生人数还比较可观（在全美人文学科在校学生人数总体下跌的趋势中，还是有些例外的学校，比如最突出的是加州大学伯克利分校）："我们非常注重事物本身之美，我们关注美学意蕴，至关重要的是，我们注重评判艺术品的价值。我认为我们的学生有这样一种渴望，去感受蕴含真与美的那份激动。"

如果真是这样，那通往真与美学习的路径，必须被清楚地标记出来，而且不能走回头路。许多学者担忧，如今的人文学科没有了半个世纪前来自联邦的资助，要做到这一点会不太容易。"我对奥巴马政府最大的抱怨，是他们经常将理工科挂在嘴上，还有艺术，但对两者之间的那些学科只字不提。"阿雅娜·汤普森对我说，她是一位研究莎士比亚的专家，在亚利桑那州立大学执掌中世纪和文艺复兴研究中心，同时也是RaceB4Race研讨会系列的组织者。"川普在这方面没任何表示，目前也没听到拜登政府有任何表态。"

一天下午，我走过查尔斯河，路过哈佛商学院，走到了西部大道。就在那里，两年前矗立起一座超过五十四万平方英尺的科学与工程大楼，据闻造价高达十亿美元。就在其入口处，一面巨大的墙上印有以下大字："我们的研究，应对社会挑战。"根据标牌的说明，这栋建筑的设计取意于诺亚方舟，即使在百年不遇的风暴导致的停电和洪水等极端条件下，依然能"维持最重要的研究项目"。我碰了一下墙上一块硕大的触摸屏，一张键盘出现，给我指引方向。我经过了三块物理显示屏，它们是由纽约的BREAKFAST艺术工作室设计制作的数字三联画，成百上千的金属小碟片能追踪我的轮廓和动作，并像镜子一样在屏幕上显现出来。

这栋新楼里，安置着哈佛大学的工程、生物工程、计算机科学和数据科学系。建造这栋大楼的设想始于1997年，哈佛大学彼时刚在波士顿的奥斯顿区买入五十二英亩的土地；不过，直到2001年拉里·萨梅斯成为校长后，才正式公布对于那块土地用途的方案。

萨梅斯想将那里变成"下一个硅谷，具备其所有发展模式和潜力"，重心会放在生物医学研究的工业化实现上。哈佛大学七八十年代的老校长德雷克·伯克，1982年写过一本书《超越象牙塔》，他在书中警告："商业化的投机，对研究质量乃至大学的知识良知而言，都是一种威胁。"这种质疑，在其提出的年代是比较盛行的。1980年，当基因转录领域的先驱人物马克·普塔什尼授权离开教职、开设一家生物工程公司的时候，引发了一场言论风暴。萨梅斯担任哈佛校长，如同亚利桑那州立大学2002年任命科技政策专家迈克尔·克劳为校长一样，都意味着如今的大学对全球私营企业更为开放。2004年的时候，哈佛大学就聘请了一位"首席科技发展官"来促进科学研究的商业化。2012年，哈佛与麻省理工联合开创了edX平台，提供商业化的网上教育。在推介其科学与工程大楼时，哈佛大学称其为"我们建造的属于这个时代意义最重大的新建筑"。

身处这栋大楼时，我的确有那种强烈的感受。该楼一共八层，每层都有开放的走廊，中间是挑空结构。建筑所用材料和装饰色块的选择，令人联想到《2001太空漫游》的空间站。大楼第一层的大厅里，点缀着一些鲜红的、弗里茨·汉森独家制作的天鹅椅；整层包括多间教室，一座高大上的礼堂，还有一个手工作坊，可以用来做一些稀奇古怪我都说不上名字的东西，名为"制造空间"。走上那些空中楼梯，上面一层接口处摆着乒乓球桌和桌上足球，另有几把橙色子宫椅构成一个舒服的休闲区。再上去一层，半打健身单车一字排开，对着一扇巨大的玻璃窗，另一边是一幅由艺术家索菲·图特尔创作的生物科学主题壁画。我穿着牛仔裤，就没有骑上单车踩两脚，可能有违那些健身设备设立的初衷，而且我觉得爬这几层的锻炼量已经足够了。大楼里的一位院长曾自豪地向《哈佛杂志》说明：整栋楼的走廊连起来有六英里长。

在该楼最顶层，我路过一对交谈的学生和教授，后者穿着连帽衣，他们正谈论着丰田公司的招聘事宜。我参观了楼里的图书馆，里面充斥着诸如《元宇宙如何革新一切》的书籍。不远处是一排有桌子的大隔间，黄色帘子一拉，就可以形成个个私密空间，有点像按摩厅的设定。光滑的玻璃材质白板，在公共空间里形成一道长线；各实验室也被玻璃墙围着，像我这样的路人都能得窥诸如披着仿生衣物的假体人偶，或是"机器蜂群"的原型等高科技事物。我跟着一群喧哗的理工科学生，走向楼外宽广的花园区。细雨开始轻柔地落下，我坐上一台零排放巴士，上面正大声播放着 Talking Heads 乐队的经典之作《狂野生活》；在一片欢闹声里，我又回到了哈佛广场。我当年在校时，跟科学有过接触，不过我主修的是人文专业，而且我从来没后悔过。然而，在新的科学工程楼待了半小时后，我都想重回校园做学生了，不过这一次我没准会选能带我走上趣味生动人生道路的工程专业。

学生们很容易受这种侧重的影响。1996年，哈佛大学改建了人文学科大楼，相关专业的注册人数就直线上升；如今，新的热门专业已经显露无遗。"咱学校花巨资来壮大工程学院。"一位机械工程专业大二学生在宿舍吃晚餐时说道。普福尔兹海默舍堂[27]当天的晚餐是咖喱饭，十来个学生在一张长桌上，边吃饭边聊天。"马克·扎克伯格刚捐了五亿美元，用来设立人工智能与自然智能[28]研究所，为此新设了教授职位。当中给哈佛的钱，绝大部分流向了理工科专业，给其他学校的资助也是如此。"据《哈佛红报》[29]报道，在其进行的年度调查中，超过六成的2020级学生在筹备未来择业时，都选择了进入科技、金融或是咨询行业。

"我认为，科技巨头以及大的咨询公司在校园的存在，是人们感觉人文专业找不到工作的主要原因之一。"一位名叫汉娜的整合生物学专业的大四学生，加入了餐桌上的讨论，"谷歌、脸书、德勤、波士顿咨询公司……"她有点恼怒地耸耸肩继续说，"它们有非常令人信服的方式进驻我们的校园！"早在大一时，她就被一家咨询公司在路上截住，问过她的意向。

汉娜接着说，人文专业抢人时的急切应对，往往等同于投降。"记得我曾经很为注册上一门'民歌与神话'的课而激动。"她说，"然后就听到该系的人员在宣传那门课时，说什么'你们知道吗，咨询无非就是讲故事，我们有研习民歌与神话的同学最后进了咨询公司哟！'"

在一部分人看来，进一步开放校园正需要这样的理念：如果风头正劲的兴趣无法被遏制，那就去迎合它。有一天早上，我去那栋名为大学礼堂的灰色行政楼，访问身为艺术史家的哈佛艺术与人文学院院长罗宾·凯西。他有着一头银发，撑得一顶苏格兰圆帽满满当当。他告诉我他的目标是"打散各系的课程"，以匹配学生对校门之外世界的兴趣。

"如今的院系划分成形于1890年至1968年间。"他说，从那以后院系结构就没变过，即使现实世界已经发生了巨变。在他的窗外，有两盏路灯，各自挂着印有科学领域杰出女校友肖像的横条，一条写着"影响"，另一条写着"创新"。

关于全国性的人文学科招生问题，另外一种理论认为其实是计数偏差：从入口处离开的学生人数，可能不如从另一道门进来的多。与人文相关联专业的学生，也没有计入人文学科的账上，而有些相关专业正变得火热。过去五年内，哈佛大学科学史系的学生人数增加了五成。也许那些能在聚会上引用卡瓦菲斯[30]诗句的人文怪胎已从人们的视线里淡出，但如今的学生仍然有其他渠道获得人文素养，像生物伦理学中，就有很多关于伦理的讨论。

和亚利桑那州立大学的做法类似，凯西认为，人文学科方法学如能流向其他领域，也算是条出路。（这种融合也有金钱上的好处：人文科院系的掌门人，如凯西和科恩，他们很少能从学校收到的大笔捐助中分得一杯羹，所以如果能想方设法将其学科理论和实践与自然科学和社会科学领域结合起来，将大大有益于争取资金。）与其按教授们的所学偏好来划分专业，为何不让专业设置匹配当下的话题呢，比如说气候变化和种族正义？但追逐一个总是变化的目标是否合适？当前媒体上的头条新闻关注的话题，可与十五年前大不相同。当我问出心中疑点时，凯西坚持认为，很多当下的问题会持续下去，"我希望能构建更好的平台来研究环境人文、移民与伦理、医学人文等。"

此般热衷技术的合作已经有了一些榜样。在另一个下午，我拜访了哈佛大学比较文学系系主任杰弗里·希奈普，他是凯西"打散人文课程计划"的参与者之一。希奈普顶着一颗大光头，下颌留着短而尖的胡子，已现灰白但修剪得很整齐，左耳上还戴着两个小小的耳环。他让我坐在一张圆桌旁，办公室里的其他摆设都是浓浓的工业设计风。"我一直在想，那些我们继承下来的人文学科模式，应该是开放的，可以扩展和创新。"他说道。在他身后的角落里，放着几座奖杯，彰显着主人在美国西海岸参加摩托车赛的辉煌纪录。

希奈普是但丁研究专家。他刚晋升为教授时，曾联合主持"达特茅斯学院但丁项目"；作为所谓"数字化人文"运动的早期成果之一，该项目创建了一个文字数据库。他后来到了斯坦福大学，1985年到2009年间都在那里从事教学研究，又创建了"斯坦福人文实验室"，部分采用计算机技术来辅助文学和历史研究。当哈佛大学的聘请将他带到东海岸来后，他又创立了"元文化实验室"，一个契合他所有学术研究缘起的项目。

"中世纪文学与文艺作品，不像我们所理解的印刷工业成型的十九世纪文学那样，早期的著作都是彩色印刷的。"希奈普说道。他拿起一本色彩明丽的平装书来做解释，书名为《电气信息时代指南》，他是作者之一。"这本书写的是历史上那些实验性很强的平装书，像马歇尔·麦克卢汉[31]

的《媒介即推拿》[32]。"他说着，一边翻过书页，可以看到书中有不少纷杂的字体和图片。希奈普与别人合写的另一本书，"用一篇篇短论文，来探讨图书馆及其内部装饰的未来走向"，随书附送一副图案扑克牌。"'创造'可以指写书，也可采用其他形式，譬如构建融合人文学科价值的软件平台。"说完，他翻开了一张牌。

为支撑"元文化实验室"运行，希奈普得动脑筋，琢磨如何改编作品从而提供他所说的"研究动力"。不过他本人技宅的一面倒是很有帮助。"美国国家科学基金会和国家人文基金会的资金雄厚程度，不存在可比性。"他说，两者其实压根不在一个维度，"我的一个朋友总爱说，美国国家人文基金会的总预算，仅够维持维也纳国家歌剧院的运行。"

1980年的时候，国家资助可占公立大学收入的百分之七十九。到2019年，该比例降到了百分之五十五；甚至还有一些州长，比如佛罗里达的朗·德尚提斯，还在施加压力要进一步削减大学投入。面临经费不足的公立大学，只有两种选择：要么剥离学术，并应对学术衰退的种种后果；要么奔赴市场，在商业大潮中求生。

亚利桑那州在2008年至2019年间，削减了超过一半的高等教育投入，逼得其州立大学走上市场化道路。该校开设的在校教程，在解决了如何让学生上学分制实验室课后，终于树立了一定的威信。其解决办法是建立起一个强化夏令营系统，设计者为助理教授阿伦·奥斯汀。他自己曾经历车祸，不得不上一段大学网课，却被此类课程敷衍了事、只为捞金的作风给气到了。不论是上网课还是在校学习，获得学位是一样的；由网课而来的额外学费，加上捐赠资金，堪堪可以维持亚利桑那州立大学的日常运营。该校2007年运营预算的百分之二十八来自州政府补助；而2019年，在其高达四十六亿美元的总预算中，仅有百分之九来自州里的资助。"我们完全在以企业状态运营。"校长迈克尔·克劳如此宣称。换句话说，在美国最好的公立大学中，有相当部分越来越像私营企业般运作。

亚利桑那州立大学对远程教育的投入，的确提升了其人文专业的学生人数。从纸面上看，校园英语课堂里的学生在减少，但该校英语专业的总注册人数在增加。好几位教授跟我说，他们坚信对在线或在校学生无任何区别对待；不过，他们也注意到在线学生的年龄身份分布有些不同。

"在线学生一般都在三四十岁，有的有全职工作，有的是家庭主妇／夫。他们学习人文科目的决心很坚定，认可人文艺术教育的价值。"亚利桑那州立大学英语系教授阿雅娜·汤普森告诉我。其中部分有群体效应的原因：年龄偏大的学生，代表的是老一辈的价值观。但这也与生活经历有关，亚利桑那州立大学与星巴克建立了合作关系，后者可以给其咖啡师补助学费，让他们在线修完本科学位（对星巴克来说，这是一种招聘手段；对大学而言，则多了一项收入来源），而这些已经在生活中打拼的中年学生，他们最想学的不一定是线性代数。

"就个人而言，我很喜欢英语专业。结果我周围大部分人都对我的选择持消极态度，那让我也有点闷闷不乐。"麦肯娜·尼尔森说道。她注册了亚利桑那州立大学的线上课程，人却住在南加州，是当地星巴克一名雇员。"我不认为人应该为赚钱而活，我更愿意高高兴兴去上班。"她想当老师。

奇怪的是，许多身在"未来产业"中的人也同意这点。所谓市场导向，比较滑稽的一点是，它仅仅知晓当下那一刻什么东西在未来有价值。职业研究表明，人文类专业学生，一般沟通和分析能力强，他们往往容易做到领导职务。从这个角度来说，在持续的科技与文化变迁当中，人文教育的价值可能还更持久一些。

"假设你有一个语音助手，能帮你编程，你可以发令说：'喂，艾莉克莎，帮我建个卖鞋的网站吧。'"山耶·沙玛在电话里跟我这样说，他是麻省理工的机械工程系教授。(刚说完那句，他立马拔掉了收音头，以阻止他房间里一个准备反应的智能设备："闭嘴，艾莉克莎[33]！不，不要进行！")"那已经发生了，人称'低代码'。"ChatGPT的出现及其组织成文的能力，让很多人有些担忧。然而，ChatGPT能否给人真正的生活指引，或者给机构提供人事管理，还有很大疑问，同理，它也不可能写出像《达洛维夫人》[34]那样的作品。不过，人工智能擅长收集、整理信息，可以设计实验和规划流程，或写些说明性文字、做些大路货色的工艺品，还能做些基础编程；那些相关工种，最有可能随着人工智能的发展而逐渐走向没落。

"我觉得未来还是属于人文学科。"沙玛说。

可能是受到了某种启发——又或者是出于绝望——哈佛大学英语系已经开始发放印有"正在阅读"字样的帆布袋。（"他们真的很拼啊。"一位大四学生告诉我说。）该系组织起校友职业帮带讨论会，积极应变未来。就今年而言，你不用学任何一门有关诗歌的课程，也能拿到哈佛大学英语系的学位。该系的创意写作课教各种东西，而且全面拥抱新媒体，其背后理念是，在这样一个"创作经济"时代，学生们更想将作品分享给外部世界。史蒂芬·格林布拉特——从他那一堆荣誉和头衔来看，是哈佛最高级别的人文科系教授——对我说，他越来越觉得，文学专业的学生，他们的未来并不局限在埋头码字上。

我们坐在他那故纸成堆的办公室里，"现实中我们已经有了与文学研究具有可比性的、能够深度浸润人文素养的当代表现形式。那就是长篇剧情电视，像《火线》《绝命毒师》《切尔诺贝利》等，都有数十部了吧！"他向后一倒，将腿抬起来搁在桌边上，"那真是美妙的发明啊。"

格林布拉特打开了一个Silly Putty[35]的包装，取出一颗绿色的，开始用劲地揉捏。有那么一瞬间，他似乎忘记要说什么了。

"还有《风骚律师》。"他补充道。

在他的想象里，那就像1612年的莎士比亚读到了《堂吉诃德》，很可能就会惊艳于小说这种新的叙事体裁。如今《风骚律师》给人的感觉也是如此。他设想着文学科系是否应该开设更多电视编剧的相关课程。

然而那些我访谈过的——我聊过的还蛮多的——"有前景"的英语系学生们的反应，却让我很惊讶：那些事业有成的前辈以为他们需要的，他们反而无动于衷。艾希莉·金是大三学生，她本来想学经济学系来着，不承想上那些专业课时总容易犯困；而在上塔拉·门农教授早上九点那堂"都市小说"课时，却总是开心而投入。于是，她转到了英语系。"并非所有人都只想着为找工作而学习。"她解释道。

从艾希莉·金坐的位置，沿走道下去不远，坐着杰弗里·关。他是一名物理和数学专业学生，却每学期选一门英语系的课。"从英语系的课程里我获益良多，因为教授们只是分享他们对于作品的见解，而非传授你必须掌握的技能。"他说道。不过，他并没想过转到英语系来。他对我透露，自己觉得不够格，"我还在发愁怎样能参与进课堂讨论。"

金同学有些感同身受。"我刚转到英语系那会儿，察觉到别人对我的瞩目，于是又有些担忧自己是否真正属于这里。"她说道。她高中上的是新泽西州的一个"磁校"[36]，总觉得在课堂积极表达自身观点上，比起乐观开朗的私校学生来有差距。

像这种学生群的分门别类，最开始一般都比较隐蔽。"人文科系的学生中，的确有些特殊群体。"瑞贝卡·卡登海德这样告诉我，她是来自西彻斯特郡的高年级学生，"这群学生大多来自美国东北地区，家里一般是上层中产阶级，老实说多半是白人，而且有一种特定的格调。"那种格调有时尚的一面：设计感强的厚底工靴（以Doc Martens和Blundstones两大品牌为主），高腰阔裤（主要是Carhartt这个牌子），还少不了一件古典风的毛衣。"人文专业里当然有不少有色族裔和来自低收入家庭的学生，不过就总体而言，放眼望去更多还是那种格调的同学，我们还都相互认识。"

卡登海德入校时学的是应用数学专业，毕竟上高中时家里极力敦促她往科学方向靠，但她后来转到了哲学系，同时辅修非裔美国人研究，主要是出于"哲学系可能没多少少数族裔思想家"的考虑。即便如此，她还是担心自己选择专业的经历无法被精英群体之外的同学所认同。她还观察到一种现象：对少数族裔学生而言，选择人文专业很容易被归类为"其实成绩不行"，这种舆论负担近年愈发厉害了。"我经常担心，那些碰到我的人会不会认定，我之所以能进入这个专业、完全是美国平权法案[37]的功劳。"她这样说，"很多进入哈佛的有色族裔学生，至少最初都落在理科，主要是因为他们认为，学习理科会让别人觉得他们真的很聪明[38]。"

听师生们谈如何适应"新秩序",让我联想到查理·卓别林影片中的一个桥段:他演的流浪汉和一个旅馆门童,绕着一扇旋转门没完没了地循环追逐。所有人都同意,高等教育的长远发展必须趋向于更开放和民主化。美国各大学的确也在朝那个梦想努力,尽管过程不顺利完善,但总体方向还是前进的。1985年,哈佛大学只有百分之二十的少数族裔学生(这在当时还是项纪录),现在则占比过半。成为家族第一代大学生的新生比例,也提升到了近百分之二十。国际学生人数也在攀升,在亚利桑那州立大学,即使你是在阿拉巴马农村地区的咖啡店工作,也可以在职学习该校性价比很高的课程。经研究,学生经历、来源的多样化,能使学习过程和成果变得更丰富;反过来,丰富多元的学习,又能促进整个社会的繁荣。这样一种良性循环机制,很大程度上是人文学科的功劳。那些我采访过的哈佛与亚利桑那州立大学的教授们,都为各自学校在民主化进程方面取得的成绩而自豪。

但这种更开放的大学教育,却导致学生逐渐失去对人文学科的学习动力,这种结果就比较令人尴尬。当前学校最看重的生源,恰恰是那些最迫切要将学位转化为生活环境改变的人群。他们急需大学教育承诺能赋予的社会经济维度的阶层跃升。而且他们是在走出校门那一刻,就急需那样的台阶。

在战后公共教育资金不断膨胀的年代,政府的政策法案对刚毕业的人文专业学生非常有利：他们可以继续去研究生院深造，然后进入教职、做研究发论文，可以获得稳定而相对富足的生活；他们也可以走出校园，从事当时还被广泛认可的人文艺术类职业，所得报酬至少可以保障过上普通中产阶级的生活。而如今，人文专业的教职，因其糟糕的事业曲线而变得声名狼藉。这些专业的博士生数目，超过实际职场需求甚多；大部分博士生也参与教学，可当他们苦熬多年、学位袍加身毕业时，却很难找到自己在该领域的立足之地。2020年的博士生调查表明，人文艺术类的博士毕业生，一半以上都没找到工作，甚至连零工都没有。即使是那些精英学校毕业的，求职难度也不比一般大学的毕业生更轻松；普林斯顿大学英语系2012年招了十五名博士生，最后只有两位找到了大学教职。公共教育基金增长和大学民主化进程，一度有过齐头并进的和谐局面，在强化社会人文资本的同时，又扩充了其应用领域。然而，如今两者已分道扬镳。

另外一个事实是，那些来自低收入家庭，或是家族第一代大学生的，原本在理工科专业占比就少，而今在多种因素作用下会被更多地推向那些专业。假如他们入学时选择人文专业，也有可能像前文中的金同学一样，多少感到有些与环境格格不入。如果看数据，有一个点很有意思，能让人看到些许希望。人文学科注册人数在本科、研究生和博士阶段都在下降，但在两年制副学士[39]教育阶段则有所上升，在那些学习大学先修课程[40]的高中生里，也有如此趋势。实际上，每年修读AP课程的高中生的选修课程中，人文类比理工类多出百分之二十。换言之，人文专业学生的流失，并未发生在准大学阶段，而是发生在那些学生真正走进大学校门之后。

前文提及的人文指标项目组联合主任罗伯特·道森教授，就将学生流失归结为这种"加速通道"，那原本是用来帮助低收入家庭学生的。那些喜欢人文学科的聪慧学生，或者在高中阶段就学习了相关AP课程，或者在社区大学修读过英语或历史课程，结果等他们进入四年制大学后，由于早就出于热爱把感兴趣的都学过了，就不会再考虑修读更多的人文类课程了。如此一来，这些大学最想招揽的学生，其实早早就不在人文类课程的注册队伍里了。对国际学生来说，这种不选人文专业的动机可能更强烈。

萨兹·博格维是一名哈佛大一新生，来自南非的约翰内斯堡。在疫情期间，他与三个高中好朋友合作，创办了一份线上杂志。到了哈佛之后，他却不得不考虑留学生签证问题：美国发给国际学生的F1类别签证，只允许他们毕业后在美国逗留一年；理工类留学生政策则有例外：他们可以待上三年。刚来哈佛大学的时候，博格维想读人文类专业，然而，就像我采访过的其他几位国际学生一样，他担心那样的选择是否过于天真。

"四年后，我会比同学的薪酬少得多吗？我真的要让自己处于那样一种境地吗？"他问自己。越是欠发达国家，金钱的作用越被放大，能进哈佛或亚利桑那州立大学这样的好学校，所承载的社群希望也越大。如果学生和该社群之间有割舍不下的纽带，那种道义和收入上的压力，远不止来自个体。

几十年前，对人文学科的公共资助，多少能减轻一些这种压力。如今的大学，则越来越依赖市场和追逐短期目标。有一天下午，我在哈佛广场碰到了邵尔·格利斯特，一位个子高高的历史与文学专业学生。他坦白，自己之所以被吸引到这个专业，是因为在人文科目课堂上，他感觉更像是一位年轻的思想家，而非仅仅是被动吸收信息的学生。他说如果不是隔三岔五看到有关人文专业危机的数据统计，他都不会意识到有那样的问题存在。

"我认为问题的关键是学校到底关注什么。"格利斯特说，"当你一边对那样来参观择校的潜在学生说，'这座崭新的教学楼是我们不断扩大的校园的一颗明珠'，另一边却对人文院系一毛不拔时，那会透露出很明确的信息。"他还认为，学校其实巴不得人文类专业学生数量下降，因为这种故事给校方提供了推卸责任的理由：如今他们都在为扩张和收入而操心，因而不愿在自己身上找原因。

有些人则已经听之任之了。"亲英的时代已经终结。"一位早就在事业上站稳脚跟的英语教授告诉我，"想想拉丁文还是人文世界中心的时候，你得努力记住那些复杂的句子，用它们来和在牛津或伊顿的哥们斗嘴；人人都爱读小说的时代，文学往往成为特定区域内朋友们加深关系的利器。

那样的时代已经过去了。我不认为读小说在当前还是探讨人性广度或普遍伦理问题的唯一渠道。"

格利斯特有些难以接受所谓"打散人文专业"的思路。"我们应该解决的问题,不是再过五十上百年,人文学科在我们的社会或大学里还有没有位置!"他强调,"而是该如何重视人文学科,我们设想的理想未来到底是什么?"

不久前,前文提及的亚利桑那州立大学数据科学专业大四学生贾斯廷·科瓦奇,决定报考文学专业的研究生。"如果能够深入学习英语文学就太棒了。"有一天下午他这样对我说,"我一度想读创意写作,但最终选择了研究文学。"

在亚利桑那州立大学的人文学部,已经可以感知到局面在改善的苗头。各相关专业在校生人数,在经过差不多十年的持续下跌后,开始缓慢回升。杰弗里·科恩很高兴看到他的营销思路开始结出丰硕果实。"我也在琢磨,是不是因为学生们在疫情期间更关注起人文问题来。"他对我说,为确保人文回暖的成绩,校方准备从今年秋季开始开一门新课:"文化、科技与环境"。"如今的年轻人,时刻把这三个话题挂在嘴上。"他解释道。

苏珊·毕格罗是前文提及的布兰迪·亚当斯教授"英语206"班里的一个学生,有一天课后,她和我在一间咖啡馆见面,聊起她的学校生活。她进大学时拿的是一个排球运动的奖学金,主修心理学专业,但感觉有些迷失。"有次我想申请一个西班牙语奖学金,其中一个申请问题是'你觉得自己十年后是怎样？'"她说，"而当时我只有一个念头：我真的不清楚。"

去年，她转到英语专业，从头学起。"我将来的梦想职业是小说家。"她说，接着补充道，"我还没对任何人说过这个。"她最喜欢的小说，是钦努阿·阿契贝写的《这个世界土崩瓦解了》[41]。她最近则在读菲利普·罗斯写的《人性的污秽》[42]，这本书激励她开始尝试自己创作。

"罗斯是位了不起的作家，我经常自问：我怎么可能比得上他？"毕格罗告诉我，"那当然是不公平的，因为他是当今美国最伟大的小说家之一，而我呢？我只是亚利桑那州立大学一个默默无闻的英语专业学生。"她看着我，有些害羞，随即移开了眼神。"我已经开始努力练手了，没准儿的事，可能性的问题谁也说不清不是？"她说道。

翻译：刘思羽

注释

1. 纳博科夫（Vladimir Nabokov，1899–1977年），俄裔美籍作家，在昆虫学、象棋等领域有所贡献。其名作为1955年的《洛丽塔》和1962年的《微暗的火》，前者被两次改编为电影，斯坦利·库布里克导演了第一版。

2. 美国历史上，通过一系列联邦法案，划拨联邦公共土地来建立大学。这些大学，不论公立私立，都被称为"赠地大学"（land-grant universities）。

3. 该法案全称是《1944年军人复员法案》，主要目的是给予"二战"退伍军人各种福利，包括提供高等教育和职业教育的各种补贴。

4. *Middlemarch*，英国女作家乔治·艾略特的第七部长篇小说，1874年首次出版单行本。

5. 人类历史上第一颗进入行星轨道的人造卫星，震撼了整个西方，开启此后长达数十年的苏、美太空竞赛。

6. 重写本（Palimpsest），指古早卷轴或手稿上原始字迹被刮擦或洗掉后，重新利用原材料新写就的文本。一般以重新利用成本相对高昂的羊皮纸或牛皮纸为主，用牛奶或燕麦麸洗去原文字。但随着时间的推移，旧文字的残迹会隐现出来，成为学者们研究古早文本的重要历史依据。

7. 这里指哲学、政治学和经济学。

8. 《红字》（*The Scarlet Letter*）是美国浪漫主义作家霍桑创作的第一部长篇小说，发表于1850年。霍桑以此一举成名，成为当时公认最重要的作家。1995年被好莱坞改编成电影，由黛米·摩尔和加里·奥德曼主演。

9. 这三位都是当代英语文学界非常著名的、非欧美白人族裔的作家。

10. 如无特殊说明，本文所指"抖音"，都是指抖音海外版TikTok；尽管基于大致相同的算法，但其内容和管理与国内版完全不同。

11. 美国嘻哈双人组合City Girls于2021年5月推出的单曲，成为那个夏天最火的歌曲之一。

12. Sprinkler-dance，一种舞蹈动作。一般用一只手放脖子后面，另一只手身前平伸；一边转动身体，一边挥动伸着的那只手，模拟花园灌溉喷洒器的动作。

13. 约翰·传奇（John Legend）是美国著名男歌手、词曲作者和制作人，美国艺术界四大奖项EGOT（艾美奖、格莱美奖、奥斯卡奖和托尼奖）大满贯获得者，毕业于宾夕法尼亚大学，主修英语语言文学。

14. 时任埃默里大学艺术与科学学院院长。

15. 时任埃默里大学牛津学院院长。

16. 阿默斯特和戴维森都是美国的顶尖私立文理学院。

17. *Black Studies*，又叫 *Afro-Americans Studies*（非洲裔美国人研究），主要研究在美国的黑人的历史、政治、文化和经济现象。

18. 《荒原》（*The Waste Land*），美国诗人 T. S. 艾略特于 1922 年首次发表，一向被誉为二十世纪最有影响力的现代主义诗歌。

19. 蒙克全名 Thelonious Sphere Monk，美国著名爵士乐钢琴家和作曲家，其作曲和演奏都具独特风格，蕴含的丰富创造力，被许多乐手仿效。

20. 阿瑟·米勒（Arthur Miller），美国著名剧作家、散文家，代表作为《推销员之死》，获得包括普利策奖、托尼奖在内的多项荣誉，和尤金·奥尼尔、田纳西·威廉斯并称为二十世纪美国戏剧三大家。私人生活方面，也因与玛丽莲·梦露的一段婚姻而为人津津乐道。

21. 托马斯·品钦（Thomas Pynchon），美国作家，其作品多为晦涩复杂的后现代主义小说，经常涉及历史、自然科学和数学等不同领域，几度获得诺贝尔文学奖提名。

22. 这里指摩西与《十诫》的故事。按照宗教记载，摩西当年带领奴隶出埃及，逃往以色列，途经西奈山时，受上帝召唤，得传《十诫》，成为犹太人的生活和信仰准则，也是最早的律法。

23. 该运动英文名为 defund-the-police，主要是指 2020 年 5 月乔治·弗洛伊德事件发生后，"黑人的命也是命"（Black Life Matters）组织发出公开请愿，要求削减政府对警察部门的经费，转而将更多的拨款给教育、医疗保健和社区活动。

24. 简·奥斯汀 1814 年出版的长篇小说。

25. 柏拉图在其著作《理想国》中，描绘城邦国家最理想的统治者应当是哲学家。但是，合格的哲人王不是凭空产生的，既需要一个选拔机制，更需要与之相应的教育体系，以便在儿童时期就对具备哲学家天性的灵魂进行雕琢。

26. 二十世纪美国最受欢迎的诗人之一，四次获得普利策奖，被誉为"美国文学中的桂冠诗人"。

27. 哈佛大学十二座本科生宿舍之一。

28. 自然智力（Natural Intelligence）是美国教育家霍华德·加德纳提出的"多元智力理论"的一部分，特指我们对自己身处的大自然环境的认知能力，比如辨析植物区系、动物区系、地址特征和气候、方位感，乃至感知灵性空间的超自然科学能力等。

29. 《哈佛红报》（*Harvard Crimson*）是哈佛大学出版的学生日报，创刊于1873年，完全由该校本科生来经营。

30. 康斯坦蒂诺斯·卡瓦菲斯（Constantine P. Cavafy），二十世纪初获得国际声誉的希腊诗人。

31. 麦克卢汉（Marshall McLuhan，1911-1980年）是加拿大哲学家和教育家，现代传播理论的奠基者；其重要著作包括《机器新娘》（*The Mechanical Bride*，1951年）和《理解媒介》（*Understanding Media*，1964年）等。

32. 本书书名 *The Medium is the Massage*（简体中文版译作《媒介即按摩》）是麦克卢汉恶搞自己的前作，在其《理解媒介》书中，第一章名为"媒介即信息"（*The Medium is the Message*）。新书用"推拿"(Massage) 代替"信息"(Message)，恶搞之外，还凸显了该书杂糅文字与图像、对不同媒介进行实验性融合的特点。

33. "喂，艾莉克莎"是亚马逊出品的智能语音设备的统一启动话语。当这位教授以它举例时，他房间里真有亚马逊产品候机，这些设备听到他的话后，不鉴别那是和人打电话说的假设，就准备启动（去建网站，能不能另说）。意识到这一点的教授，赶忙又发布语音命令阻止。

34. 《达洛维夫人》（*Mrs. Dalloway*）是由弗吉尼亚·伍尔夫在1925年发表的一部长篇意识流小说，被《时代》杂志评为1923-2005百部最佳英文小说之一。

35. 美国文具公司 Crayola 最早营销的一款玩具，主要材质为矽氧树脂，具有非牛顿流体特性，既可揉捏成弹性固体，也可形成黏稠的流体。部分成年人玩之以解压。

36. 所谓磁校（Magnet School），是美国公立高中的一种非正式类型，有点类似国内的重点高中。一般每所磁校会偏向于一类学科，比如理工科或人文艺术。磁校比私校便宜，教学质量高，可以不按学区招生，但需经过考试（一般公立高中按学区入学，没有升学考试一说），因而入学门槛较高，进去后竞争也非常激烈。

37. 美国平权法案（Affirmative Action）是指一整套法律、政策、指导方针和行政惯例，旨在纠正少数族裔和妇女面临的长期歧视历史；通过采用包括种族配额制在内的多种方式，促进更为公平的教育和就业机会。这一法案及其具体措施，在美国一直争议不断，近年有愈演愈烈之势。

38. 这句话背后的逻辑是：有色族裔学生不想被人认作仅仅依靠平权法案录取配额制的"优待"而入学，所以他们想通过自己能在理科专业学得很好的事实，来证明自己的聪明实力。

39. 副学士（Associate degree）是美国和加拿大的初级学位。修读者一般选择在社区大学或专科学院读两年，其课程与普通四年制大学的大一、大二相当。取得副学士学位的学生，经申请通过可立即转入四年制大学的相关专业，从大三读起，于两年内读完取得学士学位。

40. 大学先修课程（Advanced Placement），简称 AP 课程，是美国大学理事会给高中阶段学生开设的与常规大学本科教育水平相当的课程，在包括美国本土在内的全世界范围内都可授课，主要适合那些计划升入美国大学的学生先行积累学分。

41. 这本小说（*Things Fall Apart*）是尼日利亚作家钦努阿·阿契贝（Chinua Achebe）的处女作，1958 年首次出版，主要描写十九世纪末尼日利亚东南部前殖民时代的生活，和瓜分非洲后的欧洲人及文化入侵情形。该书被誉为现代英文非洲小说经典，也是第一本获得全球好评、由非洲人书写的非洲文学。

42. 罗斯（Philip Roth）是美国当代最著名的小说家之一，曾获得包括美国国家图书奖、古根海姆奖、欧·亨利小说奖、美国文学艺术奖在内的多项荣誉。《人性的污秽》（*The Human Stain*）于 2000 年首次出版，2003 年被改编成电影，由安东尼·霍普金斯、妮可·基德曼等主演。

边境风云

陈楚汉　郑子宁

一个征税的传教士，一个中缅边界的宗教政权，一个富庶强悍的土司家族，被一个十余年隐姓埋名的语言学天才逐一击破。

绝命和尚

和尚

1782年，乾隆四十七年，云南大理，鸡足山，一个身穿黄袍的和尚在往南走。沿着澜沧江及其周边的银矿，他在云南和缅甸的山区传播自己"改良"过的大乘教。

鸡足山位于滇西北，因为从高空俯瞰形似鸡的一足三爪而得名。除了鸡足，这座山更有名之处在于，自南宋后它便是一座佛教名山，藏传佛教、汉传佛教在此交汇，大批名僧聚集，信徒无数。到乾隆年间，鸡足山大乘教已经发展成为跨越云南、贵州、湖南、四川、江西、江苏及运河沿线的巨大网络。

不断蔓延的鸡足山大乘教让朝廷感到了威胁。乾隆十一年（1746年），云贵总督破获鸡足山大乘教案，拘捕一千五百名大乘教和尚，其余僧侣被迫流亡，从小在鸡足山长大的杨德渊就是其中之一。

相比于传统佛教，杨德渊传播的鸡足山大乘教把儒、释、道"三教合一"。在大乘教佛教经书中，有被误以为是佛教的道教经籍，而经他改造的大乘教，最典型的特点是建立一个政教合一的政权，并以转世"佛王"的方式传承统治。

依靠结交上层头人和救治底层穷人，杨德渊的传教事业在拉祜族聚集的澜沧山区飞速发展，拉祜人把他称为"阿巴姑"（神仙）。勐允土司的一位头人不仅把他请来传教，还要求村民必须皈依，否则不许在管辖地居住。由于杨德渊对澜沧人心理的巨大影响，他被尊为"改心和尚"，澜沧江西岸的大片地区以"上改心""下改心"命名。杨德渊招收弟子三百多人，其中最著名、被认为继承了其衣钵的，是一个汉族移民之子、俗名张辅国的武术教练，此人有一个更为响亮的名字：铜金。

传统上，澜沧山区是拉祜族的聚居区。拉祜族是当地人口最多的民族，此外还有汉族、佤族、哈尼族、彝族、傣族等十几种民族，而绝大多数拉祜人都生活在澜沧江以西。他们的故乡在澜沧江东岸，朝廷的压榨迫使他们举族西迁。根据《拉祜族简史》，拉祜族有"重自由，轻迁徙"的民族性格："在遭到严重阶级压迫和民族压迫的情况下，往往举族大迁徙。"不同于文明程度较高的傣族、白族，拉祜族历史上极少建立政权，以及频繁地迁徙移民。他们的民族传说《牡帕密帕》中这样唱道：

> 有三条狗尾巴毛那么多的拉祜从东路迁徙
> 有三碗苏子籽种那么多的拉祜从西路迁徙
> 当他们渡过纳古够河之后
> 河水三天三夜混浊不清

直到十八世纪，拉祜人都按原始的血缘聚居，没有官员，也没有衙门。他们宁可倒退回森林，重新过刀耕火种、采集狩猎的生活，也不愿接受政府的压榨。耶鲁大学政治学和人类学教授詹姆斯·斯科特（James Scott）说，拉祜人是典型的"无政权民族"。

但铜金及其传播的佛教迅速改变了这一点。1790年，杨德渊在澜沧南栅村修建中心佛寺，杨死后，铜金继承了南栅佛寺的控制权。他们请来内地能工巧匠建起有拉祜特点的佛房，在澜沧、双江建造中心佛房五十多个，村寨佛房五百多个。他们把佛教和拉祜族原始信仰相结合，杨德渊被称作"佛祖帕"，与拉祜族崇拜的天神厄沙齐名。同时，把农耕文化植入佛教中，每年三次的佛教节日，"佛王"都会传授农业生产知识。就连教义也本土化，不再是清静无为、寄托来世，而是在佛祖的领导下抵抗清朝和土司的奴役剥削。

永平的迁糯佛寺，已有二百多年历史。小山 摄

1796年，嘉庆帝登基，威远一带发生饥荒，拉祜族起义，反抗清朝暴政。起义军借助铜金的宗教影响，利用村寨佛房进行军事动员。

1799年，铜金已成为澜沧江西岸山区公认的"佛王"。年底，拉祜族再度起义，铜金举行佛教盛典仪式，组织起一支五万余人的起义队伍。

此时，在澜沧江边，铜金建立的坝卡堡垒控制了澜沧江渡口和周围的山谷，由三层木栅和深壕沟围护，号称统领千户居民、上万人口，坝卡堡垒内有数百间草房围绕着中心佛房，周围的五十多个村寨都听从其指挥调动。在嘉庆五年（1800年）的一次动乱中，铜金和尚从佤山调来由头人李小老率领的约六百名战士，他们全是铜金、铜登的信徒。从此，澜沧和拉祜人在清朝统治者眼里成为"三反之地，九反之民"，蜂起的起义让清廷头痛不已。

1800年，因镇压不力，清廷把原云贵总督撤职查办，任命书麟为新总督，采取堵、剿、抚并用的镇压政策。起义军首领被杀，部分队伍转入山区，铜金及其信徒投降。

澜沧江西岸山区森林茂密，夏季"瘴气"横行。据记载：瘴气乃河上的红色气体，汉人沾之即死，当地人却免疫。所以清军获胜后也无法在当地驻军，为继续平叛、维持稳定，在嘉庆的同意下，书麟向铜金许诺：只要他三年内清除其他起义军势力，就正式委任他为地方官。铜金高效且出色地完成了这一任务：他先帮官府捕获了率领山民和失业矿工到盐井抢劫的头人，又解决了蛮糯的危机。身为汉人和宗教领袖，铜金对清廷堵、剿、抚并用的镇压手段非常熟悉，因此他一直请求官府允许自己还俗、颁发官印、授予官职，云南地方官员也支持他的这一请求。

与此同时，铜金也未停止扩张自己的宗教势力。1810年，澜沧江西岸已经形成多个宗教中心，包括蛮糯、坝卡、南栅、邦奈、南兴、黄草岭等。在拉祜、傣族等少数民族中，他享有崇高的威望。书麟在嘉庆五年三月十九日给皇帝的奏折中说："此等汉僧人数众多，不独勐勐为然。其附近之孟连、车里、六困、勐班等处，遍地皆是，毋论倮黑、摆夷、蒲蛮等类，无不奉为神明，牢不可破。"

1803年，拉祜族与孟连土司起争端，被派去解决争端的清朝官员永宝和乌大经发现，拉祜人对铜金的态度极其顺从，以至于必须由铜金统治，否则他们就会拒绝向当地土司缴税。乌大经评论说："铜金自称是僧侣，但从人们对他的崇敬来看，实际上他只不过是一位穿着黄袍的藏传喇嘛。"

多个佛教政权同时反抗清朝统治，清朝派出侍卫乌大经、鄂尔康镇压。暴乱迅速平定，在乌大经呈给嘉庆帝的奏折里，以一种不解的语气描述他所见到的铜金和拉祜人："极其顺从……不是一个王，而是佛王……"

唯一的问题是，铜金统领的大片领地，名义上属于清朝正式册封的孟连宣抚司。保守的嘉庆并不愿意改变既定的边疆政策，他拒绝了云南地方官员授予铜金官职的请求，铜金被"彻底招安"的希望落空，书麟利用他瓦解起义军的计划也流产，起义又一次风起云涌。

1812年，铜金被清军"凌迟枭示"。

盐商

威远江，澜沧江的一条支流，清朝时的威远州，如今是云南省景谷傣族彝族自治县。市区内，一座远超这座城市体量的"威远江国际大酒店"在夜间灯火辉煌，如同城堡般显眼。我们抵达的这天正下大雨，一路上山体滑坡的痕迹随处可见，215国道上不断出现落石、路面破碎和警告标志。

215国道几乎是沿着威远江而建，在艰难漫长的路途

穿城而过的威远江。小山 摄

上，威远江如影随形，寸步不离，山上赤色的泥土被雨水冲刷入江，江水凶猛而混浊。当地人告诉我们，这条江晴天清澈，雨天混浊。

但威远江重要的历史地位并非源自激烈的江水，而是一种生存必需物资：盐。

威远江河谷中，分布着九个盐井，早自唐朝就开发利用。景谷古称"勐卧"，在傣语中，"勐"是地方，"卧"则是盐井。一路上我们路过的抱母村、按板镇、香盐村，两百多年前，这些村镇全都是盐井，名为案按板、抱母井、恩耕井、茂篾井、香盐井，其中恩耕井直到1930年还能煎制上乘食盐。历时一千二百多年，有的盐井直到今天还在运作。

铜金得到总督书麟许诺的三年之约后，沿着威远江的河谷走到盐井，结识了威远的盐井税官。敏锐的他发现了自己崛起的新资本：每年七百万斤的私盐生意。

对于威远的盐井，官方每年的定额只有二百多万斤，而威远的产量能达到九百万斤。多出的盐如何运输销售，成了一门巨大的生意，铜金很快察觉并加入这门生意，成为矿工、盐商的保护者和中间人。

更关键的是，拉祜族聚居的澜沧不产盐，因此，盐在拉祜人的生活中意义极其重大。多数盐都是商人从威远驮来卖，价格昂贵，堪比白银。在澜沧的许多地方，盐可以作为货币流通：火柴盒大小的盐，中间开一小口，用绳子一串串穿起来，如同铜板。一块盐可以换十到十二把青菜，农民帮工一天的工钱最多也就买一块盐。普通山民要想吃盐，只能在吃饭时用舌头舔一舔，或者用线拴起盐来放在锅里快速涮一涮。除了食用，盐还是冶炼的重要材料。

新中国成立后，澜沧第一届各族代表会议上，代表们就提出："有的群众长年累月吃不到盐，严重影响群众生产生活，要是能在一个适中的地点设立盐公司，解决群众的食盐问题就是最大的恩德了。"

威远江的盐是如此珍贵，澜沧江以西的边境山区，包括上缅甸所需食盐，都源于这里，以至于成为澜沧江以西各土司在政治上依附明、清王朝的重要原因。缺盐问题直到新中国建立后才得以解决，对于二百年前的人来说，每年多出的七百万斤盐有多宝贵，可想而知。

从1800年接受招安，到1812年被凌迟示众，这十二年间，铜金所主持的，便是一门牵涉几十万人、关乎平民生存和边境归属的大生意，它的核心是银、盐、粮。

根据香港科技大学教授马健雄的研究，这一交易链的运作方式复杂：一、将卤水煮干熬盐需要消耗大量柴薪，因此山民在山上砍柴，送到盐井换盐；二、山民把盐背到江外市场或者矿山盐店出售得钱；三、再拿钱去平地买稻谷。"产粮坝区、威远江流域的盐井区和深山中的矿区之间形成了一个物资供应体系。"其中任意一个物资供应的迟滞、中断，都可能导致整个交易链断裂。铜金和尚与威远厅的盐井课长分工合作，成为私盐运销的合伙人。盐井官员向铜金供应盐，铜金再供应到各银厂和山区村寨。

然而，清缅战争的爆发和嘉庆即位，打断了这一交易链。严苛的嘉庆发现云南各地因战争累积的财政亏空惊人，便下令严查，清理旧账。各级官员为了交差，强迫民众多买盐，利用盐税弥补财政赤字。结果，威远州原先多出的盐现在禁止出卖，银矿矿工和山区民众无盐可用。

明朝后期，中缅边界建立起许多银厂，数十万人在这些银矿工作、贸易，他们的生活用盐全部来自上述几个盐井。到嘉庆时期，银矿逐渐枯竭，"嘉庆清账"更导致这数十万人生计无着，一部分失业者便逐渐聚集在铜金身边。

三年之约的后一年，1804年，铜金完全控制了募乃银厂，原来的合法管辖者孟连土司，再也收不到募乃厂的银税。铜金的统治势力还在扩张，管辖人口多达三万，治下政权如此稳定，以致云贵总督请求嘉庆皇帝授予铜金更高级别的正式官职。支持铜金则意味着削弱孟连土司，也就是改变传统的土司制度，保守的嘉庆皇帝指示地方官员，可以给铜金颁发官服、顶戴、官印、银牌和奖金，也可以让他改名还俗，但就是不能授职。因此，铜金依然是孟连土司下的一名头目，没有正式官职，所征税款也必须交由土司上缴。

衰弱的孟连宣抚司无力阻止铜金对土司领地的迅速蚕食，双方矛盾愈演愈烈。嘉庆八年，云南地方官员试图调解两者矛盾，商议在中立方景谷永平镇谈判。铜金看到自己被册封为朝廷正式官员的机会，欣然应允，从澜沧江西启程，准备渡江。时值盛夏季节，澜沧江洪水暴发，铜金和随行人员艰难跋涉，离开地势高、气候凉爽的澜沧山区，赶到湿热难耐的澜沧江岸。高涨的江水和瘴气使得铜金等待了近一个月，才得以渡江赶赴永平。

在永平等候多时的官员对铜金印象很好，他们记录铜金"言语动作，俱报恭顺"。铜金告诉官员，自己并非有意悖逆孟连土司，实在是土司对拉祜人压榨太甚，拉祜人主动投奔他，并推举他代表拉祜人和孟连交涉。

相比铜金的恭顺，刚成年的第二十一代孟连宣抚刀派功屡请不至，让云南地方官员大失所望。他们不知道的是，此时刀派功正在奔赴缅甸，以割地为条件企图借兵镇压铜金。

铜金当年过河的渡口。小山 摄

涉世未深的刀派功未能看出对方的诡计。夜里，"土匪"偷偷潜入刀派功的住处，杀死了他，还窃走由朝廷颁发、象征宣抚司至高权力的大印。刀派功的密谋惨淡收场，孟连宣抚司的处境更为不利。

据此，云南地方官员上奏，请求嘉庆皇帝册封铜金官职。然而，嘉庆皇帝一再否决，他坚持认为无论铜金如何竭力为朝廷办事，始终"只可加赏，不可授职，此人终不可信用，后必为蛇足之患"。他在上谕中说："孟连与铜金势不两立，将来必有事故。"天然站到了孟连一边。

感到不被信任的铜金继续蚕食孟连土司的地盘，至嘉庆十年（1805年）前后，澜沧江以西的山区已是铜金南栅佛房的控制范围。铜金建立了一套由他本人即"南栅佛王"，其次是区域性的五佛爷和佛房，然后是村寨佛房组成的三级佛王体制，被称为"五佛五经"体系。这一"佛王"政教体系，被他的后代继承并稳定下来，持续到光绪十四年（1888年）。

铜金死后，起义的火焰并没有就此熄灭，铜金的儿子和同门继承他的统治权威，抵抗坚持了五代人之久。其中，占据西盟阿佤山的三佛祖，是新的拉祜"佛王"，是铜金的同门师侄。三佛祖的影响极其深远，他的举措之一是把犁、锄、刀、斧和牛耕稻作的生产技术引入，同时种植鸦片，极大提升了阿佤山的生产力。

1888年，三佛祖逝世，死前留下遗言，指示拉祜人："燃烧蜂蜡蜡烛和香棒，这样有一天拉祜人可能很快就会从上帝那里得到启示。"

在拉祜族的传说中，古代拉祜先民分为兄妹两系，因分配猎物发生误会而分离。妹妹支系往南方走，哥哥支系在后追赶，追到勐缅时妹妹捎来口信："我们是比底衣梭雅（同胞骨肉），虽然暂时分离了，但将来我们要骑着白马，驮着经书回来看你们。"后来外国传教士搜集的版本更富深意："时机成熟，神就会寻找我们，进入我们的家。有一个征兆，当它出现的时候，我们就会知道神要来了：骑在白马上的白人给我们带来神的圣经。"

在镇压铜金及其追随者的战役中战功卓著的武将被分封土司，其中拉祜族石姓家族功劳尤高，石家三兄弟都被授予职位，成为拉祜族第一代土司，直接行政管理澜沧。

拉祜时代结束。

边境牧师

传教士：身死或失败

1895年5月，三十四岁的美国浸信会传教士永伟里（William Young）带着妻子莉拉抵达缅甸北部的昔卜。在这里，他计划和先期抵达的英国传教士兰伯特（Lambert）一起在缅北传播福音。三年前，夫妻二人受教会派遣来到缅甸仰光，随后一路北上，在城镇集市上布道，效果一般。

先前兰伯特在给永伟里的信中说，虽然昔卜人挺顽固，传教进展缓慢，但是相信教会开学校、办医院的策略终究会奏效。昔卜的诏法（缅甸各土邦君主称号）对传教士态度友好，眼下正是缺人之际。兰伯特干劲十足，热切盼望永氏夫妇尽早抵达昔卜，共同将基督的福音传遍缅甸。

永伟里到达昔卜教堂时，终于见到了兰伯特。后者并未如期待中那样高兴——他已经是个死人了。

五天前的一个深夜，兰伯特在住所被"匪帮"用傣刀刺死。

傣刀是一种当地常见武器，在傣族村寨，每个男人都随身携带，用来防身、开路、生产和祭祀。傣刀刀柄浑圆，顾长的刀身拉出一条向刀背缓缓弯曲的优美弧线，刀尖收窄，形成一个尖尖的锐角。在有经验的刀客手中，它可单手持握，也可以双手并握，是致命的武器。

无论这个（或这些）入侵的"土匪"是谁，都显示其极有经验。根据浸信会的档案，兰伯特一共受了三处致命伤，第一刀砍断了他的颈椎，几乎让其身首分离，喷溅的血液画出一个不规则的扇形；第二刀从上往下击穿了他的头盖骨；仿佛还嫌不够，刀客以极大的力量斜挥一刀从肩膀直插胸背，可怜的英国人肩上可怖的血口里，锁骨和肩胛骨碎裂的骨渣四处散落，切开的肺早已塌缩。与这三处致命的刀伤相比，左手上的五刀和大腿上的一刀几可忽略不计。

兰伯特遇袭后试图反抗，他手里有枪。可是刀客没有给他瞄准的时间，他刚一掏枪准备射击就被砍中，一发子弹打到房门上。这就是不远万里来到缅甸的英国传教士的最后挣扎，他甚至没能把提着的灯笼放下就倒地，身体压住了灯笼，灯笼摔碎后火苗烧着了他的衣服，灼伤了皮肤。

"他死得透透的。"浸信会的报告里总结说。

更诡异的是，"土匪"既没有拿走兰伯特的手表，口袋里的钱也分文未动。听到枪声的仆人赶来时，现场只有兰伯特面目全非的尸体躺在钱箱旁——"土匪"对箱子也没有兴趣。

这场不图财的谋杀，可能和昔卜本地的宗教信仰有关。昔卜地处缅北核心，是缅北最强大的三个土邦之一，居民以傣族为主，佛教信仰极其坚定。迫于英国殖民者的压力，本地诏法虽然表面上允许传教，但内心依然有根深蒂固的抵触和敌意。

永伟里翻看兰伯特留下的日记，在死前的最后一篇日记中，除了期盼永氏夫妇到来，兰伯特还提到自己在集市上传教的经历。他足足在集市上布了三个小时的道，当地人对他兴趣浓厚，问了他很多很多问题。兰伯特深受感动，认为傣人虽然顽固，但在上帝的指引下，他们终究会接受福音。而永伟里夫妇的到来，会是这个伟大事业的开端。

十九世纪，今中国、缅甸、老挝、泰国四国交界处的大片土地，仍散布着由傣族诏法统领的大大小小的土邦。他们互相之间时而结亲，时而相争。一些土邦既作为中国土司给

景谷当地的傣族老人，他们和昔卜的傣族是同一个支系。小山 摄

中国朝贡，又作为缅甸附庸邦给缅王送花马礼，和铜金对抗未遂的孟连土司就是个中典型。

英国在1885年才占领了包括掸邦在内的上缅甸。桀骜不驯的上缅甸人让英国人大为头痛，因此他们欢迎各路传教士前来传教，以图让这里"文明化"。在这批被英国招揽来的传教士中，永伟里很不起眼。

这个生长于美国中部伊利诺伊州一眼望不到边的麦田里的农民儿子，二十三岁之前一直在家务农。二十三岁时，可能是受到上帝的感召，他决心献身宗教，在基督教背景的内布拉斯加州多恩学院拿到了神学学位。1887年，他开始在内布拉斯加州为浸信会布道，他有了六十个信徒，修了一个小教堂。

十九世纪的美国教会认为，要让基督再临，全世界都要接受福音。各大教会向外派出传教士。对年轻的永伟里来说，在美国小镇布道已经无法满足他的宗教热情——父亲去世的那一晚，他看到基督显形，命令他将福音传到世界最远的角落。很快，他和夫人到了波士顿，加入美国浸信会外方传教会。

初出茅庐，夫妻两人就把传教的目标锁定在世界另一头的非洲。到底是麦田劳作赋予了他无与伦比的勇气，还是血管里流淌着冒险的基因，抑或是过于天真低估了风险，已经不得而知。不过，外方传教会并未同意他去非洲，而是派了去英属缅甸传教。

兰伯特的死，让刚到昔卜的永伟里始料未及，而昔卜人的顽固也是超乎想象。截至1899年永伟里七年服务期满，莉拉又不幸罹患重病，两人回到美国为止，永伟里传播福音的唯一成果是让几个昔卜监狱里的犯人皈依了基督。永伟里对自己的传教事业非常绝望，甚至发出了"撒旦在掸邦根深蒂固"的感慨。

回到美国不久，莉拉病逝，永伟里也年近四旬，但这个倔强的农民之子决定再赴缅甸。安葬好夫人后，他将女儿托付给亲戚，跟外方传教会申请去另一个缅北强邦——景栋。在昔卜的日子里，如果说永伟里有什么收获，那就是听说了更北边的景栋居民多元开放，可能对外乡人没有昔卜那么强的敌意。

永伟里再次登上前往缅甸的客船。

长达半年的航程中，他和船上一位叫黛尔·梅森的女士熟络起来。梅森小姐和永伟里算是同行，受长老会派遣准备前往印度传教，然而当航程结束时，梅森小姐已经变成了新的永夫人，她皈依浸信会，放弃了去印度的使命，决定和新婚丈夫一起前往景栋。

景栋是中缅老泰四国交界地区传统四大城市之一（中国景洪、缅甸景栋、老挝琅勃拉邦、泰国清迈），位于缅甸通向中国的交通要道上，地处高山之中的一块小盆地。每五天，景栋会开一场大集市，四面八方的居民都会来景栋赶集。和昔卜不同，景栋集市上除了当地的傣族人和云南马帮外，周边山区的山民也会前来售卖山里的物产，换回生活必需品。

一天，永伟里照常来到景栋集市上传教，他骑着一匹白马，手持《圣经》。两个从云南双江来景栋赶集的拉祜青年李老大、李老二看到了他，顿时激动不已，消息如同野火一般传遍了集市和山区：

铜金和尚派来的骑着白马、带着书前来拯救拉祜族的白人降临了！

弥赛亚

在景栋传教的成功程度，让永伟里几乎不敢相信自己的好运。短短几年时间，成千的山民受洗，皈依了基督。永伟里甚至不用试图说服他们——山民见到他就像见到神一样，主动跪拜请求他的指导，他被尊称为Jomo（人神）。

坎坷半生的永伟里终于找到了自己传教事业的福地，他不再轻易放过任何机会。为彻底利用铜金转世的传说，他让李老大、李老二先去中国境内的糯福筹建教堂，还造出了一个号称有铜金签名的烟筒。

传统信奉佛教的景栋依然抵制着永伟里，景栋诏法对传教士并不热情，坚决不让他建教堂。永伟里对此早有准备，找到了英国殖民当局。在当局的命令下，诏法只得让出景栋城西北的一块空地准许修建教堂，但报复也在暗流汹涌。

随着基督信徒与日俱增，景栋衙门开始行动。虽然他们不会冒着招惹英国人的风险把传教士直接杀掉，但在匪帮横行的缅北，类似于兰伯特牧师遭遇的"意外"却可以合理地频繁发生，而且景栋位于中缅边境，四周的崇山峻岭为匪徒提供了绝好的庇护所。

1902年，新教堂落成，永伟里一家踌躇满志地从之前栖居的竹楼教堂搬进了砖瓦结构的新教堂——前一年，夫妻俩的大儿子出生。

传教事业蒸蒸日上，不断有人在集市上被他们的布道吸引而来。就在这时，"意外"发生了：一天夜里，十一个傣族匪徒冲入教堂抢劫，永伟里夫妇和幼子被勒令待在一边不许动。将值钱物件洗劫一空后，土匪并没有离开，他们用傣语叽叽喳喳地讨论着什么。他们不知道的是，永伟里这时已经学会了傣语，谈话内容让他不寒而栗：土匪正在商量如何处置这几个外国人。一个匪徒坚持杀掉，另一个说不能杀，原因是洋人死后变成的厉鬼可能会穷凶极恶，报复起来后果严重。匪徒们争执不休，最终决定卜卦。万幸，卦象是"不杀"，永家三口侥幸捡回性命。

同时，景栋衙门也试图再制造一起"兰伯特惨案"，所幸永伟里的新夫人梅森在抵达景栋后，很快与景栋的贵族妇女交上了朋友，这些贵妇把景栋衙门试图暗杀外国传教士的计划泄露给梅森，这又救了永家。

两番逃过劫难的永伟里意识到，在这个危险的地方，没有武装保护，非但做不了上帝的牧羊人，连自己也会变成待宰的羔羊。他开始组建教堂自卫队，购买枪支武装，从此，至少在景栋城，再也没人敢对他们下手了。

当然，远在天边的美国浸信会不可能接受这个莫名其妙的转世传说。得知永伟里利用邪说传教，浸信会大为惊恐，加之永伟里传教重数量不重质量，教徒实际上是把他本人当神膜拜。教会启动调查，生怕缅北大山里孵化出异端宗教，永伟里对此非常不满，但仍以自己传教成果丰硕、皈依者极多为由，暂且应付过去。

这期间，他们的二儿子也出生了。兄弟二人从小就跟景栋当地人玩在一起，能说傣语、拉祜语，永伟里给他们分别取名为永亨乐、永文生。1908年，全家回美国探亲，永氏兄弟本计划留在美国念书，但他们无比想念景栋的生活，反而和美国格格不入，永伟里只好又把他们带回了景栋。

现在，永伟里已经认识到，拉祜人的分布中心仍然在中国境内。要想获得更大的成功，他的基地就要搬离人口仍是傣族佛教徒为主的景栋。1905年，永伟里从景栋越境进入云南双江县和澜沧县，考察进入中国境内传教的可能，一路上，上千名拉祜族和佤族山民皈依。回景栋后，他写了一篇《来自景栋的消息——越过中国边界的一次旅行》，发表在美国马萨诸塞州波士顿浸信会杂志上。这次旅行，使得永伟里决定以澜沧县糯福乡作为据点，向中国的拉祜族传播基督教。

然而，双江县管带彭锟发现了这个形迹可疑的美国人，将其送出境外。1916年，永伟里再度去孟连谈买地建教堂的事，孟连土司毫无兴趣。同年，永家回美国休假，永伟里苦口婆心地劝说浸信会同意自己进入中国，浸信会终于批准了他赴云南传教的请求。不过，英缅当局不准他从景栋直接前往中国境内，因为这会经过远近闻名的猎头佤族的居住区——阿佤山。

AMERICAN BAPTIST FOREIGN MISSION
in SOCIETY.

NINETY-FIRST ANNUAL REPORT

OF THE

AMERICAN BAPTIST
MISSIONARY UNION

THE FOREIGN MISSIONARY SOCIETY OF NORTHERN BAPTISTS

1904   1905

Presented at the Annual Meeting held
in St. Louis, Mo., May 19-20, 1905

MISSIONARY ROOMS, BOSTON
MAY, 1905

1905 年发表的美国浸信会九十一周年年鉴，里面有永伟里的报告。

在中缅边境的佤族山区，大部分是中国领土，其余一千多里是中缅未定界，毗邻澜沧县，有约八十多万人口，由十二个佤族王子统治。猎头，是佤族祈祷谷物丰收的仪式：每年播种前他们会到村寨外，猎杀过路人或者其他村寨和民族的人，通常是青壮年男子，胡子浓密者尤佳。猎头者把头割下、装进挎包带回寨子，把血洒在土地上，奉献给谷魂，谷物才会发芽。这个习俗让阿佤山成为人人避之唯恐不及的禁地。周边民族中，最害怕佤族人的可能就是拉祜人。澜沧的拉祜族个别地方，禁止用土坯造墙盖房，而一律使用竹笆、木板，原因是不隔音的材料便于提防佤族猎头者，而以土坯为墙，人们睡熟时猎头者挖墙便不易察觉。

对于早就偷偷入境过中国的永伟里来说，这不是什么问题，但英缅政府的禁令不可不从。1920年，永家从西雅图启程，经过上海、香港，抵达越南海防，再搭乘滇越铁路来到昆明，然后走陆路前往西双版纳，最终抵达澜沧县。

云南糯福

来中国传教前，永家已经跟中国当局报备。中方约法三章：一、只许在澜沧县及缅宁县（临沧）县城内或附近百里之内租地建堂；二、外出传教必须先行将目的地通知地方官，得到允许并派人保护方能前往；三、阿佤山、拉祜山等佤族和拉祜族聚居地区不可随意前往，否则后果自负。永伟里只答应了后两条。

糯福，永伟里称其为Banna，是傣语"千田"的意思，和"西双版纳"的"版纳"是一个词。但此时的糯福，既没有傣族人，更没有田，只有很少几户拉祜山民。永家在糯福建了几间小房子，准备传教。他们面临的第一个问题依然是土地：糯福属于孟连土司的辖地，要想在糯福兴建教堂，必须先从孟连土司那里取得使用权。

1920年3月，孟连宣抚司来了个奇怪的客人，此人态度傲慢，拿出一张云南省督军府的公文，勒令孟连宣抚给他一块地并兴工修建教堂。

孟连宣抚是云南边境赫赫有名的世袭大土司，已世代统治孟连六百多年，时任土司是第二十七代土司刀派永，算下来他应该是那个和铜金对抗身亡的刀派功的第六代后人。孟连土司傣语尊称为"召贺罕"，即"金殿之王"，指的是孟连土司世世代代居住的、以大量金色装饰的土司衙门。孟连土司既受中原王朝册封，也给缅王纳贡，是澜沧、孟连、西盟一带传统上的最高统治者。

不过，此时的孟连土司已不复往日荣光，甚至"召贺罕"之号也名不副实。清朝中期以来，这个边境大土司运气就不太好。

走背运始于1762年的一场桃色事件。当时的孟连土司试图霸占投靠他的一名有夫之妇，名叫曩占。他先是索取曩占的大女儿，曩占同意了；然后他又要曩占的二女儿，曩占也勉强答应；最后，他要求曩占本人嫁给他，性格刚烈的曩占忍无可忍，手刃了土司全家二十六口，并放火把土司衙门烧个精光。从此孟连土司的境地每况愈下，先是阿佤山区南部的佤王脱离，随后铜金带领拉祜人夺走许多领地和赋税，再后来铜金的师侄三佛祖又割据阿佤山占山为王。光绪年间，英国人到了孟连，拉祜人在孟连城北的山上设哨观察，孟连土司以为拉祜人即将攻城，惶惶不可终日。

1920年代，孟连土司暂时稳住了阵脚，云南省仍然让他自行管辖所剩的领土，二百年前被曩占放火烧毁的土司衙门也正要重建。孟连山城恢复了旧有的上中下三城格局，土司住在上城内，来要地的这个不速之客则暂住中城的佛寺中。

孟连土司和景栋诏法向来走动密切，双方多有姻亲关系，景栋发生了什么，孟连当然知道得一清二楚。刀派永认识这个来客，这也不是他和永伟里的第一次见面。1916年，永伟里就试图来买地。

有景栋的教训，刀派永对永伟里多了一份谨慎，他并不太担心傣族人卖地给对方，永伟里之前已经尝试过数次。他担心的是山民入教，本来就备受侵扰的孟连土司，恐怕更难对付背后有洋人撑腰的山民了。

永伟里趾高气扬地要求刀派永把孟连城北的一块空地给他，这是原先孟连要盖新衙门的地址。刀派永取过公文，一眼就看出是伪造的，不禁觉得好笑：这个洋人真是胆大包天，居然敢假造公文，如果不是美国人，早就应该治罪了。

永伟里仍然喋喋不休，刀派永压住火气，当场指出他所持公文"显有欺饰情形"。当然，美国人也不好得罪，刀派永请永伟里回中城佛寺休息。

谁知这个美国人是个泼皮无赖，伪造公文被戳穿后，永伟里一点都不觉得理亏尴尬，回中城佛寺收拾了行李，跑到孟连城外扎个帐篷，号称土司一天不批地，他就一天住在帐篷里。

刀派永又好气又好笑，孟连事务繁多，一个洋人在城外胡乱喊话根本顾不上，对其不予理睬。附近信了基督的寨子的头人看到永牧师流落到帐篷里，就将他接回了村子。很快，事情闹大，云南代省长周钟岳批示，要澜沧县县长解决这个问题。澜沧县县长是个老官僚，一方面不敢得罪洋人，下了一道公文，说准许外国人传教、租地、建教堂；暗地里又写了一封私信给刀派永，让他斟酌慎重，给洋人一块偏僻地即可。

孟连当地官僚的反应，也充分体现了中国传统智慧。就在永伟里到县里去交涉租地时，刀派永下令，让所有臣民于十天内，在永伟里原来要租的地址上赶盖了一座新衙门。拿到澜沧县真公文的永伟里回到孟连，发现原先的空地上凭空多了座金殿。最后刀派永以一千元半开（一种银币）的价格，把糯福后山上的一块荒地给了他。这里距离孟连七十多里，面积六百平方米。

1922年，永伟里开始着手建造自己的教堂建筑群。他先建了一个风格考究、雄伟壮观、比当地官府和土司衙门还

1922年修建的孟连宣抚司金殿，是永伟里原本想争抢的地址。金殿后有翻新。
小山 摄

糯福教堂，现在周末还有教徒来做礼拜。小山 摄

气派得多的大教堂，配套盖了住宅、学校、花园、小型动物园、施药室等等，设东西两道大门，大门上钉着用英、傣、拉祜文书写的"美利坚合众国浸礼会"的牌子。除此之外，他还修建了从糯福到景栋的大路，将从景栋买的日用品低价供应给教徒。

教堂每三年举行一次盛大的祈祷会，各地来参加的教徒有几千人，其中不乏景栋的传教士。三天三夜中除了讲经，还举行晚会，杀猪宰羊招待教徒，合唱团唱赞美诗，跳民族舞，放当时在汉族地区都从未见过的无声电影。

教堂的施药室更是门庭若市，当时连宁洱、思茅这种城市都没有西医西药，而永伟里免费为拉祜人送药治病，周边有七八天路程的人都来求医问药。

短短几年，糯福就成为中缅边界的门户，当地人口从五六户发展到一百三十户，糯福教堂成了四面八方拉祜人和佤人的信仰圣地，整村整村的人在"人神"永伟里的带领下皈依基督，以至于永家发觉人手不足，必须培养本地牧师。

永家创办了教会学校，佤语和拉祜语把老师称作"撒拉"。永伟里在景栋和糯福都培养了一批和他极为亲近的撒拉，其中不少是他收养的孤儿。撒拉分大中小三个等级，工资比县政府还高，西装革履，让普通山民羡慕不已。而撒拉的工资除了教会拨款，也要靠派驻村寨摊派。短短几年中，教会势力遍及糯福、东回、酒井乡和双江，教民达一万多人。撒拉还是村寨头人，已经形成了忠于永伟里的行政、赋税体系。

会拉祜语和佤语的永亨乐和永文生兄弟，也创造出了最早的拉祜文和佤文，名为"撒拉文"，通行至今。《圣经》《赞美诗》也被翻译成这两种文字。为了传教，永家人便宜行事，把当地拉祜人和佤人的原始信仰和基督教相结合。比如，佤族人信人出生的八字，永家就说耶稣的"八字"特别大；拉祜人则被说成跟美国人是一个祖先，洋人是舅父之子，拉祜人是姑妈之子，原本同居西方，后来拉祜人东迁，若不忘祖宗就应该皈依基督。无论是教义本地化抑或政教合一的政权，永家都像是铜金的翻版。

对待头人，永伟里诱以重利。他对佤王之子说，以后信了基督教的地方都归他管。佤王子听后便皈依，并强令属民皈依，否则不许结婚。彼时民族偏见很深，佤、拉祜人中流传着这样的谚语："石头不能当枕头，汉人不能交朋友。"许多佤族头人对永伟里奉若神明，只要永伟里到，就放马蹄响炮九响欢迎，而对汉、傣族官员却十分仇视。

几管齐下，加之美国浸信会的财物支持，教会势力迅速扩张。为维护自身安全和在必要时胁迫对方，永家还组织了以拉祜人撒拉为首的护卫队。永家开设了数百个教堂，并在双江县勐勐开设分堂，后者是向佤人布道的中心，永家人经常在雨季结束时到勐勐传教，效果斐然。

浸信会对永伟里的传教成果既惊喜又不安。他们担心永家坐大失控，不再服从教会节制，变成一个军事化的当地土邦主，要求教会武装只能维持到1932年，之后就不再提供这方面的物资支持。永家只能答应。

1927年，永伟里再次碰到土匪，这次来的是说云南话的马匪。永家兄弟和五十人的拉祜卫队拿着枪和弓弩与教堂外的土匪对峙，已经成年的永文生也学会了说云南话，他冲着匪徒高喊："你们做客呢人太多了！你们打仗呢人又不够！"土匪见永家方人多势众，暂时撤退。

后来，永伟里带着两个儿子前往勐勐传教，美国儿媳永露斯（Ruth Young）和永维拉（Vera Young）留守。马匪再次来袭，拉祜卫队和土匪又一次对峙。最终解决问题的是永露斯：马匪头目突发牙病，疼痛难忍。懂点医药的永露斯给匪首治了牙。匪帮鉴于永家有恩于己，拉祜卫队又不是那么好对付，便主动撤离了。

1933年，之前撤退的匪徒再次来临。永家兄弟和拉祜卫队拿枪与教堂外的土匪对战，永伟里在教堂里祈祷。他的卫队长带着一队拉祜勇士从后方攻击了马匪，马匪损失惨重，仓皇逃窜。

此时，永伟里已经是中缅边境不可小觑的一股势力，教堂的撒拉由他委派，管理全寨教务及一切民事活动。永伟里管辖着澜沧、双江、耿马、沧源等县教堂二百多所，多达四万余教民忠心耿耿追随他，奉他为"人神"，为他出生入死。教会还有武装、枪支、弹药和电台，均由国外空投。

丛林里的语言学家

流亡者

二十世纪三十年代初，永家事业逐渐走上顶峰，一个中心位于澜沧南部的宗教政权露出雏形，而占据了澜沧北部的石氏土司，也凭借鸦片生意成为滇南土司首富。两大力量不可避免地相冲突时，同样在澜沧县，一个青年开始了他近二十年改名换姓的逃亡生涯。

这个无依无靠的年轻人名叫李晓村，他将给永、石两家带来致命一击。

1909年，李晓村出生于宁洱县勐先乡，这里四面环山，土地贫瘠，最适合的种植物就是烟，晒烟房和烟草地随处可见。李晓村的父亲李锦秀是个工匠，但交游广泛，任侠尚义，在勐先做过乡约（类似于村长），还是当地帮派组织"哥老会"的三哥。李晓村从小成绩优异，十五岁时考入云南省立第四师范学校，在当时算是为人尊重的知识分子，但一次家庭剧变让他走向激进与革命的道路。

李晓村十六岁时，李锦秀向地主借了一百三十元，还了一百元后得到一张收条，但李母是文盲，把收条作鞋样用了。这事被地主知道后，便抵赖说没还钱，霸占了李家赖以生存的田地，李母气得呕血而死。恰在此时，李晓村的叔叔因为欠债被逼死，债主又来逼李锦秀还，最后把他毒打一顿关了起来。

这时五卅运动刚爆发，李晓村正在学校组织读书会，阅读《新青年》等进步刊物。他极为愤怒却无力复仇，只能咬破手指，在衣襟内和门上用血写下"报仇雪耻"四字。之后，要想生存就得推翻旧社会的念头便扎根心底。

1927年，国民党"清党"，屠杀共产党员，白色恐怖笼罩全国。1928年，李晓村在宁洱县城附近的一片树林里加入共青团，次年入党。1930年，他考入云南陆军讲武学校，编入龙云军士教导队。

位于昆明市中心、翠湖边上的陆军讲武堂，是云南历史最悠久、成就最卓著的军官学校。从1909年到1945年，讲武堂一共为国共双方培养了军官、军士约九千人，包括朱德和叶剑英两位元帅、二十几位上将、数百名将军，其中还有韩国的首任总理兼国防部长、越南的临时政府主席等。可惜，李晓村不在其列。

1930年12月，因有"赤化嫌疑"，成绩全队第二的李晓村被龙云开除学籍，驱逐出校。在白色恐怖时期，和"赤化"挂上钩，哪怕仅仅是"嫌疑"二字，就足以人头落地。这一年，云南共产党地下组织遭破坏，省委领导人被害，党组织决定放手一搏，发动暴动。暴动当天，同学告诉李晓村：满街都站着宪兵，许多同志被杀害，"凡穿了学校学生服，一律抓到孔庙去杀头"。

李晓村躲过盘查逃回家乡，在家里，他被自己的亲表哥兼乡团保局中队长认出并诱捕，立刻被五花大绑押送上路。

现在的勐先小学，李晓村老家就在对面小街子上。小山 摄

云南陆军讲武学校的建筑遗址，现已成为重要文物。小山 摄

表哥得到的命令是，"押至坡头树密处，借口犯人逃跑就地正法砍头报功"。

决心大义灭亲的表哥不会想到，在押解李晓村的途中，他被自己的亲舅舅李锦秀追上。

李锦秀指着儿子问："他是哪样事情？"

表哥回答说："我也是有命在身，我不抓他我就得死，没办法的事。"说话间把命令递给李锦秀看，上面写着："着该中队长即便着拿，若有疏逸，唯该中队长是问。"还递了水烟筒让他吸，李锦秀吸了三筒黄烟，礼貌地把烟筒递还给对方。

就在表哥接烟筒时，李锦秀从背后抽出一把斧头，猛地砍到他头部，当场劈死。目睹一切的李晓村和其他押送者惊呆在原地，李锦秀踹了李晓村一脚，让儿子赶紧逃。父子俩跑出一段路，李晓村脚上还拴着铁链，在田间他们遇到农民，农民帮忙砍断铁链，还给了他们一顶笠帽。从此，父子俩开始了中缅老边境线上数千里的逃亡生涯。

父子俩的拦截和逃亡，得到了李锦秀帮派朋友的协助。上路前，帮派朋友对李晓村说："孩子，以前你像根绣花针，别在哪儿没人知道。如今你像头大象，什么人见了都想打一枪。"

父子逃亡的第一站是江城县李的姑妈家，也是李晓村到昆明上学的资助人。此时通缉令已经下达到各县，姑妈给了父子一点钱，让他们逃到老挝的勐乌山区避风头。在老挝深山里，李晓村患上疟疾，李父只得买了头牛又把他驮回国内治病。治病期间，李晓村依然躲在一片大山里，每天锻炼，背着枪从地脚跑到地头，吃些老农民的草药。

1932年，父子俩在中缅边境辗转，勐海、景栋、孟连、澜沧，几乎正是三十年前永伟里的传教路线。一路上，李晓村靠教书养活自己和父亲。

最大的困难发生在傣族村寨。李晓村从缅甸回到中国边境的孟连，在一处村寨寻找食宿时，当地傣族头人问他是哪里人，李晓村说自己是勐海人。

"你懂傣话吗？"

"不懂。"

"家住勐海却不会傣话，不是好人，是汉人贼。"头人说，"不准你们住村子，去大路边萨喇房（行人煮饭吃的房子）歇。"

无论说多少好话，头人都不信，李晓村只好买了一筒米和菜，去萨喇房煮。房子紧挨着傣族人埋死人的黑森林，趁天未黑，他找了一大堆柴，整夜烧大火以防野兽来犯，同时翻出在勐海记录的傣话，通宵死记硬背。

第二天上路，他边走边背，见人就用傣话打招呼："大哥，苏由的赖（你家在哪里）？嘎的耐（去哪里）？六的耐马（从何处来）？但上马（挑着什么）？"不停地用傣语和傣族人对话。等到第四天到达勐片想找地方歇，又一个头人盘问他是哪里人，去哪里，这时，李晓村已经可以用傣话对答如流了。

就这样，这个从小成绩优异、文武双全的准军官，发现了自己一生中最大的天赋：语言。之后，出于隐蔽和求生的需要，李晓村又学会了哈尼语、拉祜语、佤语，甚至还有英语。这些语言共通之处很少，等到新中国成立后，李晓村的天赋得到展露：1950年国庆节，云南边境少数民族进京观礼，他说服民族代表进京，并担任多语翻译；中央访问团到边境宣传，他同时用三种语言讲解；澜沧第一次各族各界代表会议，他把中央政策现场翻译成四种语言，举座皆惊。

1932年5月，父子抵达位于中缅边境的澜沧。当时澜沧只有山间小道，交通工具是骡马和牛，山路崎岖难行，一遇雨季，牛马也不能通行。自从铜金和尚身亡，澜沧便成了土司的天下，冒险家的乐园。

澜沧县教育局局长傅晓楼是李家的远房亲戚，一见到他们就急了："通缉你父子的悬赏令去年就发到县里来了！你是要害我还是要整我？"他赶紧让李晓村改名换姓，暂且去阿佤山调查户口。李晓村冒着被猎头的风险，在那里查完了户口，还结交了不少佤族朋友。但澜沧县城终究是离宁洱太近，来往官商很多，不能久留。一年后，傅晓楼提出："我给你安排到糯福，你一步就可以跨到对面。要是有人来逮你，我就通知你跑，要不然你就待在那儿。"傅晓楼想了想，又说："糯福那儿有教堂，里面有个教会学校。"

潜伏

为了保命，李晓村加入过国民党，搞过游击队，给恶霸当过军师，甚至在教堂受洗过。他的伪装是如此完美，以至于新中国成立后关于他究竟是"被迫脱党"，还是压根就不是共产党员的争论，持续了三十多年。

糯福教会学校的学生全是拉祜族，一句汉语都不会讲，而李晓村对拉祜语也一窍不通。前三周，他要靠一个名叫彭光荣的撒拉帮助翻译。三周后，他别出心裁地想到了双向语言学习法，把学生分为两类：学过拉祜文字的，没学过拉祜文字的。他教前者学汉字，让学生们用拉祜文给汉字注音，然后他用汉语讲课文的意思，让彭光荣翻译为拉祜语；之后他再教后者汉语。这样，他在教汉语的同时自己也学习了拉祜语，两个月后，已经可以像个拉祜人一样讲话了。再后来，他又从永家那里学会了英语。

从此，这个早已跟党组织失去联系的共产党员，如同一颗钉子，插在这个神秘而庞大的宗教政权的心脏边，隐而不发。

但对永家来说，自从"李老师"来后，他们的"国中国"莫名地动荡起来。

在李晓村来糯福的前一年，因为浸信会每七年一次的轮休，加上永亨乐霸占、强奸妇女的诉讼，永伟里被浸信会强迫退休，澜沧县也请他早日奉调回国。1932年，被退休的永伟里回到了美国。

回家的感觉并不美好，在东南亚待了四十年后，永伟里对美国的一切都已经不习惯，况且云南还有他的事业。在美国小住后，"思乡"心切的永伟里再次经缅甸"偷渡"到糯福，但接下来发生的事将他彻底驱逐出这片土地。

与热心传教的父亲、弟弟不同，永亨乐并不满足于做一个传教士，还在政治和军事上有自己的追求，永远在山沟里给山民传教，并不能满足他的野心，后来他做过英国在缅甸的地方行政长官、CIA的特工。随着英缅当局向云南扩张，永亨乐自然而然地和英国殖民者勾结起来。

1933年，中缅边境的阿佤山有数个储量丰富的大银矿，以前一向是孟连土司的重大财源。觊觎这几座银矿的英缅当局让永亨乐去探明银矿的储量，永亨乐出高价派人到西盟银矿，背了两背篓的银矿石到仰光化验。英国人发现含银量很高，便起了占有之心。

李晓村从撒拉彭光荣处打听到这件事，他说服彭一起上报给澜沧县政府和傅晓楼。照会美方后，永伟里、永亨乐二人被永久驱逐出境，只有二儿子永文生被允许留在中国境内继续主持教务。不久，李晓村、彭光荣得知英军将入侵班洪，又向政府报告。

由于李晓村两次报告传教士的非法活动，1936年，傅晓楼向县长建议，把李调到县城乡村师范学校当教导主任。9月，李晓村被教育局任命为督学，在其后十多年的时间里，他走遍澜沧县一百多所学校，和佤族十几个王子打交道，为他们写小传。

就在这一年，为上帝服务了大半辈子的永伟里，终于到了该见上帝的时候。他的身体情况急剧恶化，不得不回到美国休养。1936年，永伟里在加利福尼亚州去世，和自己的兄弟埋在一起。

这个麦田里长大的农民儿子，刚到缅甸时，眼睁睁地看着家人被绑匪劫持，自己只能任人宰割；当他离开时，已经成为这个边境宗教政权的缔造者和统治者。永伟里每次出巡，都是由小撒拉们骑马护卫，声势浩大。他的权力之大超出想象，每次全教大会，只要他一纸令下，成千上万的教徒便应声而至。澜沧县县长给永家的信中这样写道："贵牧师每出外传教，事先不知会敝县，带领随从数十人马，持枪荷刀，声势汹汹有若出征。"

永家之前的传教极其成功，或者说过分成功了，蜂拥而至的山民迫使他们扩建在双江的勐勐教堂。但接替父亲职务的永文生没有想到，当初以压制和赖皮方式取得土地的父亲，也给他留下了隐患。

永伟里在1925年修建勐勐教堂，土地获得方式和糯福教堂如出一辙，都是向当地傣族土司租得。与孟连土司不同的是，1925年勐勐土司已经被废，法理上来说，并无权力出让土地，而后永家更是长期没有缴纳"地租"，所以，此时的勐勐教堂已经属于非法占地的违章建筑。

1930年，勐勐教堂扩建。新的教堂结实坚固、宽敞明亮，更引发了双江士绅的不满。传言中，永家还参与了中缅勘界，以至有人惊呼：中国土地不失于英国的洋枪大炮，而失于永家教会。

这座永家成功的标志，还将不断给他们带来新的麻烦。父亲和哥哥被永久驱逐后，永文生在糯福独支大梁，和双江县的交涉工作由最先投靠永家的李老二代理，但没有地契，哪怕是请求美国领事馆施加压力也是枉然。分身乏术的永文生长期未到双江，双江教务衰颓，扩建的房屋短短几年内就因为疏于维护而屡次梁倾栋折。

1936年，忍无可忍的双江士绅发起了收回勐勐教堂运动，几个月间把这块地的来龙去脉、交易情况、存档文件、历年变化翻了个底朝天。结果很清晰，永家占用土地本就不合法理，又长期欠租，竟然还非法扩建，美国领事馆对永家也爱莫能助。

教堂土地被收回，改作师范学校用地。

屋漏偏逢连夜雨，澜沧县的地方官员在禁种鸦片时和山民发生矛盾，一行十多人都被山民杀死。由于当事山民信教，永文生被怀疑是幕后黑手，不得不去缅甸暂避风头。此时，澜沧的最大势力当数石氏土司，他们是当年镇压铜金和尚中军功最高、出力最大的家族，因此有三人被封为土司，统治澜沧。

从清朝至民国，石家也一直是政府维护边境稳定的有力武器，澜沧叛乱频仍，1920年以前几乎天天打仗，石家则参与始终。1918年，拉祜族包围县政府，石家成功平叛。有民谣唱："风一层层雨一层，边民造反谦糯城。石家土司来解救，打死多少造反人。"

到第三代石玉清时，石家由武功转文治，统治逐渐稳定。石玉清青少年时到昆明师范专科学校接受现代教育，娶了富商萧百万之女萧二娣为妻，石家走上兴盛。学者方国瑜在《中英滇缅边境南段勘界考察散记》中写道：石玉清是忠厚长者，深受爱戴，每户仅收门户钱五角，禁止高利贷和土地兼并。1934年中英勘界，石玉清担任中方顾问。他召集村民，对勘界中立委员施加影响，在国境线确立时争取了国家利益，被誉为"边防三老"之一（还有一位就是把永伟里赶出双江的彭锟）。

澜沧居屋简陋，牲畜乱放，人畜到处大小便，蚊蝇滋生，以致疾病丛生，疟疾流行。县城猛朗坝曾经人口上万，后因疟疾到新中国成立前仅剩七八十户居民。这里杂草丛生，野兽出没，商旅视为畏途。出门回来，当天不敢进家，说是怕把瘴气娘带进来。萧二娣来到石家时，土司衙门还只是一个土阶茅屋，连一块水田都没有。她大力招募汉族农民到澜沧，教拉祜族开垦水田。萧二娣还善于理财，尽管清朝后期银矿枯竭，但矿区里仍有数百万吨含铅、锌的矿渣，挖掘、贩卖，可带来数万银圆的收入。

不过让石家暴富的最重要产物是"烟土"，即鸦片。澜沧县境内海拔两千米以上的山有一百五十座，平地面积不到两成，不适合种粮食，却天然适合种植罂粟，且倚靠佤族聚集的阿佤山，有特许种植鸦片之权，全县的拉祜族几乎没有不种植罂粟的。石家大办烟会，每年鸦片收获季节，全国各地的商人云集澜沧买卖鸦片，为期一月。石家主持售货，也因此成为滇南土司的首富。

萧二娣为石玉清生下五男五女，体会到现代教育优势的石玉清给下一代男丁做了精心安排，五子都到内地求学，专业各不相同：老大石炳钧到复旦大学读政治系，回来继承土司职位；老二石炳麟到南京陆军军官学校，好勇善战，之后掌握石家武装；老三石炳鑫到重庆陆军军官学校学情报，加入军统；老四读书时染病身亡；老五石炳铭在云南大学读文史系，师从方国瑜。

在上海复旦，石炳钧过着纸醉金迷、一掷千金的奢侈生活。他出手阔绰，皮肤微黑，被同乡称作"老石头"，也吸引了杭州美术师范专科学校的学生杨艺。两人结婚，准备去日本留学，但卢沟桥事变打破了这一计划。石玉清去世后，石炳钧回家继承土司职位，把未婚妻也骗了回去。后来成为著名散文家的马子华和石炳钧交好，做同学时，马经常找石借钱，石有求必应，慷慨解囊。四十年代，马子华作为云南禁烟督察去澜沧拜访他，此时的石土司和上海时的同学"老石头"俨然不同了。马子华这样形容自己的老同学："他是承袭着土宣慰使的爵位，领土方圆百余里，人民总数约四万五千人。他是皇帝，他是至高的主宰，他是一切……"

启程去澜沧时，出身大家闺秀的上海人杨艺还抱着"度蜜月"的心态，她的行李箱中有旗袍、高跟鞋等时髦服饰。她把去边疆视作采风画画的好机会，石炳钧还买了电影放映机等想在乡亲们面前展示。他们乘海轮离开上海到河内，再坐滇越铁路到昆明。出了昆明城，夫妻俩就遇到从澜沧来接他们的马帮，马帮一天只能走六十里，怀孕的杨艺在马背上颠簸了三十天。到达石家，看到的是澜沧募乃的小村寨土司衙门，这和她想象中的异域风情完全不同。更绝望的是，到了石家，杨艺才发现石炳钧早有夫人，她心如死灰，茶饭不思，每日以泪洗面。后来，石炳钧开办学校，自己担任校长，让杨艺教美术。

石炳钧不仅是土司继承人，还当了区长、县参议员，凭着姻亲关系和军事经济实力，石家几乎把半个澜沧都划入势力范围。他们坚决抵制永家来自己的地盘传教，永文生曾到募乃建立教堂，石玉清得知后，马上将其驱赶并拆毁教堂。

石家也注意到了李晓村，石炳麟认为李是个危险人物，几次要动手杀害，但都被李晓村的结拜大哥张石庵劝阻。

失去党组织联系的李晓村并非一无所有。依靠人格魅力、勇气和语言天赋，他迅速结交了大批朋友。在澜沧，他与西盟区长张石庵、东朗区长龚国清、同事教员尹溯涛等五人结拜，排行第五；去少数民族头人家做客，他第二天就能和头人喝鸡血酒，结拜为兄弟；在澜沧乡村师范任教员时，他经常邀请要好的同事和家庭贫苦、学习上进的同学散步闲谈，讲社会发展史、红军长征和个人遭遇，其中不少人后来都加入了革命武装；率领游击队时，因为他去拜会各族的朋友，好几次部队都耽误了出发时间，但他也会策马奔驰到下游，把行军途中不慎落水的战士从洪水中救回。

值得一提的是，在阿佤山组织抗日游击队时，李晓村在小学里接触到一个名叫李光华的拉祜青年，并用自己的革命思想逐渐感染了他。而李光华，正是三佛祖的第五代继承人。1947年哥哥病故，十六岁的李光华继任土司兼保长，接过了象征权力的铸铜大印和世代传袭的红鞘银把指挥刀。有了这两样东西，整个阿佤山的人都得听他的指挥调遣。李光华后来在解放澜沧和平叛斗争中都做出贡献，成为民族团结的模范代表，担任澜沧县县长长达三十四年。

除了日寇，李晓村几乎和任何人交好，甚至给当地刘姓恶霸做过军师。他自称一来可以争取对方抗日，"二是至少可以控制刘少杀害几个人"。

在糯福，李晓村与永家关系和睦。他和妻子都在糯福受洗，俨然是"忠实信徒""友爱教胞"。永文生比李晓村大六岁，把李当弟弟一样对待。当李晓村在缅甸被困，危及性命时，永文生前往景栋解救并接回了他。李晓村的妻子生下大儿子后重病不愈，永从国外找医生药物救治。尽管李晓村时不时消失，也不透露行踪，永家也从没怀疑过他。

但绝大多数时候，李晓村隐藏了自己的政治立场。只有一次，一位朋友看他全套军装，一副国民党军官打扮，便问他："哪个时候升的官？"

李回答说："不这样做就难得保命。"

1942年，与党组织恢复联系的机会短暂出现了。共产党员、新华社记者江枕石来澜沧，考察佤山作为抗日根据地。但江枕石口音可疑，寄出的信件被邮政代办所所长杨永清拆阅检查，并向公安局局长谭家齐告发。1943年正月十五，江枕石被杀害，时年三十四岁。在狱中，他给李晓村写信说："保持一个清醒的头脑，给敌人当作练功的靶子……相信胜利必定属于人民。"由于"勾结奸匪，密谋作乱，破坏国防"，李晓村被县长悬赏五百银圆通缉捉拿。这是他第五次被通缉，依然成功逃脱，但回归党组织的希望再次破灭。

1947年，国共内战愈演愈烈，战火波及澜沧只是时间问题。有一次，作为督学视察学校时，李晓村对同样订阅《新华日报》的小学校长说："十几年来所挂的职务都是幌子，是为了生存。"

然后他告诉校长，自己要组建武装了。

收官

1948年秋，共产党组织终于来到澜沧，"归国党组"成员王松清楚地记得他第一次去李晓村家拜访的情景：空敞的家中，除了一条长桌外，只有地上摆了三个草垫，"连一条凳都没有"。当时由于澜沧没有党组织，所以他们把泰国等地的共产党员，以教师的名义派到澜沧，组织革命活动。

"你是怎么过日子的呀？"王松问。

"穷惯了，不谈这些吧。"李晓村说。事实上，这样的生活条件对他来说已经算好的了。刚到教会时，他和妻儿就住在一个荒无人烟的草棚子里，泥巴糊的墙，天黑前必须进屋，不然就会被老虎等野兽吃掉。李晓村把话题一转，说："我等你们多少年，终于等到了。"

"归国党组"很快把石家定为主要敌人，傅晓楼是要争取的对象。可石家拥有私人武装近千人，配有美造新式步枪六百多支，机枪三十挺，马克沁轮盘式重机枪三挺，六零炮两门，其配备的精良和人员的配套赶得上国民党一个团，而澜沧党组织则没枪没部队。这时，李晓村承诺，他能在一个星期里搞到两个大队、千余人的武装。

临走时，李晓村给了王松一把美造老式冲锋枪和一发子弹，说："枪不好，已经过时了，有，总比没有好。"边境地区社会动荡，仅1949年大小械斗发生一百三十一次，澜沧全县汉族的武装枪支约四五千条，地主、富农、商人几乎无一家没有枪，较大的地主有几十支手枪、步枪和几挺轻机枪。李晓村也随身带着两支手枪，左轮上全装达姆弹头。

李晓村和"归国党组"一边举办干部培训班，培养革命力量，一边动员各地农民反抗地主，开展减租减息运动，强迫地主富农交出枪支弹药，部分地主还被公审枪毙。同时策动农民把田卖给地主，去阿佤山换枪支武器。1948年春的烟会，李晓村本人赊购了一挺重机枪，几支步枪。

1948年12月，李晓村、傅晓楼和王松等人在电台里听到解放军淮海战役胜利的消息，他们认定，在澜沧发动武装起义的时机已经来临。

精于情报工作的石家也洞察到来者不善。石炳钧首先请求澜沧县县长阎旭把"归国党组"都送出国或者交给石家处理。县长阎旭是一个虔诚的佛教徒，不问世事，成天闭门礼佛，对政务毫无兴趣。他把眷属和财物潜送回昆明，权力则全部交给"心腹"傅晓楼，傅晓楼此时已经是澜沧县参议会副议长、澜沧民众自卫大队大队长，掌握了大部分武装。阎旭压根不相信有人敢造反，还责备石炳钧危言耸听，严禁石家先发制人。

迷信军事力量的石炳麟则构筑防御工事，扬言进攻，还写亲笔信派人暗杀傅晓楼。傅在当地人望极高，这封信被转交到了他的手上。农民起义，杀死地主，全县形势紧张，惊惶不安的阎旭多次写信给傅晓楼要求处理，但他每次都把信向党组公开。

相比于王松第一次见到的李晓村勇猛、直率，在旧政权内如鱼得水的傅晓楼性格则大相径庭。归国后王松在谦糯傅晓楼家中住过三天，他形容傅晓楼是位个子矮小、文质彬彬的书生。"那时他的烟瘾还没有戒，所以几乎日夜都在他的烟床度过，因此，他的身体不好，眼睛还常常流泪。开始时，我几乎日夜都跟老傅'泡'在他的烟床上，许多重要事情都是在烟床上决定的。"当时吸鸦片的嗜好在云南极其普遍，烟约等于一种硬通货，部队没有薪饷，每个干部战士会吸烟的每月发三两黄烟，不会吸烟的发五角银圆。

傅晓楼为人深藏不露，对国民党和石炳钧不理不睬，国民党委任他做谦糯、孟连乡乡长，推荐为国大代表到南京参加国大会，都被他拒绝。他从不到县政府办公，官员们包括县长有事，都要去谦糯找他。相反，同样毕业于师范学校的他非常看重李晓村等人，形影不离。他辛苦办学十多年，却发现入学的只是少数土司头人的子弟，劳苦大众的子女则被拒之门外，优秀教师如李晓村、尹溯涛被视为赤色分子加以迫害。1939年有段时间，他曾辞去一切政府职务，前往缅甸、泰国经商，并在当地书店博览马列、毛著作，思想震动极大。抗战胜利后，他断言："将来的天下，必然是朱毛的。"

早在1948年初，云南省政府下令各县成立民众自卫队，县长兼总队长阎旭聘请傅晓楼为副总队长，傅借此安插了一批亲信担任中队长，从而掌握了县武装。此时，全澜沧除石家以外的武装力量，都被傅、李控制在手了。

阎旭的倚仗是，在思普专区有两千多人的正规军保安团，团长是他侄子，以1949年澜沧县全部大烟课税为酬劳，驰援镇压易如反掌。然而，他写给保安团的信被截获，各乡武装也被傅掌握，不愿执行县长的命令。当时的澜沧县参议会议长是黄道能，名义上拥有调动全县武装的权力，他原本是石家的姻亲（黄的儿媳是石的二妹），但两家正在闹矛盾，十分激烈。萧二娣预见了局势的严重性，她和石炳钧、石炳麟去劝说黄："亲家爹，我们是侄亲，即使有点滴小意见也可说明，所谓话明气散，万万不能同室操戈，给共产党利用，共产党来了不整我们这些人还去整谁呀？你是聪明绝顶的人，千万不能给人家当作炮筒来放呀！"

但家业小的黄道能审时度势，决定跟着老谋深算的傅晓楼干，打倒首富亲家。一时间，石家要暗杀黄道能的消息风声鹤唳，李晓村趁势让自己的一位校长在一个天阴下雨的黄昏时分，悄悄走到黄的后门，推了几下，又敲了几下。马上，村中就传出了石炳麟派人暗杀黄道能的谣言，之后，黄更加坚决地投靠革命。

经过讲武堂的洗礼和抗战游击队的磨炼，李晓村已经成长为一个合格的军事将领。1949年1月24日，李晓村带着两个分队、二百多人向澜沧县城进发。黄道能以国民政府县议会的名义发出"剿匪令"，调集全县所有武装进攻石家。就在李晓村到达的前一天，傅晓楼派了一个中队强行运走了县政府的两万发子弹。26日清晨，李晓村出其不意地包围澜沧县城，县政府投降，澜沧解放。

四五天后，躺在床上抽大烟的阎旭才知道傅晓楼、李晓村"反意已决"。镇长跑去告诉他："县长，据说李晓村于腊月二十八日攻占了县城，打开监狱放出因犯，把你的秘书、科长、科员全部关起来了。"如梦初醒的阎旭赶到石家土司衙门，跪着求萧二娣搭救。由于李晓村的行动果断大胆，加上县长、县议会的掣肘，石家空有上千精兵，也未能及时调动武装，只能仓皇逃跑。

见过李晓村的人这样形容他：身材魁梧，相貌端正，头戴一顶越南帽，穿一件黄绿色卡其布短大衣，黄色卡其布裤子，高腰黑色军用皮鞋，腰挎一支加拿大手枪，枪法极准，胆大心细，富于军事策略，身边经常带着警卫员和一只大狼犬。除了应酬，他烟酒不沾，更不抽鸦片，没有任何不良嗜好——除了，嗜杀。

1935年，他的父亲被强盗杀害，他亲自寻凶，最后把凶手押到父亲的坟前杀死；攻克东岗后，他挖出匪首宋德安的棺木，"撬出尸体，我亲手砍了几十刀，打了几枪，以除心头之恨"；进攻澜沧，大山土司石炳忠、乡长石炳正及其妻子和三岁的女儿都被射杀；解放宁江，尹溯涛被假装投降的敌人打死，李晓村请求带队缉捕凶手许雨苍。

据李晓村之女李韵森回忆说，许雨苍也被李晓村杀死。"为了给尹溯涛复仇，逮着凶手之后也是，不仅是一枪，还把他砍了又砍。反正我爹的意思是，不能这么轻而易举地原谅他。"

解放澜沧后，李晓村做的第一件事就是把当初害死江枕石的公安局局长谭家齐、邮政所所长杨永清等人钉镣管押，在县中学操场公审。李晓村宣布其罪状，就要把罪犯绑出去枪决时，王松赶到会场，拦下他来，问："县城刚解放，打响第一炮你就杀这么多人，人家不害怕你吗？"

"要怎么办才好呢？"李晓村问。

"自己想个办法解围。"王松说。

回到大会场，李宣布，姑念这些人无知，罚去修烈士墓。私底下他还是气愤地对好友说："未能把谭家齐和杨永清杀掉，难解心头之恨。"

但王松这次前来，其实另有其事：李晓村攻占县政府后，打出了"人民自卫军"的旗号，这严重违反事前的战略部署，且李晓村部队军纪不佳，指挥部参谋长追究责任，要枪毙李晓村。李晓村知道后，也说要另起炉灶。傅晓楼于是派王松来劝说，李晓村很快消气归队。

28日，李晓村北上石家老巢募乃。他临时组建起来的部队还保留着打洋财、抢夺战利品的习惯，他们焚毁石家土司衙门，掘地三尺，搜寻财富。衙门被夷为平地，石家人四散逃命。被俘的萧二娣先是被"软禁"看守，后来被拉祜族人解救，带领旧部继续叛乱。

阎旭和石炳钧去昆明搬救兵，就在半路上，上级官员拦截住阎旭并当面训斥，出示了云南省主席卢汉的军令：弃城潜逃者，按军法处置，命令他一个月内平息起义。阎旭无力也无意承担责任，当晚服毒自杀。石炳麟逃往缅甸，筹划反攻。石炳钧继续前往昆明求援，正当他购买武器，准备打回澜沧，和李晓村决一死战时，1949年12月，卢汉宣布起义，云南和平解放。石炳钧成为云南省军政委员会第一个在昆明被统战的边疆土司。

在革命即将胜利的形势下，永家和当初敌对的石家走到了一起。永文生很清楚，新政权不可能允许他这样一个拥有私人武装的传教士存在，他所能依靠的仍然是信教的山民。永文生在教会学校的教科书里写例句："汉人来了，我怕！"他纠集自己的教堂护卫队，和石炳麟等人组织了"澜沧剿共军"，里应外合，发动大规模叛乱，企图反扑澜沧。

1949年1月，永家去缅甸办事，教民传言说"李老师变化很大"，但永文生仍然举家返程。回糯福后，"李老师"似乎没大变化，除了号称自己带的兵是"税改"部队。据说当时国境线两边，中国税率是缅甸二十倍，导致大量边民外逃。李晓村的士兵每天早晨在教堂外出操，永文生的儿子Philip热衷观看。因为时局混乱，匪徒横行，所以永不让家人离开糯福。

5月，李晓村向永家公开了自己的共产党身份，"李老师"变身为"李大队长"。这个月，他刚刚恢复了中断十八年的党组织关系。月底，政委邱秉经来糯福巡视，李晓村带他到永家参观，永文生很礼貌地用茶点招待了他们。

1949年10月1日，中华人民共和国成立，经永文生同意，李晓村率领部队在糯福教堂召开了庆祝大会和联欢晚会。

不久，李晓村在糯福组织了一次进攻演习，目标就定为后山缓坡上的糯福教堂。演习以鞭炮代替实弹，指定三个班为假想敌人作防御，多数部队作进攻。演习开始后，鞭炮声四起，攻防凶猛。最后，进攻方在冲锋号和一片杀声中冲上山，占领了教堂，但没有进教堂里面。这时，永文生一家站在教堂门口，脸色发青哆嗦着，被吓坏了。

局势已经对永文生非常不利，他召集撒拉在教堂开会，对拉祜人表示了强烈不满："你们怎么还不站起来反抗？不如佤族人！佤族人已经站起来了，你们眼睛还闭着，你们应该睁开眼睛来看！为什么还不反抗？"

11月，澜沧境内叛乱四起。石炳麟率兵反攻澜沧，与母亲会合，石家两股势力合计有三四千人的兵力。永文生看到了一线希望，急忙和石炳麟联系，赠予他三千缅甸卢比、机枪和手榴弹，同时让自己潜伏在革命军队中的教徒伺机而动。12月10日，战事逼近糯福教堂，永家在24日平安夜平安抵达景栋，但他们也从教民口中得到了一个"坏消息"——仅仅在永文生家人离开一天后，李晓村率领的部队就成功攻占糯福教堂，平息了这里的叛乱。

除了经商务农上的天赋，萧二娣在政治上也长袖善舞，极为精明。1950年2月中旬，石炳麟第三次进犯澜沧，杀回募乃老巢，人数达三千多。萧二娣再度召唤中课头人，她用八百元半开，并剽了两头水牛为约，拉拢中课佤族大头人岩顶、岩腔，承诺打下田坝、东主后，任其抢掠财物和猎取人头。这时，澜沧北有李希哲，东有宁江周，南有石炳麟，西有萧二娣，形势险恶，而革命军只有六七百人。

但石家不会想到，这次他们将输得血本无归。

血色筵席

李晓村边打边谈，团结一切力量孤立石家。虽然石家在澜沧势力根深蒂固，关系盘根错节，但李晓村利用革命即将胜利的大好形势，自己近二十年建立的关系网开始收拢、合围。

石炳麟的"剿共指挥部"副总指挥吴应祥是龚国清的侄女婿，龚国清、张石庵都是李晓村的结拜兄弟。开战前，李晓村让龚说服吴起义，吴带着一百七十多人和枪，冲出了石炳麟的封锁圈，加入李晓村，双方力量此消彼长。接着，李晓村劝降投靠石家的少数民族头人，头人回话："老爷（石土司）有大炮，你们炮都没有，不投降。"李晓村就用枪榴弹连发七八发，头人以为是炮弹，这才同意投降。按民族风俗习惯，李晓村和头人喝了咒水（鸡血酒），然后继续进剿石部。

同时，李晓村也给石炳麟写信劝降，保证其生命安全和地位。石炳麟拒降。

3月3日晚，石炳麟在迫击炮、重机枪的掩护下，进攻李晓村部队的阵地。此时，卢汉起义部队、一年前被石家视作救命稻草的保安九团赶来增援李晓村，带来重型迫击炮。李晓村用八二炮轰击石的指挥部，当石炳麟有生之年第一次听到重型迫击炮的轰炸声时，他知道，传说中横扫数百万中央军的"解放大军"真的来了，连夜逃入中课大寨。

在追击石家、陈兵中课大寨前，指挥部开了个会，李晓

喝咒水（浮雕）。小山 摄

村认为中课易守难攻，强攻代价极高。中课佤人历来剽悍，能征善战。1915年，唐继尧派一个日式装备的步兵营到澜沧讨伐佤族，结果六七百人被中课、班箐部落全歼，营长、指挥官战死。1917年，沈兆肖司令率兵查铲罂粟苗，遭中课反抗，沈前往镇压，结果伤官兵数十人，沈死于战乱。

恰在此时，岩顶、岩腔主动派使者给李晓村送来鸡毛木刻信和一颗步枪子弹，木刻上绑着一片甘蔗和一个芭蕉。鸡毛木刻信表示紧急，甘蔗和芭蕉表示友好，佤族要求发给他们子弹，以消灭石炳麟的队伍。

傅晓楼等人认为佤族反复无常，难以信任，但李晓村提起多年前的两件事，说服了众人。1939年烟会，岩顶、岩腔在集市上偷走了数十头骡马，负责维持烟会秩序的石炳麟率数人直闯中课大本营，一番屠杀后，缺乏现代军火装备的佤族答应归还牲畜；1945年，石炳麟当阿佤山垦殖团团长，又因为争夺银矿，两次武力攻打中课，双方仇恨未消。李晓村分析，虽然岩顶、岩腔目前与石家母子合作，但他们是认不清形势，主要目的为抢掠财物。此外，石家母子带着九百多人进去，仅粮食就无法解决，到处抢吃，势必冲突，完全可以分化、利用。

经傅晓楼等人同意，李晓村取了一千发步枪子弹，并用木刻信包上甘蔗、盐巴，请使者带回，约定我军在南本烟山堵截石家，佤族在中课反戈一击。

1950年3月初，当石炳钧正在昆明接受统战时，他的一家老小都随着一千多号人的队伍，住进了中课大寨，其中包括他的儿子石安达。

3月5日，石家残部逃入中课，第一天还能买米煮饭，第二天就无米可买，人心骚动。石炳麟对岩顶、岩腔说：你们守住中课这道大门，顶住民主（指解放军），我去占领阿佤山，等我弟弟石炳鑫带兵回来，共同反攻澜沧。岩顶知道他要转嫁战祸，马上叫其他佤族部落沿路伏击，并私下派人联系了李晓村，准备第二天倒戈。

当晚，佤族举行了盛大的剽牛仪式欢迎石炳麟，晚会上唱歌跳舞，好不热闹。年幼的石安达看到，中课大寨的四周挖有深沟，沟边插着尖木桩，寨子中心还立着几棵高耸的木头，上面装着人头，茅屋前则堆着许多水牛头，头人搭的牛骨架高耸入云。

7日一早，石家开始往阿佤山方向逃跑。冬春季节的阿佤山气候干燥，路边枯黄的茅草比人还高，石家队伍走到一个青松毛扎的牌坊下，突然间，枪声大作。岩顶、岩腔出现，向石炳麟发出最后通牒：放下武器，全军投降。石坚决反对，他深知佤族性格，自己缴械必死无疑。但他的两个手下动摇了，带领三百多人缴械，石炳麟则率领剩下的五百人立即进入紧急备战状态。成堆的枪弹刚被搬走，佤族就挥着刀冲上前来大肆屠杀，收割人头，血流成河。石炳麟率领剩下的人拼命抵抗，保护家眷。昼夜激战，九百多人的队伍只剩几十个，弹尽粮绝，依然没能冲出佤族的重围。

枪声一响，石安达的坐骑受惊，一路狂奔，不知跑了多久，他跌落马下，晕倒过去。幸好一个卫兵救下他，把他带到高处。清醒过来的石安达看到山下成千上万的佤族士兵，扎了红包头，挥着长刀，正举着火把放火烧山，让石家残部在密林中无路可逃。佤族依然热衷于猎头，"枪声、野火焚山的霹雳声响彻山野，刀山、火海，大地已成炼狱"。在云南大学读大一的石家老五石炳铭，后来在回忆录《云起云落》里记录了当时的情况。

石炳麟的宠妾背着孩子骑在大骡子上，她看见另一个孩子被佤族一枪打伤，大声叫唤时，自己也被枪打中，从骡背上滚下来，转眼间被佤族拖在大木头上，用刀砍了首级。石家不少妇女、女孩都被抓去做老婆。石炳麟的儿子被俘虏，

1951年才由澜沧县人民政府用两头大水牛赎回来，交还给石家。打仗时，士兵们抢大烟、金子、首饰，被打死的人镶着金牙的，他们用尖刀撬下金牙。看见死人戴的手表，他们不知道是什么东西，见它会自己走动，就把它砸烂了。

据佤族战士说，那些四散逃逸、饿了几天的残匪，见到佤族就把枪举起来交出，枪口对着自己，只是请求给一碗饭吃。佤族也没有再砍他们的头，因为这一次砍的人头实在太多，不需要了。

萧二娣和石炳麟侥幸逃脱，走到一片无人的草地，这里是原先石家烟会的聚会处之一。萧二娣决定，石炳麟和队长们分头突围，自己率残部，步行前往五六公里外的解放军阵地投降。

8日晚上六点，萧二娣领着三四百人来缴枪投降。她带着保姆和七八个月的女孩，左手按着肚子，右手拉着李晓村的手哀求说："老师，可怜一些。"萧二娣并没有被为难，解放军把骒马让给她骑，她安全抵达昆明，成为统战对象，住在国民政府原空军上校的别墅内，生活上享受团级待遇。

石家最彪悍的得力干将兰家成则没有这番好运。当佤族持枪去缴他的十三拉手枪时，他开枪打死了对方几人，佤族用长刀砍了他的手七刀，他还逃跑回募乃，最后在山洞被抓。审讯时，傅晓楼问他："你为什么不早投降？""我想来投降！就是怕李大队长（李晓村），他太恶了，动辄就枪毙，所以我不敢来。"别人问起他此刻的感想，兰家成回答说："我就吃亏在不识字上，我心直口快只知一个劲地打仗。"

此前，兰家成投降过新政权，后以叛国罪被执行枪决，但子弹打中胸膛，他居然大难不死，逃脱到境外，民间谣传他会变成老虎。这次被擒后，他被拴起来，人们像看老虎豹子一样，络绎不绝地去看。三月中旬的一天是募乃街天，竹塘区召开慰问劳军庆祝大会，会后举行公审，枪毙兰家成。后来还有人绘声绘色地说："兰家成变成老虎逃走了。"这一传说流传至今。

至此，历时五个多月的剿匪平叛斗争取得全胜。

值得一提的是，在这场战役中，一名参与叛匪的撒拉跑到回竜向区长要子弹，被捆绑起来，枪毙在回竜寨脚。这个撒拉名叫李老二，如果不是职务、姓名重合的话，那他应该正是半个世纪前第一个把永伟里奉为救世主的拉祜人，此时他已年近花甲。

永生生回糯福的希望彻底破灭，1949年的平安夜，他重新回到自己的出生地和父辈的发迹处——缅甸景栋。逃亡路上，他收到教民传信，说在他走后，李晓村仅用一天就攻占了糯福，还声称石家进攻是永文生策划的。李在糯福教堂召开大会，曾经的李老师"性情大变"，当着所有教民的面，在讲坛上拿出一只公鸡，扯着鸡脖子对教民说："如果我抓到永文生，就让他和这只鸡一样。"随即他扯断了鸡的脖子，鸡血溅了一地。

在景栋，永文生发现浸信会又派了刘易斯夫妇来传教。刘易斯夫妇毕业于神学院，受过良好的高等教育，对永家那一套因地制宜的土法传教鄙夷不已，甚至觉得永家设计的拉祜文和佤文不科学，要另起炉灶重新设计，双方完全无法合作。不久，刘易斯夫妇搬离景栋城，在城外另设教堂，和永文生夫妇唱对台戏。暗地里，刘易斯夫妇一直在和浸信会通信，举报永文生的种种不当行为。尤其敏感的是，当时身为英缅官员的哥哥永亨乐不时造访景栋，与弟弟密谈。

此时永文生已经十四年没有回过美国，早已超过浸信会传教士的服役期限。浸信会通知永文生夫妇回国休息并接受培训，永文生不疑有他，按期回国。然而他的休假却迟迟不结束，直到浸信会告诉他，他为上帝的服务到头了。浸信会认为，在"二战"中当过军官又和永亨乐有兄弟关系的永文生，已经不适合充当上帝在海外传教的忠仆。永文生怒不可遏却无计可施，他申请改去泰国也被拒绝，最终只得留在美国，依靠浸信会发放的退休金生活，碌碌无为地度过了后半生。他嘱咐儿子学医，要以医生的身份重返东南亚传教。

永文生依然没有放弃永家在中国的传教事业。在景栋时，他不断给澜沧送药、捎话，说美国人和国民党会从缅甸打回澜沧，届时自己也会归来，请大家不要忘了永牧师。永文生原本在拉祜教徒中地位极高，刚出逃时怀念他的人也很多，但时间一久，人们逐渐失去了对他的信任。他曾寄出一封信给撒拉彭光荣，请求对方好好保管多年来糯福教堂收藏的一千多本书，彭光荣把信扔到一边置之不理。旁人说彭撒拉不信教了，彭光荣非常郑重地回答："我不是不信教，我是不信永文生。"

尾声

1950年6月，澜沧县人民政府成立，傅晓楼任县长。8月，澜沧县政府负责动员民族代表进京，参加盛大的国庆一周年观礼。一部分人害怕"出去了回不来。疑虑最深的佤族，他们中的个别代表是以我们干部作人质，担保安全往返以后才答应出来的"。最终说服他们离开乡土，千里赴京，李晓村起到了重要作用。

佤族头人拉勐便是被李晓村说服的一位。新中国成立后一段时间内，阿佤山还保存着原始的土地公有制以及王子和部落头人的政治组织制度，很少与汉人来往，不出山，极端迷信，如砍人头祭谷，杀鸡看卦，听雀叫决定出门吉凶。但李晓村三十年代就通过调查户口、写小传以及联合打击石家等，取得了佤族的信任，他说服拉勐进京并负责随行翻译。从北京回来后，拉勐便成了坚决拥护新政权的先进代表。

1951年，王松在北京见到了李晓村，这是他们新中国成立后第一次见面。这时李晓村的身份是中央特别邀请的少数民族观光团成员，一身呢子服装，而王松"却连供给制都没有享受"，还是穿部队发的粗布棉衣。李晓村对王松说，这些民族头人只相信自己，"我不来，他们就不敢出来"。这一年，李晓村刚过四十岁，一生中第一次扬眉吐气。

1951年的元旦，赴京头人回到云南，二十六个民族的代表来到宁洱，立下誓词："我们廿六种民族的代表，代表全普洱区各族同胞，慎重地于此举行了剽牛，喝了咒水，从此我们一心一德，团结到底，在中国共产党的领导下，誓为建设平等自由幸福的大家庭而奋斗！此誓。"

剽牛是佤族的风俗，剽手以梭镖刺入心脏，如果牛伤口朝上倒下，那就是吉兆。这一天，牛的剽口朝上，牛头倒向南方（边疆），预兆吉利，被推荐的剽手、班箐部落的佤族头人拉勐高兴得又舞又唱，在地上打滚。这时傣族代表都鼓起掌来，他们大喊：Soey！Soey！Soey！（好！好！好！）

会场的隔壁，就是李晓村十五岁时第一次离开山村就读的云南省立第四师范学校。

1951年3月，澜沧县结合缴枪运动，开始镇压反革命，县史记载"捕人中有错误"。李晓村被打为"富农""反动民族上层""内控特务"，公审要被枪毙，同期傅晓楼被调离县长职务。恰在这时，边境的石炳麟又蠢蠢欲动，考虑到李晓村的可用之处，其死刑被撤销。李晓村保住一命，想出家未遂，从此被列为编外人员，再也没能进入政权核心。

两年后的初春，审干刚刚结束，王松和李晓村又在文联见面。李晓村穿了一件又旧又短的学生装，嘴唇发黑，克制

民族团结园。隔壁就是当年李晓村就读的第四师范，现在的普洱中学老校区。
小山 摄

民族团结园里的浮雕：剽牛仪式。小山 摄

着不让自己发抖。王松把自己的一件新棉衣送给他，他也没有拒绝。王松问他怎么回事，李晓村只是说："有好几年没见了，来看看你。"不久，王松看到李晓村的儿子穿着那件新棉衣。

之后，李晓村被分配在云南省民委民族语文组工作，和石家后人在同一个单位。数十年的同事，两家从不打招呼。

被俘虏的萧二娣后任澜沧县政协委员，享团级待遇。晚年她去监狱里探望过黄道能，后者早已被打为土匪地霸，关在翠湖边的模范监狱里，直到病逝。

晚年，李晓村把时间都投入到拉祜文研究中，参与编写了《拉祜扫盲课文》《拉祜文词典》，培养拉祜文教师。七十五岁时，他还到云南民族学院大专班讲授了七十多个课时的拉祜族语言文字。

"文革"中，李晓村又被打为"叛徒""土匪""恶霸大队长"，先被投入监狱，后被发配到镇沅按板镇老乌山，交农民管制劳动。这里紧邻按板井，两百年前，正是此处的盐井、边境的银矿和山上的烟草，揭开了整个故事的序幕。

巧的是，石炳钧的妻子杨艺也被发配至此。1952年4月，中共西南局指示：在云南边疆民族区必须坚持争取团结上层人物。史书记载："石炳钧在昆随卢汉起义后，在党的政策的感召下，同月回到募乃以争取逃出国外的石炳麟回归。"和妻儿团聚了不到三个月，石炳钧便被派到境外做弟弟石炳麟的思想工作，但他再也没回来，留下儿子石安达、

2022 年接受我们采访的石炳钧之子、时年七十五岁的石安达（左）和李晓村之女李韵森（右）。小山 摄

妻子杨艺和母亲萧二娣在国内。1980年，石炳钧病逝于台北的寓所。

杨艺晚年在一家工厂搞宣传，除此之外，这个艺术生不再画画。"文革"时她被发配到山区，"文革"结束后没有单位接她回昆，直到工厂提出，她才得以回家。家人让她回娘家看看，她坚决不允，直至去世，也没再回过上海。

1969 年，李晓村的结拜大哥、七十多岁的张石庵被揪斗打伤，含冤而死。1973年，惨遭迫害、半身不遂的傅晓楼逝世。

"文革"结束后，补发了李晓村的工资，但他的党籍仍然不被承认，被安排到民委守大门，搞收发。1983年，七十四岁的李晓村自撰一联："桃李不言，俯仰感无愧；薏苡[1]成冤，功罪载口碑。"四年后，他获得平反。

1992年，李晓村逝世，享年八十三岁。晚年的李晓村依然保持着军人作风，每天早起跑步锻炼，看书报，练习书法。在家里吃饭，如果子女坐姿不正，他"肯定一筷子就过来了"。临终前一段时间，他对子女说：我对不起你们，我是一个穷人，我穷了一辈子，没有什么传给你们。"《红灯记》里面李玉和还留了盏红灯给子女，你爹啥都没得。"他说。

石炳麟在缅甸占山为王一段时间后，被解放军和缅甸的军队赶到泰国北部，与国民党残军合流，阿佤山成为金三角毒品的主要种植地。石家带着部属搬到泰北清莱府，建立了一个名为石家寨的村子，村里人到今天还说一口云南话。1962年，石炳麟在农田被两个泰国农民杀死，死因至今成谜。

中课部落的岩顶、岩腔，后来神奇地和结下血海深仇的石炳麟重修旧好，并投奔石炳麟，遁出国境。

末代孟连宣抚刀派洪本是李晓村的挚友，石炳麟叛乱时被石炳麟索要大量钱财，被迫出走缅甸。后来他在回国与

---

①成语"薏苡明珠"，指无端受人诽谤而蒙冤，来自一段历史故事：东汉名将马援（伏波将军）领兵到南疆打仗，军中士卒病者甚多。当地民间有用薏苡治瘴的方法，用后果然疗效显著。马援平定南疆凯旋时，带回几车薏苡药种，谁知在他死后，朝中有人诬告其带回来的几车薏苡是搜刮来的大量明珠。这一事件，朝野都认为是一宗冤案，故把它说是"薏苡之谤"。白居易也曾写有"薏苡谗忧马伏波"的诗句。

留在缅甸间长期犹豫不决。1964年刀派洪突发急病，一病不起，临终最后一句话是："我要回孟连了。"

2018年，我们在泰国见到永伟里的孙子、永文生的儿子Philip。他虽年已八旬，仍在泰国最北边的清莱府美塞县行医传教，他的儿子也成了传教士。直到此时，他说他的家族还不知道李晓村的真实身份。永亨乐的儿孙则步父亲后尘，进入CIA和美国缉毒局，后来在老挝发动"秘密战争"，把毒品卖回美国换取军费。银和烟的故事依然在继续。

永文生的儿媳露斯说，永文生晚年，总是对后辈讲起美丽的西双版纳，那是他最爱的地方，他也经常给家人做傣菜和拉祜菜。

西双版纳同样是李晓村的最爱，逃亡路上，他第一次见到风景那么美、瓜果遍地、像画一样的大坝子。"一条大河从街边流过，男男女女都在河里洗澡，河边就是大片茂密的树林，翠绿的叶子，玉石般的花串。多可爱的地方啊！我爱此地美丽的风光，欲留。"但迫于逃犯身份，他还是上路了。

我们说，在资料上看到永文生曾经请彭光荣照管留在糯福的近千册书籍。Philip认为不大可能，因为他们在景栋就听说，"李老师"把教堂所有的书籍资料撕得粉碎，据说纸屑埋到了人的脚踝，包括早期照片什么的，"什么都不剩了。"

2022年圣诞节前一天，村民们已经打扫好卫生，准备了圣诞礼物。早晨，男男女女都穿上节日盛装，到教堂唱圣

糯福教堂中的拉祜文。小山 摄

歌。下午，教徒们准备的所有礼物都被悬挂到广场中央的
去叶竹枝上，待牧师祷告后，依次点名领取。如今的糯福教
堂门前有一个竹木露台，穿着花花绿绿的拉祜女人坐在上面
用拉祜语唱圣歌，男人们或站或蹲，在门口聊天。礼拜开始
后，牧师用拉祜语讲经，做弥撒，接着唱诗班走上台唱歌。
她们用的唱诗本，仍然是永家当年编写的拉祜文翻版。在她
们的记忆中，很久以前，曾经有外国牧师来过这里，这座教
堂就是他们建的。

参考资料：

- *Journey from Banna: My Life, Times, and Adventures*，Gordon Young（永伟里之孙，永亨乐长子），Xlibris US Publisher，2011 年

-《云起云落：血泪交织的边境传奇》，石炳铭（石玉清幼子石炳钧之弟），时报出版社，2010 年

-*Politics of Heroin in Southeast Asia*，Alfred McCoy，Harper & Row Publishers，1972 年

-《孟连宣抚史》，刀派汉讲述、康朗岗允记录编著，云南民族出版社，1986 年

-《美国浸信会年鉴 1905–1909》

-《美国浸信会期刊 1906》

-《澜沧拉祜族自治县志》（1978–2005），澜沧拉祜族自治县地方志编纂委员会编，云南人民出版社，2013 年

-《拉祜族简史》，《拉祜族简史》编写组、《拉祜族简史》修订本编写组，民族出版社，2008 年

-《拉祜族文化史》，王正华、和少英，云南民族出版社，2014 年

-《滇南散记》，马子华，云南人民出版社，2002 年

-《李晓村纪念文集》，中共思茅地委党史研究室、中共澜沧拉祜族自治县委员会、中共普洱哈尼族彝族自治县委员会编印，1998 年

-《中共澜沧拉祜族自治县历史资料》（第四辑），中共澜沧拉祜族自治县委党史办公室编，云南民族出版社，1995 年

-《中共澜沧历史·第一卷（1931~1978）》，中共澜沧县委党史研究室编著，云南民族出版社，2013 年

-《云南文史资料选辑》（第二十五辑），中国人民政治协商会议云南省委员会文史资料研究委员会编，云南人民出版社，1986 年

-《云南特有民族百年实录·拉祜族》，全国政协文史和学习委员会暨云南省政协文史委员会编，中国文史出版社，2010 年

-《拉祜石氏土司滇南谱写传奇》，夏光龙，《生活新报》2006 年 5 月 13 日

-《募乃战斗打响澜沧解放第一枪》，王天翔，《生活新报》2006 年 11 月 16 日

-《一个世纪中的拉祜山糯福教堂与东南亚地缘政治》，马健雄，《领导者》2016 年第 1 期

-*The Five Buddha Districts on the Yunnan-Burma Frontier: A Political System Attached to the State*，Ma Jianxiong，Cross-Currents: East Asian History and Culture Review，Vol.1(8)，2013 年 9 月

-《"佛王"与皇帝：清初以来滇缅边疆银矿业的兴衰与山区社会的族群动员》，马健雄，《社会》2018 年第 4 期

-《清代镇边直隶厅拉祜族的政治生活史研究》，姜照中，硕士学位论文，云南大学民族研究院，2014 年

-*Becoming Stateless: Historical Experience and Its Reflection on the Concept of State among the Lahu in Yunnan and Mainland Southeast Asian Massif*，Kataoka Tatsuki，Southeast Asian Studies，Vol.2(1)，2013 年 4 月

-《石氏土司兴衰启示录》，蔡正发

接受采访和提供资料的人士：

- 李晓村之女、云南民族大学退休教授李韵森女士
- 石炳钧之子石安达先生
- 云南民族大学蔡正发教授
- 永文生之子 Philip Young 医生
- 永文生儿媳 Ruth Young 女士
- 云南大学硕士、台湾清华大学在读博士姜照中先生
- 香港科技大学教授马健雄先生
- 泰国外国记者协会会长 Bill Lintner 先生
- 缅甸联合促进会（Pyidaungsu Institute）会长 Khuensai Jaiyen 先生
- 永家家族成员好友 David Lawitts 先生
- 威斯康星大学麦迪逊分校教授 Alfred McCoy 先生
- 中央民族大学副教授赵萱先生

相亲

骆淑景

两年来，我跟其他父母一起忙忙碌碌，为儿女的婚事一起焦虑。

走进相亲角

第一次走进成都人民公园相亲角，我还有点躲躲闪闪不好意思。

这一天是2021年5月21日，早上刚下过雨，空气清爽。上午十点过后，相亲角逐渐热闹起来。道路两旁的空地上，绿化带，还有树木之间的竹竿上，摆着许多征婚信息，有手写的，有打印的，花花绿绿，大小不一。这些纸片背后可都是活生生的人啊，这样摆放太失尊重了吧？我正想着，就有两位中年妇女围拢上来，往我手里塞小卡片，还有一个附到我耳朵上说："这里不可靠，你要给孩子找对象，去我们工作室吧，离这里不远。"说着就要拉我。我推托说："我只是随便看看。"转过一个拐角，迎面碰上一位大姐，上来就问："你家是男孩女孩？哪一年的，在哪里上班？"我支支吾吾说，孩子不愿相亲，我只是来看看，就赶紧跑开了。

早听说人民公园有个相亲角，外地来成都的人都要来这里看稀奇。此前我也来过几次，但因为没有这方面的需求，就一直没有关注。儿子生于1990年，大学毕业后安家成都，二十七岁就结了婚，因此大龄青年婚恋问题不在我关心之列。谁知结婚四年后，儿子儿媳协议离婚。得知这消息后，我痛苦万分，一开始幻想着他们能复合，复合无望后，我又急切地希望儿子再找一个对象。然而儿子离婚后，沉寂了好长时间，不愿找，不愿意相亲，还说一个人过挺好的。催得多了，他就说，一年以后再考虑这事吧。但我心里急呀，想着他一个人在城市漂着，三十多岁了还没有家庭，没有儿女。加之我已退休多年，身边同龄或比我小的熟人朋友，早已抱上孙辈，那种空落和焦虑无以言表，趁这次去成都，就偷偷到人民公园相亲角，想了解一下情况。

成都人民公园花木葱茏，溪水环绕，环境非常优美，散步其间，舒心畅意，而相亲角如今更是远近闻名。来这里的大致分三种人：一种是像我这样的家长，为儿女的婚事着急上火，但儿女又因为工作忙或其他原因，不积极配合，他们就来到相亲角，希望碰碰运气，能碰到一个合适的对象，把前期工作都做好了，再让孩子们见面；一种是中介，他们穿梭其间，忙着收集资料，游说行人，给自己或者附近的婚姻介绍所拉生意；还有一种就是看稀奇的，外地来成都旅游的，本地来这里拍抖音小视频的，热热闹闹，哄哄嚷嚷，像赶大集一样。

家长也分几类，有的初来乍到，傻乎乎地东张西望，中介问啥答啥。有的来过多次，都成"老猴"了，他们躲过中介，自己在一边看资料。还有就是这里的常客，据说有的家长，一年到头都来相亲角报到，说是为儿女找对象，不如说为自己找一个聊天、坐道、解闷的地方。

一年后我再去成都的时候，人民公园经过升级改造，相亲角已经规整了许多。男女征婚资料分开悬挂，男的蓝色，女的粉色，一墙一墙的征婚信息，蔚为壮观。挂征婚信息，需要先去公园管理处签承诺书，附上当事人身份证复印件，领《征婚信息表》，自己填写个人信息后，由公园统一挂放。男女颜色一区分，就把相亲角女多于男的现状格外凸现出来。目测这里男女比例是三比七。征婚资料上，从七零后的老阿姨到零零后的小仙女，统统自称"女孩"。

来的次数多了，我的脸皮就厚了，胆子也大了，遇到有人问，可以坦然作答，也敢问别人了。一位大爷说，在相亲角，谁都可以问谁，直截了当，不必客气，就像你进了KTV，想咋唱咋唱，但出了包厢，就不能随便大声唱了。这大爷形容得恰当。

在相亲角，都是父母接头，感觉有点可能了，就相约坐下来聊一聊。有一个五十多岁的男士，看着面善，和我搭讪起来。他说自己是老师，老家在攀枝花，女儿九一年的，在高新区一家公司上班。我说儿子九零年的，也在高新区上班。两人都感觉很般配，就互相留了电话。但走不多远，他又返回来说，算了吧，还是不要打电话了，女儿知道要生气的。我说，好的，理解。心想，也是个和我一样畏缩不前的家长。还有一位女孩妈，老家是雅安的，长得瘦瘦弱弱，问我老家哪里，我说河南的。她立刻说，不行，太远了，我家是独生女，以后还要靠她养老呢。

听说我是为儿子找对象，就有几个人追着问，哪一年的？身高体重？啥学历？在哪里上班？国企私企？月薪多少？有房无房？房子在哪个区？老家哪儿的？但我自己心里没谱，就含糊其词支吾过去，没敢留电话。

而穿梭其间的几个中介"孃孃"，就是逢人便问，拉你去她服务的婚介公司，或者收集资料卖给有需求的人，收点小费，随后你自己去联系，成功与否她们并不负责。

还有一个五十多岁的中年男人，坐在相亲角最显眼的位置，手提包上放着一摞一摞青年男女的大幅彩色照片。身边围着一圈人，有年轻的姑娘小伙子，也有中年大叔大妈，他们一边挑选着翻拣着照片，一边议论纷纷，中年男人则高腔大嗓向人们介绍。这位老哥几年如一日，都坐在同一个地方，做着同一件事情，至于他是怎样赚钱的，就不清楚了。

这里的征婚男女以九零后占多数，八零后的也有相当一部分。一个突出印象就是，优秀的女孩太多了，随便一个都是本科生、研究生，月薪过万。

我仔细看了二十多份从1990年到1999年的女孩资料，如果把年龄、身高、学历、工作、收入称为基本面的话，那么凡基本面稍微好一点的，要求都很高。其中有三个研究生，她们要求男生学历在"重本"以上，身高在一米七五以上，年薪三十万以上，除此还要求男生"三观正，有责任心、事业心、上进心，不烟不酒，阳光开朗，帅气不胖，原生家庭，父母有退休金"等。如果房车俱备，家庭有背景的，要求就更高了。有一个资料上写道：独生女，品行端正，事业上进，独立自律，家教良好，有独立全款住房两套，母亲教师，父亲公务员三级调研员，均在职。要求男生：未婚，品行端正，心地善良，原生家庭，事业上进，人生有规划，情绪稳定，圈子干净，公务员或央企国企医生老师正式编制，父母有退休工资。

　　填写了年龄、身高、体重、学历、收入后，如果还不尽兴，就要用一堆形容词，如高端大气、肤白貌美、气质高雅、开朗大方、思想独立、善解人意等，那一定是相貌出众，或本领高强，其要求一般人都望而却步。

　　基本面一般的，本科或大专学历，无车租房，和父母一起住，收入一般的女方，也要求男生必须有房有车，有稳定工作，脾气温和，自律，有担当，顾家等。一些基本面不达标的，比如年龄大，个头矮，学历低，要求才稍微低一些。有一个三十三岁女孩，大专，身高一米五五，她希望男生无婚史，不吸烟不喝酒，无不良嗜好，工作稳定，身心健康，不穿鞋在一米六八以上。还有离婚的、带孩子的，才能接受男生短婚未育。还有一些年龄已经很大了，基本面也不太好的女生，对男生的标准却一点不降。

总的来看，女生对男生的年龄要求相对宽泛，大十岁小三岁都能接受，但对身高却不能将就。有个九一年的女孩，要求男方年龄在1980年至1988年之间，身高一米七五以上，年收入二十万以上。就是说年龄可以大十一岁，身高却不能降一厘米。而男生对女生的要求，主要还是年龄、长相、性格，其次才是学历、工作、收入、房、车。还有女孩很看重的特长，特意在征婚资料上显示的，比如会弹钢琴，爱好瑜伽，喜欢跳伞、滑翔、露营、游泳，还有留学背景等，男生一般并不重视，或者在他们心里还是减分项。

有的女孩择偶标准看似很正常，一点不高，但要是听懂她的画外音，你就知道，这要求不好达到。比如有一个八八年的女生，身高一米五八，在一家国企上班，月薪八千到一万二。她要求男生三观正，身材匀称，阳光，有上进心，有稳定工作，固定收入。我说，这个女孩很靠谱，要求不高啊。旁边一个大爷却说，要求不高？我给你翻译翻译，你就知道了。三观正，就是你要和女方的思想一致；身材匀称，就是经常在健身房锻炼身体，而不是马路上跑跑步那种；阳光，就是皮肤白净人帅气；有上进心，就是现在有点钱，以后会有更多钱；有稳定工作固定收入，指的是职务高，收入高，管理层的，而不是一般职员。他说，这跟工厂招工正好相反，招工启事上说月薪三千到八千，去了只有三千，而这里要求三千，去了却要八千。这还只是初试，面试就不同了，都是先引诱你上钩，再慢慢提要求。我说，这只是家长的意思吧，并非当事人的意愿。大爷说，不管谁的意思，反正你达不到。大爷又说，就说这身高吧，1980年至1995年这部分人，那时候是啥生活条件，哪能都发育到一米七以上，这才过了几天好日子啊。

我问大爷，你给谁相亲？他说我儿子。我问你儿子多大了？他说三十八岁了，挑剔得很。说着指指"男墙"上的一则资料，说，那就是我儿子。我趋前看见上面写着：男，1984年生，成都本地人，有房两套，铺面一间。旁边那人说，他是老客户了，天天来这里摆龙门阵，说是给儿子相亲，可他儿子只要女朋友不结婚，哪需要他给人家相亲呢，他是给自己相亲呢。原来这大爷也是单身。

除了要求男方有房有车，有稳定工作，有固定收入，无不良嗜好外，现在"原生家庭"也成为条件之一。这是对父母婚恋态度的要求，如果对象的父母很恩爱，相敬如宾，那简直就是加分项。要求男方父母有退休金，这是从经济角度考虑，婚后不用承担赡养公婆的责任，相反还能得到他们的补贴。

征婚资料也是与时俱进，前两年要求男方只是"有房有车"，现在则加上了括号，注明"无贷"。还有比较奇葩的一则说，父亲是企业高管，母亲是部门主任，她自己每月挣两万，已达小康层级，所以非小康层次勿扰。更奇葩的一个，要求对方成长的初始环境是城市。那意思就是，你现在混得再好，哪怕是博士、教授，只要你小时候是在村里长大的，对不起，免谈。类似某些大公司招聘要看第一学历。

望着这一墙一墙的征婚资料，只能赤裸裸地摆条件，会让人产生一种厌倦感、疲劳感。

我遇到一位东北大姐，一米七的个头，挺拔笔直，五十多岁，说话快言快语。她说，我急呀，真着急了，女儿八九年的，三十三了都……我俩坐在连椅上聊天，她说老伴还没有退休，自己专程从东北过来，就是为女儿的婚事。女儿身高一米六八，本科，专业供应链管理，原在北京工作，去年七月份被挖来成都，月薪两万，独生女，开朗大方，父母国企员工，居住与工作都在高新区。她说女儿眼光很毒，看人很准，公司招聘人员面试时都让她来当考官，一般的男生她根本看不上。在确认我们不可能成为"亲家"后，大姐说话更直接了。她说，你儿子照片太丑了，胡子拉碴的，女孩一看就看不上。照片就是敲门砖，你以后不要把这种照片拿出来给人看。她说，你看我女儿，专门请摄影师给照的。她女儿的择偶条件是：外地来成都发展的、1985 年至 1992 年之间、身高在一米七五以上的男生，工作稳定，有房，有上进心，性格温和，家教良好。她说，我女儿不像这里的女孩，小巧玲珑，她有点胖。照片上她的女儿很大气，但两手在耳边做一个 V 字造型的那张，和块头确实有点不相符。

我俩加了微信，她介绍我加入一个成都本地相亲群。这位大姐很热心，说有合适的帮我介绍，还让我儿子不要找成都本地女孩，她说本地人好吃懒做，还歧视外地人。我说成都人挺好的呀，很包容的。她说，那是表面现象。她有一个东北生活群，群里那些姐妹告诉她许多这方面的事例。

一个月后，东北大姐告诉我，女儿正和一个律师谈，准备星期天见面。她说，若女儿和这小伙子牵手了，她就退出这个相亲群。她说相亲群里啥人都有，包括骗子。又过了一段时间，我问她，女儿谈得怎么样了？她说，分了，那个律师家教不好，坐在那儿晃腿，吃饭咂嘴，说话还喜欢吹牛。我俩又谈了一阵家风家教的重要性。

"成都成都，剩女之都"，有句话这样说。外省来成都发展的、四川省内各市县区蜂拥而来的年轻女性，组成了这座城市的剩女大军。现在的问题是，都是父母着急，年轻人不着急。有许多三十岁以上的女青年，觉得自己还是个小姐姐，还有大把的时间可以挥霍。有一个三十五岁的女性说，除了身份证知道她的年龄，其他谁也不知道她的实际年龄。生活好，心态好，美容美颜，看起来样貌就年轻。

转了几次相亲角，我感觉更茫然无措，到底没敢背着儿子把资料挂出去，也没有敢打哪个女孩家长的电话。但我在这里认识了一位年轻的红娘小吴，还认识了几位同龄大姐，对成都婚恋市场有了初步认识。通过她们，我加了几个免费相亲群，还有几个父母相亲平台。

除了人民公园，新华公园也有一个相亲角。有两位中年大妈，各占一绺地盘，资料摊在脚下，交一百块钱就可以看资料打电话。事成之后，谢礼大约一千到两千，随你心。大妈不但负责提供相亲资料，身边还放了几本皇历、卦书之类，你要相亲，她还帮你看看属相合不合、星座符不符。另外在高新区大源中央公园，也有一个相亲角，资料挂在一面墙上，你自己随便看，随便联系。一边坐着几个大姐，热情地给你介绍。

离婚是一道硬伤

加入成都本地相亲群不多久，就有一个姓杜的女孩爸要加我微信。我问他，你是在"成家相亲"上看见我孩子资料的，还是在"军姐相亲群"里看见的？前一个群里，儿子的婚恋状态写的是离异，后者没有填这一项。但这个姓杜的女孩爸很激动，说，别管在哪里看到的，有缘就能见到！

我儿子的资料是这样写的：1990年生，身高一米七三，本科学历，在高新区一家国企工作，月薪八千到一万二，有房无车。本人脾气好，性情随和，爱好文学，喜欢足球，重情义，有担当。希望牵手一位年龄相仿，身高一米六左右，性格开朗，体贴顾家的女生。

我称女孩爸杜老师，说我们是外地的，儿子在成都。但现在麻烦的是，他不愿相亲，我是干着急。杜老师说，先了解一下啊，合适的话就告诉他是同学或朋友介绍的，不要说是相亲群认识的。他介绍了自己女儿的情况，1995年生，身高一米五八，大学本科，会计专业，党员，优秀大学生，就职于高新区某公司正编财务，早九晚五双休。工作能力强，性格脾气好，品行端，三观正，尊老有孝心。原生家庭，父母高级教师退休，爷爷奶奶健在，属长寿家族，有房无车。想找家庭条件相当，学历本科及以上，在成都有稳定较好工作，身高一米七左右，原生家庭，是否独子无所谓。

介绍完情况，他说，这样吧，你们在外省，我得重点了解一下，父母是做什么工作的？要到成都来定居吗？我说，我们是县城里的公务员，我退休了，他爸还未退，就这一个孩子，将来可能要来成都定居吧。他说自己是一儿一女，儿子已经结婚，孙女都三岁了。老两口都是高级教师，去年一起办了退休手续，现在和儿子住在天府新区。我说，我早年也是师范毕业，当过几年教师，后来改行到行政上了。

一开始我有点冷淡，因为自己觉得没戏，但看他十分热情，慢慢也激起我的幻想，就很配合地一问一答。都是同龄人，一聊就聊到过去，他说老家是乐山的，当年在少数民族地区工作，政策允许生两个孩子。又说了当年怎样考学，怎样教书，怎样奋斗，怎样不容易，再聊到现在，怎样给孩子在成都买房，儿女怎样找的工作。越聊越投机。

我说我是师范生，他说师范是我们这代人的珍贵记忆，他爱人读的也是成人师范、教师进修学校之类。他是1985年阴差阳错考上乐山师范专科学校的，当年分数超本科线一分，但没考上本科，就读了一个师专。他感叹，一切都是命运的安排啊，当年若读其他学校分到企业，现在说不定就成下岗职工了呢。

说完这些，他又说，先互发个照片怎么样？我说好的，就发了照片。他家女孩留着半长头发，清清爽爽，非常可爱。我说你女儿是个笑相。他很高兴，说笑相是旺夫相呢。我说你是个幸福之人啊，有个小棉袄。他说大家都幸福！若成为你的儿媳妇，你就更幸福了。这样直白，我有点不习惯，就问，我儿子比你女儿大五岁不大吗？他说不大不大，正好。我比我爱人就是大五岁，一辈子过得挺好的。如果你觉得我女儿可以的话，你就想办法告诉你儿子。

接下来几天，杜老师一有空就找我聊天。本来应该直接告诉他我儿子是离异，但看他那么热情，觉得说了有点煞风景，就想着如果聊得投机，他中意其他方面也许会忽略了这条，或者他已经从资料上看到了，不太介意也未可知。我犹犹豫豫，嘀嘀咕咕，一边有点心虚地应对着他。

过了两天，他催问我给儿子说了没有，我说儿子这些天公司全员竞聘，还没顾上说呢。等这些事完了后，我再给他说。杜老师说，必须的！

我又问他，你看中我儿子什么了？我儿子颜值不高，年龄还偏大。他说，你儿子面相是那种让人放心的类型，至于颜值，以后注意收拾就是了。我们选女婿是成家过日子，又不是选美，选模特。感觉你的家庭教育、家教家风都和我们很相似，与你聊天也感到很舒服，就像老朋友老熟人一样。我们家一开始就定下择偶的标准，不找本地土著，要找外地体制内家庭、在成都发展的孩子，所以你们家很合适。

杜老师又说，女儿这样的品貌和条件，想找个农村出来的研究生、帅哥、挣大钱的，都没问题，但我不愿意。我们要考虑家族发展的阶层跨越问题。外地体制内家庭的孩子，基本面都不错，能到成都来发展，就是相对优秀的，联姻对家族发展是很好的。他说，从长远考虑，家风家教、文化底蕴，才是一个家庭幸福生活的可靠保证，因此我从学历、身高、长相、工作行业、工作地域、收入、年龄、家境等若干方面综合考虑，感觉咱两家很般配。孩子们再互相欣赏一下，慢慢建立情感，双方父母帮扶一点，一个幸福的小家庭就成长起来了！

我说，我也是这样想的，大差不差，共同成长，动态平衡，一代帮一代，代代传承。

杜老师说，哈哈，我们聊得太高兴了吧！

我说，如果你对我们进一步了解后还比较认同的话，我们这边的任务就是，让孩子把自己打扫得干干净净，清清爽爽，再重新开始。你明白吗？我孩子比你女儿大，感情经历相对复杂，如果恋爱不成，男孩子皮糙肉厚，女孩子可不能让她受伤害。他有一丝警觉，问，你儿子有较复杂的情感经历吗？与前女友分开多久了？现在有心上人吗？我说，据我观察，现在倒没有。他说，这就好，只要你们能接受我们这样的家庭，我们是高兴的。

又过了几天，杜老师对我说：这件事情要想成功，恐怕你需要亲自来一趟成都，我们先见见面。

当时我正在成都，但没有说明，就说，也好，我也准备去一趟成都。我们约好当月七日见面。杜老师高兴地说，你要亲自出马了，欢迎欢迎！我有些激动哟。我说，就怕儿子不照我想的去做。我们对他，是放也没放开，管也没管住，宽严皆误啊。

他说，你谦虚了。我在成都等你。我也要开始向爱人、儿子特别是女儿做一些思路渗透，你那么重视，我也要把工作做在前面才行。啊，幸福正在慢慢向两个孩子走来，他们却在梦里！愿我女儿有此福分。若我们联姻，绝对是你们有了好女儿，我们又得了个好儿子。

过了一天，杜老师对我说，昨天跟她妈妈交流了，是满意的！明后天准备找机会跟儿子、女儿交流，我是有信心的哈。思想工作必须慢慢做，以后发展怎么样不敢说，但让女儿答应与你儿子接触见面了解，我是有把握的。

就这样，我们在微信上你来我往聊得热烈，杜老师的话让我增加了许多幻想。这些天来我沉浸在一个美好的梦境中，好事从天而降。虽然有点心虚，感觉哪儿不对劲，但还是高兴地哼着小曲。

这天晚上六点钟儿子要去出差，吃晚饭的时候，我忍不住对他说，好事要来了。儿子问啥好事，我说，反正有好事，人家找上门的。说着让他看手机，你看这个女孩怎么样？你愿意见不愿意？他看了一下照片，说女孩很可爱，可以见见。儿子这一关这么顺利，大出我意料。我就说，女孩爸在网上找着我的，约好大人先见面。儿子很冷静，说，你们大人觉得可以，不算，人家女孩喜欢才行，不要瞎激动。我说，这个父亲有信心让他女儿喜欢你。儿子又问：你给人家说我离婚没有？我说还没有，准备见了面再说。儿子说，这个事不能打马虎眼，你得给人家说。现在就说，马上就说，今晚必须说。我含含糊糊说，资料上写着，他应该看见了吧。儿子说，不行，必须直接告诉人家，否则就是瞒与骗。

听儿子说得这么严肃，我一下子清醒了。临走时，儿子又交代说，我走后你就给人家打电话，不管啥结果，你今晚可以睡个安生觉了。

儿子走后，我平息一下情绪，镇定了好大一会儿，才开始给杜老师发微信：杜老师，你现在方便吗？如果方便，把你电话号码发过来。杜老师很高兴，以为我要和他商量见面的细节，连声说，忽略了，都忘了说我电话号码了。

电话通后，我再次问他，你是在"成家相亲"上看到我电话的吗？他说，成都有退休军干建了一个免费相亲群，一个朋友把我拉进去的，通过不用筛选，就找到你了。

我明白了，接下来就把儿子离婚的事、离婚的原因告诉了他。半天没有声音，过了好大一会儿，杜老师才说：晴天霹雳啊，简直是晴天霹雳！你们这个陷阱太大了，我都爬不出来，肯定不能让家人一起再陷进去。幸好我只给我妻子说了，还没有给女儿说，否则伤害就大了。我家三代以内都没有离婚的，我们不接受离婚男！

我说，好的，谢谢。

放下电话，我开始生自己的气。这都是什么事啊？我家五代以内还没有离婚的呢，那年代兴离婚吗？

这天夜里，我一夜未眠。儿子离婚的阴影还未散去，现在又无意中伤害了别人，也把自己狠狠伤了一家伙。我知道了，离婚是一道硬伤。虽然有资料说现在离婚率已高达百分之四十，但真正落到个人头上，还是一道绕不过去的坎。

和杜老师结束半个月后，有一个达州女孩妈加我，我上来就说，对不起，我们是离异。她说，看见你发的资料了，觉得与我女儿情况差不多，我女儿也是闪婚闪离。

达州女孩1991年的，属羊，独生女，小学老师。我说我也是独生子，但儿子对相亲有抵触，平台都是我注册的，我心里急得不得了，他却不配合。她说了女儿离婚的原因，为购房认识四个多月就扯了证，男方隐瞒病情、三观不合等，又问我是否介意告诉她儿子离婚的原因。我说，媳妇读博士去了，儿子不上进，两人距离越来越大，最后和平分手。她说，我教育女儿都是以家庭为重，当初女儿考上高中老师，我没同意，女孩子教高中辛苦，照顾不到家庭，女儿又重新考的小学老师。她说，你儿子这种情况，类似于我单位一同事儿子的情况。同事儿子前妻考博读博，他等了对方五年，结果前妻博士毕业后又跑到美国去了，这才彻彻底底死心。你儿子不配合，说明他还没走出来，还在等她。

我问，等谁？

她说，等他前妻啊。

我说，儿子前妻自律上进，三十岁才考上博士，我儿子却是小富即安，小情小调，两人生活理念不同了。离婚后我一直丢心不下这个女孩，撮合让他们复婚。但现在看，复婚无望了。

她说，你前儿媳追求上进，实现自我，无可厚非，你们也没有错，只是她不停地往上奋斗，你儿子还停留在原处，差距大了，跟你儿子已经不是一路人了。这种情况还有啥留恋的呢？

我说，儿子性情浪漫，不太讲究实际。她说，啥子嘛，就是太理想化了，普通人就过普通人的生活，高学历的女生，在生活中根本不行，生活会让他慢慢服气的，娶一个踏踏实实过日子的女孩，比什么都强。我一初中同学，女儿比我女儿还大，读了博士又去读博士后，机械死板得很，单身，不结婚。以前同学还着急，现在不着急了，着急也没用。说到底，钻研学问为的啥，还不是为更好地生活嘛。我有个同事结婚后丁克，接近五十岁了，突然想要一个孩子，但老婆生不出了，就把老婆离了，又找一个结了，生了儿子，他前妻后悔死了。

听到这里，我忍不住大笑，说，这样的故事我以为只有头条上才有。不过好处是我儿子还渴望爱情，渴望家庭，渴望生儿育女，一旦发现有心仪的女孩，也是追得屁颠屁颠的。

她说，那还可以，你儿子只要走出来就好了。我女儿与你儿子属相还是很相配的，午马配未羊嘛，六合。我说，哦，还有这个说法？她说女儿很优秀，参加全国比赛得了一等奖。从小到大，包括考老师，都没有让人操心过，只是这婚姻却让人不省心。又说都是自己害了女儿，婚前不准同居，结果不了解男方。女儿特别能干，持家，孝顺。她和爱人都是国企退休员工，但她还在一家私企当专职会计，想着能为孩子多挣一点是一点。

两个妈妈谈得很投机，越聊越深入。她比我小一岁，称我"姐"，我称她"妹"。

鉴于前次和杜老师那事办得有点冒失，这次我不敢轻易给儿子透露，就说，他现在状态不太好，我也不敢给你打包票，等过了这段时间，我再慢慢给他说。

姐啊，你可以叫他加我女儿的微信，权当多认识个朋友。

我说，以前弄过这事，哄着让他加了，转身给人家删了。他说，不是人家不好，是自己心没有够到。

姐啊，我理解。你当妈的也是干着急，他自己想明白就好了。能否把儿子的照片发一个看看呢？

两人互发了照片。女孩挺会照相的，头发绾起，扭头露出四十五度侧面，秀秀气气，是那种小家碧玉的范儿。

她说，女儿现在放暑假了，等女儿回成都后，直接打电话约你儿子出去耍，让你儿子慢慢走出来。我也多做女儿的工作，主动积极，争取让他俩成。

过了几天，她说，把情况跟女儿说了，女儿说不用加微信，直接见面，合适就继续交往，不合适就算了，都是成年人，时间都宝贵。开学后，可以把电话号码告诉彼此，周末约起吃个饭，为了不让对方经济吃亏，AA制都可以。就看你儿子配合不配合。

我说，说啥AA制的，都太外气了，问题不在这儿。我在想，怎么说服让他愿意见，愿意聊。我怕直接说了，他一下给我拍死了。

姐，没事，慢慢来。我们都是父母，完全理解，你也不用担心，孩子是个明白人，有些事情想通透了，也就好了。以前我也为女儿的婚事着急，现在我想通了，只要女儿开心，婚姻大事慢慢来。

这天早上吃饭时，我试试探探向儿子说了。儿子说，可以把女孩微信告诉他。我激动异常，立刻向女孩妈汇报：妹啊，妹啊，刚才吃饭时我把咱们谈的事，正式向儿子说了，他很高兴，说看能不能把女孩微信推给他，是我把儿子想错了，是我不正常了。

姐啊，可能是你开导了他，他想通了，也许是你误解了他，但都不重要了，重要的是他肯放下过去，终于可以迎接新生活了。只是我前次给女儿提过这事，她说直接见面，不想先聊，说聊半天见面又觉得不合适，白费力气。

我说，那行，八月下旬你女儿要回成都，让他俩再联系。

这中间成都出现疫情，今天有消息说这里管控了，明天又说那里封堵了，闹得人心神不宁。我不时看微信，只怕成都的中小学推迟开学。眼看八月中旬了，我又催说：妹啊，你和女儿商量一下，是不是加个微信？马上要见面了，还不知道彼此姓甚名谁。

晚上九点，她看到微信，说，要得。然后把女儿的名字和电话号码发给我了。姐，你儿子加她就行了。

儿子下班晚，我说了女孩的电话，他立刻加了她微信。

夜里我心潮澎湃，按照女孩妈说的名字在她学校网站上搜索，看到女孩讲课的视频，家访的照片，还有她执笔写的发在学校网站上的活动消息等，都让我很高兴。只是女孩瘦小，不像一米六的样子，和同事站在一起，显得个头不足。

第二天一早，我忍不住问儿子，聊得怎样？儿子有点不高兴，说，刚加了微信，她立刻把朋友圈变成三天可见了。我说，女孩嘛，有点矜持。他说，啥矜持，就是小气嘛。

又过了几天，我又问聊得啥样？儿子说，聊了几次，没啥说。我心里有点着急，就和女孩妈商量：妹啊，两个孩子加了微信，要督促他们好好聊。你和女儿无话不谈，好好沟通沟通，让他们聊起来。我不敢多说，说烦了他又回到原来的状态。

姐呀，他们加了微信，我们的工作就算完成了，说多了，你知道，孩子们也烦。前天我就问过，有没有聊，她说聊啥呢？无话可说。

我说，孩子们没有咱们热情，工作呀，学习呀，高考的故事啊，小时候看过的《黑猫警长》呀，都可以聊。谈恋爱就是没话找话啊，就是要说废话啊。

姐啊，但他们不这么认为，觉得是废话有啥好说的呢。我们家长着急，孩子们不着急，对吧？等改天见了面，看啥样。

我心里没谱，把女孩照片发给我的侄女，让她给参谋参谋。侄女说，大姑，你有点太着急了。这女孩看起来和你儿子差异较大，他不一定能接受。我说，我看挺好的啊，聪明，机灵，会理财，会过日子。侄女说，百分之五十吧。侄女的话给我泼了一瓢冷水，但我还是充满期待，不是还有百分之五十吗？

我又忍不住催女孩妈：妹啊，女儿开学不会推迟吧？

她说，不清楚，没有听说，也没问。

我说，我们老家都因为疫情推迟开学了，你让女儿早些回成都啊。

她说，看她自己吧。

又过了几天，成都高温限电，酷热难耐，儿子居家办公，我就回到老家。回来后，还不时地催问。

8月29日，女孩妈发来微信：姐，在吗？姐，我们无缘成为亲家。你儿子说，我女儿不是他喜欢的类型。看来你儿子还真没有走出来，还恋着前妻。我们只能当朋友。这是你儿子今天拒绝我女儿的话，你看看，还真是无缘分。

她发来微信截图。女孩说，我回到成都了。儿子却说：我之前看过你朋友圈，感觉你挺好的，各方面都很优秀，但不是我喜欢的类型。跟你聊天挺愉快的，希望我们可以做朋友。

气死我了，哪里不是他喜欢的类型，是他没有福气牵手好女孩！我说。

姐，不用生气，他这样做挺好，至少很坦诚，不欺骗对方，不浪费对方时间。听女儿说，对他印象还可以，沟通起来也还行。

唉，也不知道他哪根筋搭错了。

姐，别生气了，只能说他们无缘分。时间不早了，晚安。

和达州女孩妈先后聊了一个多月，我们深入地全方位地了解彼此的家庭情况，家人性格脾气，兴趣爱好，还有父母兄弟姊妹的情况，以及饮食习惯、风土人情等，感觉十分契合。谁知道还没有见面，这希望就被儿子一手浇灭了。

过了一段时间，我又在"寻缘相亲角"看到一个内江女孩的资料，也是短婚未育，就想了解一下。女孩1995年生人，本科毕业，大学老师。爱好旅游、会弹钢琴、吉他、尤克里里等乐器。择偶要求是，一米七五左右，有稳定工作，市区有房，以结婚为目的，互相疼爱，能白头偕老的男生，大十二岁、小三岁以内都可接受。

接电话的是女孩妈赵老师，说自己正在教室上课，让我晚上再打。晚上打电话后，一开始很谨慎，当她听说我儿子也是离婚的，看我态度诚恳，就慢慢敞开心扉，竹筒倒豆子般倾诉了女儿离婚对她一家人的伤害，她的痛苦，还有目前的打算。

她说，女儿很努力，上大学时就考取了四川省音乐考级钢琴五级、管乐八级和国家普通话二级甲等证书，还有高校教师资格证、幼儿园园长证、幼儿教师证以及驾驶证等，毕业后先在家乡培训学校工作了两年，2020年来到成都，在一所科技职业学院当老师，因为离家远，辞职去应聘另一所职业技术学院，但没被聘上，现在买了书在家看准备考公务员。她说自己是1971年人，在老家做了二十七年的幼教工作，现在成都一家幼儿园帮忙。经常因为女儿离婚的事心痛失眠，找点事做还能好一点，一天很快就过去了。

我说，咱们都要想开点，我开始也是想不开，差点都抑郁了，现在想，重新来过，未必不好。

她说，现在想来，离婚双方都有错，都不能包容忍让。现在我和老公每天都彼此鼓励，为了女儿我们一定要健康，要多活几年，多陪她几年。女儿很上进，十岁就学钢琴，学吉他，上大学时又买了尤克里里自学。

我问，她这样文艺的女孩，为啥叫她结婚那么早？

她说，女儿在自贡上的大学，毕业来成都找工作时，遇到一个家乡男生追她。当时女儿没同意，嫌男生胖，说如果你能减肥成功就同意。那个男生身高一米七五，体重九十多公斤。本是一句托词，不想他三个月就减到了七十五公斤。加上追得紧，女儿就答应了他。随后在老家举行了婚礼并住进男方家。男方是小三室，和爷爷、父母同住。第一次住进陌生的家庭，女儿说只有在自己房间里才能呼吸。男生学工程的，在工地施工，十天半月才回一次家。每次打电话问那个男生回家没有，女儿都说没回来，连续好几天都没回家。打电话给他妈妈，对她说才结婚几个月，几十分钟车程再晚也要回家嘛。刚开始他妈妈还接电话，后来就关机不接了。还有吃饭，和男方家老人都不是一个口味。女儿喜欢麻辣鲜香的，男方父母、爷爷喜欢吃清淡的。还有就是好吃的要等她儿子回来了才吃。平时打电话女儿都说吃得很好，离婚后才告诉父母自己吃不成饭。每天客厅里就是爷爷躺一个沙发，公公婆婆一个沙发，女儿下班就天天一个人待在房间里。一起住了五个月，实在不行，就在2020年4月办了离婚证。从小捧在手心长大的女儿，离婚后两次跳楼、一次割腕，感觉天都塌了。

她说，女儿也不是多爱那个男生，只是觉得没面子，丢脸。轰轰烈烈举行了婚礼，朋友圈都晒过了，现在不知道怎么收场。女儿离婚的事都没敢对老家人说，怕别人笑话。女儿说如果今后过得好才回去，过得不好就再也不回去了。

我宽慰她说，或许因为这个事，你们跑到成都发展了，将来就在成都落脚了，否则还在老家出不来呢。

她说，就是，以前在老家是自己开了一个幼儿园，现在是在帮人家幼儿园。老公还有四年才退休，每周五下午来成都当家教，到周一才回去。她说，女儿人品好，单纯，心地善良，看不得人间疾苦，看电视电影都会哭。以前觉得离婚的都是坏女人，女儿经历了才晓得，不是所有离婚的都是坏人。

她还让我看她女儿的微信，微信名字看起来很阳光积极，朋友圈也都是怎样学习，如何读书上进，很阳光。除了钢琴、吉他外，还喜欢读书、画画。

我们聊了几次，但都没有相约的意思。她可能也看不上我儿子，我也有点介意"两次跳楼，一次割腕"。

焦虑的父母

两年多时间，我先后和二十多位女孩家长有过接触，其中两位父亲，一个姨，其余都是妈妈。

一个甘肃女孩的父亲，初次给我打电话就聊了五十多分钟。他在老家甘肃白银上班，女孩在江苏上的大学，毕业后又来成都发展，三十一岁还不找对象。他妻子过世了，他对女儿的婚事就格外重视，但每次只要一提找对象，女儿就不高兴，打岔转移话题。他很着急，于是偷偷注册了"成家相亲"平台，在上面替女儿物色。我俩谈了各自的忧虑，聊大龄青年现象，还有不婚不育、丁克等问题，好像急需倾吐刚好又遇到知音一般，滔滔不绝说了很多，最后竟忘了打电话的目的。

其余那些妈妈，有的是她们打我电话，有的是我打她们电话。感觉家境相仿地位差距不大有点可能的，就互加微信，没有可能的，打一次电话就完事了。地域涉及河南郑州、三门峡、洛阳、焦作、驻马店，四川达州、内江、宜宾、雅安、资阳、乐山、南充、泸州、眉山，还有甘肃天水、新疆喀什、黑龙江哈尔滨等地。除了义务相亲群，还有几个收费平台，如成家相亲、寻缘相亲角、父母牵线、完美亲家、我主良缘等。我在收费平台上都只注册而不交费，这样只有他们解锁了我，我才能看到对方的电话、照片和详细资料。没有交费是因为儿子不愿相亲，我心里没底。后来儿子松口了默认了，但却看不上我推荐的，还是弄不成事。

一开始我不敢随便加女孩家长的微信，因为我是把对方作为潜在"亲家"来对待的，如果没有这种可能，怎好意思打扰人家呢？后来逐渐想开了，就是为互相聊天，了解一下女方的心态，诉说一下各自的焦虑。目的不那么狭隘了，心态也坦然了许多。

有的女孩条件好，家长的优越感便也溢于言表。心软的还给你搭讪几句，心硬的直接就挂了电话。有一个在成都工作的三门峡女孩，年龄比儿子大一岁，是个警察，我在三门峡本地相亲群里看到女孩资料后，试试探探打电话想问问情况。接电话的女孩母亲上来就说，我们可是正编哦。说完就挂了电话。正编，就是正式编制，你配吗？就是这个意思吧。还有一个洛阳女孩，三十岁，成都一所大学老师。她妈妈刚接电话时还很热情，聊了几句，可看了我儿子的资料和照片后，立刻就把我拉黑，怕我缠上吧？还有一个焦作女孩妈打来电话，只说女儿三十岁了，在成都工作，但她连女儿是干什么的、地址在哪儿都不清楚。这样的也谈不成。还有一个成都郊区的女孩，资料上显示是拆迁户，家有几套房。这样的我也不敢招架。

2022年5月注册"成家相亲"不几天，就有一个叫顺吉的女孩妈加我微信，让我很惊喜。她是成都本地人，在南门和东门都有房子，独生女，女儿在国企做销售内勤，家里条件挺好的。她女儿1994年生，属狗，我儿子属马。她说，狗和马很相配，我女儿就是要找马、虎、兔这三个属相。我说，你也相信属相？她说，相信啊，咱中国人就讲究这个。顺吉说话直截了当，很真诚。她说，我觉得咱们两家很合适，希望他们能成。她给我发的照片是从一家三口游古镇的合照上截下来的，没有美颜。女孩个子不高，娃娃脸，长得还可以。她让我把女孩的资料发给儿子看看，觉得可以就加微信聊聊，见个面也更真实，并让我晚上就给她回话。

我赶忙说，我准备最近去儿子那里，见了面再详细谈。我怕电话上说不好，反而坏了事。顺吉说，好的，你到成都联系我吧，我请你喝茶。

半个月后，我来到成都，但儿子当时心情不好，不愿和我谈心，下班回来就钻进自己房间，我也不敢提这事。但我感念顺吉的真诚直率，得对她有所回复，就对她说，我来成都了，但儿子状态不好，我都不敢说相亲的事，在家愁，来了还愁，我只有耐心等待他的转变。

顺吉说，孩子很独立，有自己的想法，我们做家长的只能提供机会和意见，是否采纳还得看他们。理解的。

顺吉的女儿在一家国药控股公司工作。有一次我去武侯区政府办事，路过这家公司，心里还感到很遗憾，觉得错过了一次好机会。

过了一段时间，有一个资阳女孩妈加我微信，她女儿也是短婚未育，1991年生，属羊，在一家大公司的办公室工作，朝九晚五，周末双休。这个妈妈态度很积极，极力撮合，但她女儿不愿相亲。她就希望我儿子主动找她女儿聊天，说出于礼貌，女儿也许会回应的。她女儿高挑个子，看着温温顺顺的。

我就说，那我给我儿子做工作，你也得给你女儿说一下，总不能我儿子找她聊天，她都不知道怎么回事吧。她说好的。但过了两天，我问她给女儿说了没有，她说，说了，但女儿没有表示，让我再问问。又过两天，我再问她，她说，女儿油盐不进，没得法！咋办呢，晃着晃着一年又过去了。

唉，唉，两个妈妈互相叹气。

接着一个宜宾女孩妈加我微信。她女儿学前教育专业，在动物园附近当老师，和我儿子同校。女孩1993年生，属鸡。我问，你女儿愿意你为她相亲吗？她说，女儿老大不小了，也愿意我们为她操心了。我说，这都算进步了，我儿子不让我管他的事。宜宾女孩妈详细询问了我买房贷款多吗？房子多大面积，几室的？最后说，赶明儿给孩子们说一下情况，看他们有意向没有。如果他们不愿联系，权当咱俩没说这回事。又说，当大人都是瞎操心，我都急死了，她也不着急。但互发照片和资料后，没有下文了。

前不久我又问她，你闺女找下对象了吗？她说还没有。

接着又是一个新都女孩妈加我。她女儿1996年的，大专毕业，在武侯区一家医院当护士，也是离异的。这个妈妈也很真诚。我问她女儿愿意相亲吗？她说没得选啊，只能相亲。她女儿也是要求"看眼缘，要有共同话题，要找对的人"。女孩戴着厚厚的眼镜片，加上属牛，"白马犯青牛"，聊了一会儿，我就找个托词结束了。

另有一个南充的女孩妈加我。她女儿1992年的，也是短婚无孩，在一家三甲医院做行政工作，研究生学历。我说你家女孩学历太高了，我们怕配不上。她说，学历只限于工作领域，生活还是普通人的生活。她详细询问了儿子的情况，又看了照片，感到很满意。当我让她也发一张女儿的照片时，她发了一张侧面照，我还没看清，她立刻就删了。我让她再发一张正面照，她说：手机上就这一张，基本不敢把她的照片乱发出来，希望你理解啊。她感叹道：女儿的学习、工作都没让人操心，可是婚姻这块让我操碎了心。自己又不知道去交往，又讨厌父母介绍，你说怎么办嘛。

也是交换资料和照片后，就没有了下文。

这些妈妈是主动联系我，打电话然后加微信。还有是我加她们。在义务相亲群，谁找谁都是免费。而在收费平台，需要解锁。有的妈妈解锁后，并不主动联系，而等着别人去联系她们。点击时，平台会提醒道：对方付费解锁了你的联系方式，你可以免费联系对方。

这天我在成都义务相亲群里发现一个绵阳女孩，条件比较合适，就加了女孩妈微信。他们夫妻俩都是乡镇医院医生，有一儿一女，儿子已经结婚。女孩1991年的，属羊，大专学历，在成都高新区一家医院当护士。择偶条件上没有要求"未婚"，我就和她攀谈起来。但在谈话过程中，女孩妈表现出对离婚的不接受态度，我立刻打消了念头，但仍然和她聊得很开心。

她说女儿很挑，三十一岁了还没有对象，她很着急。

我问她女儿在成都哪块上班，她说，在高新区环球中心附近，房子在西二环。我说，我儿子也在高新区上班，房子在东二环。她详细问儿子负责哪方面的工作？年薪多少？房子面积多大？可以发张照片吗？我说，我儿子不积极，让他给我弄张好照片，他都不给。她说，一样的，女儿的照片也是自己去她朋友圈偷来的。

她发的是一张证件照，但可以看出那女孩很阳光很大气。她说在相亲角给女儿挂了一个，经常就接到烦人的电话，各种各样的人都有，还有离婚的。她说不合适，那人就教训她，说她思想不对，歧视离婚的人。还说现在的年轻人，谈对象一个接一个的，都不知道换多少了，说不定还不如结过婚的呢，至少结过婚的人是愿意负责任的人。

我说，这话有道理，但不应该由他来说啊。

她说，没得法，都是父母急，连带得亲戚都急。我姐和我兄弟媳妇都催我两年了，说我把女儿耽误了。但我再急，也不能代替女儿去找对象呀。女儿天天两点一线地忙，没有机会认识人，也不着急。她说，催得紧了，女儿就说，我本来打算为了你们去结婚的，你要是天天唠叨我就不结了，我找个男的干吗呢，我又不需要他养活，再生个孩子天天操心，像你一样多累。女儿还说，不会后悔的，结婚也是为了让我们不再操心。现在女儿答应相亲了，同意合适了就结婚，我也不敢唠叨了。

我说，咱们都好好哄哄吧，过了婚恋这个阶段，他们都会感谢父母的。

她说，是啊，哄着她结婚了就好了。我女儿太注重礼节，觉得恋爱这事就应该是男孩主动。但人家找她聊天，她又觉得累，嫌烦。总之是没有遇上喜欢的，要真喜欢就不会嫌烦了。收入高的，她说要那么多钱干嘛，我又不让他养我；收入少的，她又说一个大男人挣那点钱说明没本事。我问她到底注重哪方面，是选外表还是选收入？她说也许这两方面都达到了也谈不拢，还是白搭。哎，我都不知道该咋办了。

过了一个月，我问她，女儿找对象的事有进展没有啊？

她说，唉，一言难尽啊。群里有几个我认为条件还可以的，她见了两个，说长得都不行，就算了。最近有个朋友给她介绍一个年收入七八十万的男生，做生意的。她说人家素质差，聊了两次就不理人家了。她说收入不比自己低就行，但一定要顺眼的，素质高的，聊得来的。她说看着不顺眼，回家都没有好心情。反正愁死我了。

我说，还是鼓励她找，这也是一门实践课，找着找着思路就清了，就知道要什么样的了。

她说，可年龄不等人啊，已经三十多了呀，还有多少年让她去实践呢。女儿前几年要求对象必须在一米七五以上的，现在说一米七就行，还是降低条件了。我有个同学，女儿不找对象她就对女儿撒泼打滚，又哭又闹，女儿怕了，就相亲了，现在孩子都生了。同学就教我也学她那样，撒泼打滚，闹，可我做不出来啊。我女儿有主见，那办法也不适合她啊。现在我姐我弟媳都急得去给女儿算卦，还录好音一齐发给我。一听，两人两地算的卦，可内容差不多，都说女儿命中晚婚，早婚了还要离。我也就信了，用阿Q精神麻痹自己……

现在，这个妈妈还在群里，时不时发发女儿的资料。

在"成家相亲"上，我加了一个眉山女孩妈，女儿1992

年的，独生女，女儿并不知道她上"成家相亲"平台，她也是上来看看情况，看真实不真实。她说女儿在成华区做工程预算，每天就知道忙，跟着项目跑来跑去，三十岁了，还不着急找对象。这位妈妈买的房子在双流，自己已退休，丈夫还未退。她发的女孩照片是个侧面，很耐看。但她说，这照片是过年时偷拍的。我问，你女儿是忙，不想谈，还是不想让家长安排？她说，一来是忙，二来也不想让大人掺和。我说，那咱们先聊聊，互相了解一下，他们啥时候想通了，再说。她说，好的，退休了来四川玩啊，不管孩子们有无缘分，我们家长说不定成朋友呢。以后就没有再聊了。

这期间，我还加了一个自贡女孩妈，她老家在自贡，现在全家住在新都区，她在新都开有饭馆，整天忙着做鸡腿、肉食等。她女儿在中铁建工作，1994年人，属狗的。她问我儿子多大了，身高多少等情况。她的女孩瘦高，细溜溜的身材，看着还机灵。但她说女儿要求看眼缘，我把儿子资料推荐给她后，没有回音。

还有一位泸州女孩妈，说女儿找对象要有眼缘，要找感觉，要求三观一致，就是不听家长的。她说自己是一般职工，退休工资三千多元，丈夫是高级教师，月工资七八千。资料发出后，她女儿愿意了解一下，但我给儿子说后，儿子没有反应。

在"寻缘相亲角"，我还加了一位崇州女孩妈，她有一对双胞胎女儿，大女儿的孩子都五岁了，小女儿结婚后又离，1990年生人，在一家大型公司做财务工作，父母都是体制内的，没有负担。我对这个双胞胎女儿很感兴趣，女孩妈对我儿子也很满意。但她女儿不置可否，我儿子也不热心。女孩妈最后要求说：你让我跟你儿子视频聊聊天吧，说不定我能做通他工作呢。但我不敢冒失，就推托说：让我问问他再说。

在我眼里，这些女孩哪个当我儿媳妇都可以，但儿子不这样认为，他也是挑得很。

除了微信，抖音也是相亲的一个渠道。我经常看的抖音有"成都丽姐""小岸脱单"等，主持人在上面发布各种男女信息，进行个案分析，帮你了解当前婚恋现状和行情，你可以针对自己的实际情况对号入座。还有许多个体红娘也在抖音上发布信息，评论区就有许多家长响应，竞相跟帖。有的说"我家也有一个同款女孩，求带走"，有的说"九二年的公猴一枚，独生子，未婚，国企上班，身高一米七，有车有房，愿意的了解一下"，还有的说"八七年的兔子，大学毕业，车房都有，想找个同城的女孩"，或者"九六年的小棉袄，身高一米六二，大学本科，家中独女，父母都有退休金，想找一位成都帅哥"等等，这样评论区又串联起许多家长，感觉有可能的，就互加关注，下来慢慢了解。

这样我又收藏了几个女孩妈妈，有"九一年成都女""九四年钢琴女"，还有"若兰""姚女士"等。抖音还有一大好处，就是可以看到她们女儿的真实面目和家人的生活状况。妈妈们都喜欢晒小棉袄，从她们的各种"晒"中，也可以了解更多。

姚女士有一个九二年的女儿，看她在评论区"招亲"，我就关注了她。但随后，我发现她女儿档次太高了，不是我们的菜，就去了"非分"之想，只关心她抖音里的日常。

姚女士老家是仁寿的，早年开饭馆挣了不少钱，在成都高新区买有房。她女儿不但非常漂亮，并且很能干，在天府新区开办了一个拥有二三十名健身教练的普拉提健身房，靓男美女云集，生意兴隆火爆。女儿挣了钱后，在天府新区最好的位置买了一套楼房，还买了一辆宝马，新宅正在装修。父母，女儿，一家三口住在一起，其乐融融。就是有一条，女儿不找对象。

姚女士精力旺盛，每天除帮女儿打理卫生外，还利用健身房的器械进行锻炼，像年轻人一样做出各种高难度动作。还在家里养了一条泰迪，还有金鱼，还养了许多"肉肉"。日子富裕舒服，但她似乎并不开心，经常失眠，一夜一夜睡不着，不时念叨"又失眠了，不是不想睡，而是睡不着，至于为什么，我也不知道，反正就是睡不着"；"老是被鬼压床，一个人都不敢午休，好多时候午休，都被鬼压床"。

我看出来了，她不开心的根源，在于女儿没有对象。从她不时的碎碎念中可以看出，"邻居家娃娃长得像我家女儿，老大不小了，叫你耍朋友，你说没时间，说你不喜欢娃娃呢，你又天天买零食在家叫宝宝过来吃，玩，喜欢得不得了"；"欢欢，你比媛媛只大一岁，你都有两个宝贝了，媛媛还单身。我再不狠心不行了啊，她要我们一起去新房住，我们不去，撵她一个人去住。哪有爸妈不爱自己的孩子嘛，没有办法啊"，媛媛就是她女儿。有时还调侃："未来的亲家母啊，快来看看你儿媳妇的厨艺吧"，还有"亲爱的女婿呀，你在何方"。虽是玩笑，但也透露出伤感和无奈。她说，不提谈婚论嫁的事，女儿咋说咋好，经常给她发红包，要啥买啥，但一提这事，马上就不高兴。

有一段时间，我看她太痛苦了，就在私信里劝慰道：妹妹，看了你的抖音，很能理解你的心情，因为我差不多和你一样的处境，只是我是儿子。每天过得也是感觉没意思。但孩子们的事，不由我们啊。只好自己珍重，等待他们成熟。她回道：谢谢理解。

为了让女儿谈朋友，她狠心把女儿撵出去住，但撵走女儿后，她又在家里哭。公公婆婆有病，丈夫回老家照顾两位老人了，她一个人住在大房子里，每天发抖音，一会儿哭一会儿笑，感觉她都有点抑郁了。

她的女儿太优秀了，年纪轻轻就靠自己的努力拥有了好车好房，似乎不需要找对象。有一次姚女士发了一条女儿精致生活的视频，下面有四百多条评论："单着的都是高学历、高收入的女孩子，普通女孩一般早早都嫁人了"，"我家同款女儿，说一个人挺好的，找啥对象啊"，"早知道当年就不应该让她们读那么多书"，"我女儿九一年的，我侄女九七年的，人家直接说不想结婚"，"我家女儿也这样说，气死我了，我都不管了，随便她吧。有缘就碰到，无缘就算了"，"主要是她们会挣钱，自由惯了不想将就，做父母的觉得差不多就行了，她们可不这样想"，"我家九二年男，啥都准备好了，就是不谈，一叫他找个女朋友回来就不吭声，我说想抱孙子了，他说你自己不晓得生一个啊"，"我每年回老家过年，都不好意思出门。女儿不结婚，我都没脸见人"。也有讽刺的，说难听话的："没有五百万，都不敢跟你女儿谈"，"留着吧，别指望嫁人了，没几个人养得起"，"女儿的脚护理得比她妈的手都嫩，哪个敢娶她呢？"……姚女士很生气，就怼他们：把舌头捋顺了再说话。

有一段时间，我像着了魔一样，想起儿子的事就心急如焚，一有空就到网上查看相亲资料，直看得两眼酸涩，睁不开为止。每天只要有一个可谈的"对象"，还能多少缓解一点焦虑，如果没有"对象"可谈，我就感觉心里无抓无挠，空空如也。有天晚上都快十点了，我忽然十分着急，打开"成家相亲"平台，看到一个新疆姑娘的资料，就把电话打过去。姑娘的母亲态度平常，不热情也不冷淡。我问她女儿在哪里工作，愿意相亲不，最后问她家距离乌鲁木齐有多远？她说，七百公里。我想象着儿子若和这姑娘谈了以后是个什么样，我能承受得了这么遥远的距离吗？过后自己笑自己。

从微信到抖音，一共聊了十多位女孩妈妈，我总结了一下，作为母亲，无一例外是"着急"。她们都希望女儿尽快找到如意郎君，尽快结婚生子。她们的焦虑在我这个陌生人面前毫不掩饰，但她们女孩的口径都很一致，商量过似的，要有眼缘，要三观一致，要谈得来。妈妈们还有一个特点，就是一上来就问孩子的生日，阴历，阳历，掐算一下，大相合不合。其实，就算家长聊得很投机，属相啊星座啊都很符合，也都是大人的一厢情愿，属于"自嗨"，儿女们并不一定有意思。父母在平台上流连忘返，操心费力，劳而无功，只是为了解自己的"忧"。

在我忙忙碌碌跟网上的父母一起焦虑时，我的邻居、亲朋好友中间，也有许多为儿女婚事焦头烂额的人。一天晚上，姑表弟打来电话，说，你经历的事多，认识的人多，赶紧帮我女儿找个对象吧。表弟的女儿琼，九二年生人，高中毕业一举考上一所211大学，后来又考上研究生，毕业后应聘到北京一家专业出版社工作，拥有京城户口。表弟说，女儿很优秀，一路狂奔，考上重点本科，甩掉高中同学；考上研究生，又甩掉本科同学。后来应聘到这家企业，三十人里取一名。但等到她站稳脚跟，回头一看，许多同龄人都结婚生了，她却妥妥成了一名"单身狗"，感觉很失落。表弟在县烟草部门工作，家里日子很好，就是女儿的婚事让他们着急。随后，我立即介绍表弟加入本地相亲群，还托在北京的外甥女为琼物色。

还有邻居家女儿，二十八岁了，郑州大学毕业，作为品学兼优的选调生，被组织部门选派到县里工作。这原是很荣幸的事，选调生容易升迁，但一眨眼到了谈婚论嫁的年纪。在县里找对象吧，不甘心，早晚要回市里；在市里找吧，人又在县里，一时调不回来。怎么办？最后女孩决定辞职在家复习考研究生。其母暗暗叫苦："我的个神呀，考上研究生，再上三年学，找对象不是更难了吗？"她见面就说女儿的事，唉声叹气。

还有我老公的同学、同事，好多都是独生子女，都在大城市漂着，也是"不谈，不找"，或者"找不下""没有合适的"。父母都是五六十岁的年纪了，退休了，大眼瞪小眼，急得像热锅上的蚂蚁。每每在一起说起来，都是"夜夜愁"。

四十年前的计划生育政策，造就了一大批城镇独生子女。父母提心吊胆、担惊受怕许多年，希望孩子长大后，不再承受"独生"之痛，谁知这些在优渥环境里长大的孩子，成年后连婚恋都成了问题，有的婚都不愿结，何谈多生几个？有的在婚恋的路上磕磕绊绊，有的结了婚又离，有的甚至一辈子都成不了婚，空留父母徒伤悲。

谈不拢的年轻人

相较有些年轻人不愿找对象，不愿结婚，我的儿子属于积极进取型，只是不愿意我为他寻找罢了。

儿子性情浪漫，功利心不强，也没有那么多条条框框，他喜欢谁都是倾情投入。因为太真心，太投入，往往受挫。屡战屡败，屡败屡战，还是想寻找爱情。

离婚后，儿子避开我们，先后试探性地接触过两个高中女同学，当初彼此有好感，到外地上大学后还保持着联系。一个在广州，一个在北京。儿子三下广州，两上北京。她们和他一起唱歌，喝茶，说知心话。但都是临到正题，就没有下文了。

儿子一度准备跳槽去广州，由女同学内推进入字节跳动，第一次面试通过了，到二面时没有通过。其间女同学母亲来成都旅游，还住在我家，不排除暗中考察的意思。这位母亲觉得儿子是一枚"暖男"，但又明确警告他说：你来广州可是主要为了找工作噢。这无疑挑明了她们的态度。最后儿子没有去成广州，这件暗恋的事遂作罢。

之后他又跟在北京的女同学联系上。这位女同学，读书考研找工作，南下北上，把家长折腾得够呛。这时在北京刚好丢了工作，说喜欢成都，对成都的美食非常向往，哪条街道有哪个苍蝇馆子，都十分清楚。儿子就劝她来成都发展，这样就能和她在一起了。女同学还把自己炒基金赔钱的事向儿子哭诉，儿子心疼她，就借钱炒股，帮她把亏损的钱赚回来，然后自己为此亏了几万元。当他向她表白，希望她做自己女朋友时，她说，已经在北京找下工作了，不来成都了。

接着儿子又喜欢上公司一个女孩，比他还大两岁，当过记者，当过主播，漂过几个城市，干过好几种职业，最后应聘到他们公司。他约她喝茶，唱歌，旅游，她都欣然赴约。但最后女孩说，她是不婚主义者。儿子痛苦之极，好长时间走不出那种糟糕心情。他喜欢她很久，还到她的故乡去探访，过年贴的对联都嵌进她的名字。

随后，朋友又给他介绍了一个重庆女孩，护士，跟介绍人是闺蜜。介绍人说女孩很优秀，儿子也很感兴趣。女孩父母都是成都人，女孩却不喜欢成都。我说异地恋不现实，儿子却说他也喜欢重庆，如果两人能成，他可以到重庆去发展。两个人在微信上聊得很欢，女孩把家里情况，父母、外婆、奶奶以及单位同事小姐妹之间的事，还有和前任分手的原因，都告诉了儿子。儿子也把自己的故事讲给她听，两人谈得十分投机。听说女孩要晋级考试，儿子就给她邮购资料，并且一买就是两套，一套送给女孩，一套他自己学习，说是要熟悉女孩的业务。女孩对儿子也很满意，对介绍人说，这个男生的智商情商都在线。

谈了两个多月，每天都聊天。有时女孩值夜班，凌晨两点才下班，儿子就一直等她下班回到家里才睡觉。在微信上给她唱歌，讲故事。那段时间，儿子心情舒畅，精神焕发。一个月后第一次见面，女孩让表妹和妹夫作陪，儿子给三人各买了礼物，在一起吃饭，回来很高兴。一个月后又去见了第二面，女孩开着车送儿子去宾馆。儿子回来说感觉很好。但几天后，女孩忽然提出分手，说两人在一起没有共同语言，还是散了吧。

看儿子这样晃来晃去，我心里很着急。这时我在家乡相亲群里发现一个本地女孩，在成都工作，九三年的，年龄很合适，就和女孩家人取得联系。接电话的是女孩的大姨，互相看了资料后，彼此都很满意。同是一个地方的，都是独生子女，风俗习惯都相同，就推荐儿子加了女孩的微信。聊了几次，儿子说女孩不热心，你问一句，她半天才答一句，要么是嗯、哦、啊，要么半天不回。儿子让她发一张玉照，她到底也没有给发。最后儿子拉黑了她的微信。

过后我和女孩的大姨都不死心，她又给外甥女打电话，我这边也给儿子做工作，撺掇他们继续聊，但到底也没有聊起来。

随后一个我们当地的女孩，叫"夏初的梅"，在相亲群看到儿子资料，给我留言道：叔叔阿姨好，我大致介绍一下自己，九三年人，硕士，算法工程师，一米六，五十七公斤，未婚，在成都高新区上班，可以抱着交个朋友的心态聊聊天，正好都在成都，老家也是一个地方的。

我喜欢这女孩的大方，从微信朋友圈可以看出她专业能力很强。随后我把女孩资料，还有从微信上存的照片，发给儿子看，儿子那时心不在焉，过后嘲笑我说：妈，你啥眼光啊，给我推荐的都是什么人啊。

不久那女孩就去北京发展了，我感觉又错失了一次良机。

除此，我还通过贴吧、微信、抖音等直接添加了几个女孩本人的微信。虽然征婚资料很简短，情况也都大同小异，但我还是想在片言只语中发现一点不同，寻找有特点有个性有趣味的女孩。

一次我在成都贴吧上浏览，有一个叫小蘑菇的成都女孩，正嚷嚷着给自己找对象。我觉得挺有趣，就加了她的微信。女孩九三年的，在成都高新区上班，高个子，大眼睛。她找对象主要看眼缘，要聊得来。小蘑菇问，你儿子在哪儿上班？我说，天府三街。她说，哇，我也在这边，赶紧联系联系！有没有宝贝儿子的照片可以看看？我说有啊，就给她发了一张，并说，这是偷拍的，不太清晰。女孩说，不是不太清晰，是根本就看不清。我又给她发了一张，女孩看后说，阿姨的宝贝儿子有点显老啊。我主要是看眼缘，也不着急的。我说，男生没有美颜嘛。她说，长相确实不能太在意，一般在意的是穿着，体现一个人的品位，生活环境啥的。这些都是外在，不是说百分百要满足需求，但是一眼过去就没有兴趣的，想要在一起也会很辛苦。

我说，哈哈，那咱们没戏了。不过有的人年轻时好看，老了就不好看了。有的人年轻时不咋地，年龄大了，气质风度啥的都来了。

女孩说，所以才会说，要在对的时间遇到对的人嘛。

和小蘑菇的聊天，让我进一步了解了当代女生对婚恋的看法。我问，你父母催婚不催？她说，不催的，我爷爷奶奶有点催。我说，你都二十九岁啦，三十岁前把自己嫁了吧。她说，看缘分吧，强求不来的，我比较佛系，没有找到合适的人也不着急，自己过得也很开心呢，恨嫁大概是不会的。我说，缘分确实是缘分，但还是要加油。她说，打工太累了，不想为了迁就其他人搞得更累。细想下来，自私一点能过得更开心，只要不影响别人也不是作恶嘛。我说，是呢，你们确实能过好自己，过好当下，比老一辈强。她说，每代人的机遇和处境都有差别嘛。我说，结婚有很多麻烦，但也有很多好处啊。她说，可能男生好处多些，女性生小孩有时候工作都保不住，所以现在很多结了婚也不敢要娃。我说，生孩子也就那几年，过了就好了呀，再说了，孩子是一个女人最宝贵的。

小蘑菇说：不不不，阿姨，最宝贵的是我自己，可能我比较顾自己吧。想要凑合过的，什么时候都可以降低标准，主要不是非得找到另一个人搭伙才能活得好。我倒是不挑，不过也没觉得孤单。

最后我们互相鼓励：大家都要加油呀。

小姜，一个培训机构的英语老师，1995 年生，家在遂宁，我在"军姐相亲群"里加一个家长微信，这个家长直接把女孩本人的微信推给我。她资料写得很有趣，说自己有房，但在括号里注明"一间"，原来她给自己买了一个小公寓。小姜很可爱，活泼，好动，经常发一些旅游、玩滑板、聚会的视频，她还养了一条小黑狗。我们聊了几次，她还给我推荐各种有意思的抖音号，但我一直没挑明说相亲的事。

小付，在成华公园转时认识的一个女孩，二十五岁，房产中介，巴中人，中午大热天，她到处跑着发广告，很让人心疼。她长得小巧玲珑，但从眉眼、嘴巴上可以看出，这孩子很有韧劲。我们聊了很长时间，上学，就业，找工作等，她还让我帮忙充当她的客户，去看房，增加她的带看业绩。但小付年纪有点小，来成都时间不长，还不确定将来在哪里发展，我也就没有想到给儿子推荐。

我在抖音上还认识了一个女孩，自己起的抖音名很有意思，抖音格言是"希望一直是快乐的女孩子，敞亮而真实，热烈又自由"，"理想主义的花，最终会开在浪漫主义的土壤里，我的热情永远不会熄灭在现实主义的平凡之中"，还有"保持热爱，奔赴山海"等。

我关注了她的抖音，我们在私信里对话：

嗨，小姐姐好！你是重庆的？

之前在重庆读书上班。

噢，现在在成都？

现在暂时在西安上班，阿姨，您有什么事吗？

看你是成都的，想联系一下，想找个儿媳妇。

哈哈，谢谢阿姨。请问您这边有什么要求呢？

没有什么要求，就是年龄相仿，身高一米六左右，有一份工作，情商高一点，懂生活，对婚姻有信心，愿意生孩子就行。

哈哈哈，我差点一米六。请问一下您孩子基本情况呢？

我孩子1990年，一米七三，六十八公斤，国企。

嗯嗯，还是要看眼缘。

就是，喜欢了不好也好，不喜欢了好也不好。

阿姨说得对，我介绍一下自己，1993年，研究生毕业，在央企工作，目前在西安，打算下半年或者明年初回去。

你这小女娃子，很能折腾啊。重庆上学，西安上班，再回成都安身？

我之前一直在重庆工作，现在是下派过来的，过来几个月了。四川人嘛，还是想回四川。

我觉得抖音都是老头老太玩的，你女娃娃也玩啊？

阿姨，其实抖音年轻人也在玩，可能你关注你们那个年龄的，平台就会一直给你推送相关的。

噢噢，就是。你家在四川哪儿？

攀枝花。

哦，不错的地方。早点回来哦。

嗯嗯，我也希望如此。

女孩没有在成都，相亲的事就不用提了。但当我说自己对儿子婚事很焦虑时，她就劝我：阿姨你也别急，每个人有自己的想法，船到桥头自然直。

女孩姓王，很有个性。

总体来说，我加的女孩子都很可爱，心直口快，不虚伪，不掩饰。她们说话的口径都很一致，都有点耍心太大，就是怎样吃，怎样玩，三十来岁的人了，心思还没有落到结婚过日子上面。

成家难，难于上青天

在成都人民公园相亲角，我认识了一个红娘小吴。他三十四岁，四川广汉人，背着个双肩包，穿行在一大堆中老年人中，显得很干练。听他说话很有见地，就加了他微信。

小吴说自己从小身体不好，只能干一些体力不强的活。他有过一次不幸的婚姻，家住在公路边，一个四岁的儿子不幸遭遇车祸。夫妻俩无法面对这件悲惨事故，互相埋怨，加上平时就感情不和，于是离了婚。他在婚介所干过几年，觉得那里面有许多骗局，他看不惯，就想出来单独干。他来相亲角也是为了考察情况。

小吴善于思考，对婚恋市场颇有研究。他说很喜欢和我这样的阿姨聊天，阿姨们都是经过生活磨砺的，具有丰富的人生经验。他说若是自己单独干了，说不定需要我这种阿姨帮忙呢。我也把儿子的情况大概给他说了。他劝我不要急，说等你儿子思想转变过来了，他会自己去找心爱的人的。

小伙子很细心，坐在公园聊天时，怕蚊子叮咬，还用带来的驱蚊水帮我喷洒一下。

一年后我又来到成都，问小吴的婚介所开办了没有。他说已经干了一年了，现在天气炎热，回老家休息几天，回成都以后再联系我。

一星期后，小吴回到了成都，问我有没有时间，有时间的话一起聊聊。约好在人民公园见面，然后两人来到附近一家西餐厅，坐着聊天。

原来小吴想让我帮他录一个视频，发到他的"月老婚姻科学研究"抖音号上。我是个闲人，就当帮他个忙。我们俩捧哏逗哏似的聊了近两个钟头，他给我讲自己接触到的大龄青年家长和本人的故事，讲他对大龄剩女问题的思考，对婚恋现状、前景的认识以及解决问题的方法，令我大开眼界。

我看出来了，小吴现在就是一个人单干，也没有什么工作室，就是每天穿梭于人民公园等地，在微信和抖音上发征婚资料，谁需要了，一条三十元。他说，你儿子要是愿意找，我这里有许多信息，看上哪个联系哪个，白送。但因为儿子抵触相亲，我也就没有要他提供的资料。

小吴虽是"马路游击队"，但不得不承认，这是个善于思考的青年，他接触过许多实际案例，感叹现在的年轻人想成个家，简直难于上青天。

我说，相亲角这种形式会让人产生审美疲劳，容易厌倦。

他说，这种相亲方式，也是一种无奈的产物，没办法的办法。有些家长为了给孩子找对象，一年三百六十五天有三百天都在公园待着。他说，他认识一个女孩，家里条件非常好，就是不差钱的那种。从二十五岁开始找对象，找到三十五岁，还没有找上。她想找一个条件非常好的，但条件很好的看不上她，差一点的她又不甘心，就这样一年年拖大，相当于陷入一个死胡同。

还有一个男客户，八二年的，年收入两百万，却还没有成家。他对这个男客户说，你这么好的条件，这个年龄了，孩子都没有一个，你肯定很焦虑啊。如果说条件差，结不了婚，还能理解能够接受，但你条件这么好，都是精英阶层了，却成不了一个家，这就令人深思了。

还有一个九零年的女孩家长，是他的老乡。每次见面都是"小吴啊，最近有没有很优秀的男孩子啊，给我女儿推荐一下啊"。小吴说，你来不来就是让我给你推荐一些很优秀的男孩子，首先你这个出发点就不对，上次我给你介绍的那个男孩跟你女儿很般配的，只是家里条件一般，你说不考虑；接着又给你介绍了一个本身很优秀、家里条件稍微差一些，你说更不考虑了。你说的那个优秀到底是个什么标准呢？举个例子，有一个男孩，读书很努力，考上了一所好大学，毕业后到一个公司工作，年薪几十万，奖金股权加起来一大堆。他首付了一套几百万的房子，又买了一辆车，都是凭个人努力，很优秀了吧？正常情况下，他车贷房贷供着是没有问题的，但是疫情了，公司裁员，降薪降级，他一下子还不起房贷，断了供，房子也被法院执行了。你说这个男孩到底优秀不优秀？还有一个女孩，上的大学是985，又考上研究生，毕业后找到一份好工作，人人羡慕。但忽然有一天家里出事了，老父亲得了癌症，一发现就是晚期。女孩床前侍奉，昼夜忧思，最后承受不了这么大压力，心理崩溃，得了严重的抑郁症。我问你，她到底优秀不优秀？所以说，优秀是一个动态的东西，不能拿硬杠杠去衡量。

小吴说，大家都知道现在大龄剩女问题非常严重，而且是越来越严重的趋势。上次看新闻，说成都也有好几十万大龄剩女。有人说，这是社会进步、女性地位提高的表现。但事实上，任何一个优秀的女孩，她们成不了家，对她们的家庭来说，都可能是不小的打击，特别是独生子女家庭。父母最后没办法了，就说，我放开了，我不管了。他不是不管了，他是无可奈何了，没办法了。但是父母那个焦虑是一直存在的，活一天存在一天。

小吴自己做红娘这么久，感觉现在社会上大龄剩女问题，就是一个方向出了问题。方向出了错，所有的努力都白费。比如说那些家长，主要是母亲，她们要找个条件好的，跟自己女儿相匹配的。但你真正给她介绍一个优秀的男生，她却不认为是优秀的。她说的那个优秀，本身就是个伪命题，无解，不存在。现在网上经常讨论女性独立啊，不婚不育保平安啊，宁缺毋滥啊，是一种潮流。年轻人互相影响，有的女孩也不一定认可，但看别人都这样喊这样做，她也跟上喊跟上做。风助火势，火借风威，愈演愈烈。人是一种从众性很强的动物，在一个环境中生活，在一种潮流面前，一般人很难抵御。别人都这样，你不这样，身边的人就会拿异样的眼光看你，一般人也很难顶住这个异样的眼光。

按小吴的分析，大龄剩女是一个笼统的概念，其实可以分三种情况：一种是真正不想结婚的，从内心深处认定女性在婚姻中找不到价值；一种是想结婚的，却因为各种原因耽误了；还有一种是身体条件不允许结婚，又不好跟家长坦白原因，就用各种挑剔或是大词来掩饰。

我们身边有很多女孩，她们想不到这一层，只看到有这么多人在追求享乐，追求自由，她们也跟上做。有的女孩三十岁了，但是还不着急，她会想，我前面还有三十五岁的呢。三十五岁的，也许觉得前面还有三十八岁的呢，这样比来比去，最后就把自己耽误了。

听他这样说，我心里一惊，别说女孩了，连我们这些大人也未必能想到这一层。

小吴说，还有很多年轻人，现在确实很忙，他们把大部分时间和精力都用到追求事业成功上，而人的精力是有限的。那些女强人们，事业太占她的心思了，没有多少时间来思考婚恋问题，就很难做出一个正确的判断。

如何去做思想工作，让这些大龄剩女学会妥协，学会降低标准找对象呢？现在很多家长也很头痛。跟儿女做思想工作，你说一句，她说十句，她比你懂得多，她的理由比你的理由充分。

小吴做红娘这么久，感触很深的一点就是，同样条件下，比如有房有车，学历、工作、收入、家境都相仿的情况下，男的比女的受欢迎得多。我跟很多女孩家长沟通，我说你们有没有思考过这个问题，在同等条件下，为什么男的比女的受欢迎？有些女孩家长就说，我不需要思考这些问题，我就是要找一个条件相当的，就是要找一个优秀的。你若跟她说，你降低一下标准找，这样成功率高，路子就宽了。她就会说，降低标准，那我不是扶贫了吗？我不是降低生活水平了吗？决不能降、宁缺毋滥，就是这种口号。

相对来说，男的能包容，愿意付出，他是强者，至少在精神层面上他是强大的。有钱的，他愿意给女人花钱；没钱的，他也愿意挣钱给女人花。反观女性，有许多只愿找条件比自己好的，而不想多付出一点。我跟很多家长沟通，我说你们孩子现在最主要的问题都不是找对象这个事，而是解决认知问题，把精神层面还有认知层面进行疏通和扩展、扩容的问题。这个问题解决了，找对象才会成为一个可能。

小吴说，我有一个邻居，女方是公务员，有房子，男方农村来的，没有房。人家女方就向下兼容，最后结婚了，现在过得很好。我给女孩举这个例子，但她们觉得离自己太远了，她没有将心比心、换位思考的能力。我劝她们说，你可以这样想，以前我年轻漂亮有活力，找对象要求高，但现在我年龄大了，我需要降低一下标准了，否则可能孤独终老。但她们只说，我要找什么样什么样的，不会想，我能找到什么样什么样的。

还有现在许多年轻人对爱情没有向往、对婚姻没有信心。有一个九一年的女孩，家里条件非常好，有八套房子，她自己在金融系统工作。她对我说，吴老师，我们系统大龄剩女很严重，我不想成为大龄剩女，但现在离婚率这么高，我又怕结了婚也未必幸福。有了这个想法，她就不想努力，不想去操心，就是想躺平，四大皆空。她妈妈催她结婚，都催出毛病来了。女孩得了严重的抑郁症，她妈妈花四千块钱找了一个专业心理咨询师给她做工作，她去了，但是没有效果。端午节她过来找我，我们谈了两个小时，从思想和认知层面给她做通了工作，她接受了我的观点。但是过后还是不想努力。这个就没有办法了。

还有一个八九年的女孩，年收入一百八十万左右。我给她介绍过好几个男孩，各方面都很优秀，但她随便找个理由就给否决了。说眉毛长得不好啦，脸上有一颗痘痘啦，就是各种挑剔。她父母说，不管她了，我们都放弃她了。

有些大龄剩女，条件非常好，有房有车，年收入几十万还有更多的，父母有退休金。她们本身已经是一个高手了，是一个强人了，但她还是希望有个更强的人来支撑自己。这也是没有信心的表现。小吴说，我对那些女孩说，你们这么好的条件，完全有能力来主宰自己的命运，来争取幸福和收获幸福。如果能用平等之心和男人站在一起，就能找到幸福。但她会说，他是男的，他收入应该比我高，他应该对我好，应该来追我保护我。她们表面上很先进很现代，口号喊得山响，实际上骨子里还是摆脱不了传统观念的束缚。但你现在给她讲这些，她会说啥子无所谓啊，我管好我自己就行了，我又没有皇位要继承。

大龄剩女还有一个认识，就是她们认为父母那一代的婚姻都是凑合，都是搭伙过日子，低质量，她们决不重蹈覆辙。不可否认老一辈婚姻中确实存在着许多问题，父母年轻时吵架打闹，婆媳不和，丧偶式育儿等，但在人生的后半段，父母互相搀扶，相亲相爱，成为彼此的"老宝贝"，确实享受到婚姻的好处的。小吴说，我经历的婚姻够挫折了吧？但我对婚姻依然充满向往，我对女性依然充满美好的感觉。磨难过后，我更明白要找什么样的了，包容性和兼容性更强了。但有的人在经历了挫折之后会更加极端。

2023年春节，儿子终于带回了一个自己找的女朋友，我为他相亲的事才宣告结束，也才有心情整理两年来的各种"遇见"。

父母普遍认为，男大当婚，女大当嫁，天经地义，无可置疑，儿女不结婚不生子，他们会觉得"活着没意思""水流到这里断了"。但年轻人认为，婚姻不是必选项，生儿育女也不是必需的，人活着的意义在于按照自己的方式，去过好这一生。而比这种"谁也说服不了谁"更让人无奈的，是两代人之间的沟通如此低效，如此隔绝，如此不耐烦。

对婚姻没有信心，就是对社会没有信心。而一个女孩，怎样才能让她有信心呢？

在相当长一段时间，这些问题可能注定是无解的。

悼老周

魏兴荣

"完全理解另一个人的灵魂，这是一切工作中最艰难而又最美丽的。"

2023年3月18日，老周走了，在七十七岁不到的年龄。不算太年轻，但还是早了些。

2022年9月10日，中秋节，他给我发来节日祝福图文：早晨好，佳节倍思亲。我说，正琢磨请你吃饭呢，咱们去大厦吃自助餐，我开车去接你，你可以喝点酒。他说，食欲不振，浑身乏力，这些日子正吃中药，调理身体，不让喝酒，过些日子再说吧。

我把电话打过去，但他耳朵有点背，沟通不畅，我嘱他抓紧去查查体。10月6日，他告诉我查体结果不好，要到肿瘤医院复查。"到肿瘤医院复查"，我知道凶多吉少。后来，知他检查结果是肺癌晚期。

应该是从2022年8月，他就身体不适了，历经八个月的病痛折磨，他离开了人世。

我把老周去世的噩耗告诉了孩子们，儿子要随我一起去告别，在京的女儿也说要专门赶回来，为他们曾经的继父送别。3月20日送别那天，在告别厅，规定动作的悼念完毕，我越出队列，由儿女陪同走到棺椁一侧，看着熟睡般躺在那里的老周，泪不自禁。

我们是2019年4月25日办的离婚手续，2020年4月正式分开生活。我们理性、友好地处置了一段持续十五年的关系，分手后还保有稀疏往来。可怎么也没想到，分手三年不到，他就离开了人世。如果知道他的生命期还有三年，我们怎么也得坚持一下；如果我们继续相互陪伴，他是否会走得不这么早？我不知道。

某晚，我给来家里吃饭的儿子说，我挺难受的。儿子问，为何难受？我说，他生病期间，我也没去照顾。儿子说，他又不缺人照顾；你俩的缘分，够深了；两个人，有过美好的回忆，就很好了。好多关系，都不能坚持到最后。

缘分

我和老周恋爱时，他五十九岁，我四十七岁。其时，他老伴已去世两年，我离异后已独身十年。老周有一女一男两个孩子，我有一男一女一对双胞胎。

老周的妻子老柯是2003年去世的，妻子是他的大学同学，他们感情极好。2005年有人撮合我们相识时，已是第二次有人给他介绍我。2004年曾有人给他介绍过我，但那一次我不知，当时老周给介绍人说，老柯逝世才一年多，他得等老柯去世三年后再考虑；那时候，他也卸任厅长了，免得别人看他当厅长嫁他，打着他的旗号啥啥啥。到了2005年，又有人给他介绍，还是我。这也算一种缘分吧。

终于"见面"的那天，老周送我名片，然后在席间微笑着，比较沉默，给人很安静的感觉。席间有朋友说一流领导自己不干大家拼命干，二流领导和大家一起拼命干，三流领导自己拼命干大家不干。他笑笑说，他是三流领导。

后来和朋友老姜谈起有人给我介绍老周，他才说了此前就曾给我们介绍过一事，并说，周是一个非常好的人，人品好，文才好，有能力，他让我主动联系，一定要把握好这次机会。我说感觉老周年龄大点。老姜说：一点也不大，十几岁算什么？老姜是我信任的人，他的话对我有触动，于是我主动跟老周通话，约了见面，去他的办公室。

到老周的办公室，他开门见山，介绍自己的情况：年龄、学历、简历、老伴去世时间等，然后坦言身体情况，心脏有病，两年前放过三个支架，去年又犯过心绞痛，称自己是个"即将退休的病老头"。还说有人给他介绍过其他人，有的人以盈利为目的，认识没几天就打着他的旗号去办事，他知道后从此不再来往。他也曾计划等退休后再组家庭。另外，还谈了廉洁问题，说自己把关很严，要清白做人，要带

264

好队伍。他说全国那么些交通厅厅长出事，他干七年了，不仅自己没事，连个科长也没出事。妻子在世时也替他把关，没有人能进得他的门。等等。

这次见面，他还说过一句，他的儿女对母亲的感情很深，若进入他的家庭，要有和孩子们如何相处的思想准备。

他的自我介绍很触动我，真实、坦率，都是我所看重的。我也坦言相告，我看一个人，从来不以其官位高低为衡量标准，我看重的是人本身的东西。

后来发信息给老姜：已见周，感觉是一个一身正气、活得清白、做人真实的人。这正是我所推崇的一些品质。同时我也对他说，周的身体有些问题，不免有疑虑。老姜说，这个问题不好说，身体很健康的，也不好说就一直健康。谈到年龄问题，姜说，待感情有了，这些问题都不成问题了。

我和老周见面后，有某些疑虑时，我便给老姜汇报，他会及时诚恳地给予指点，做了一些有力的助推工作，所以我们后来称他是半个红娘。

首次见面，老周就"告诫"不能打他的旗号如何如何。我一方面感到他提出此要求说明为人正派，一方面也觉得他给我敲这种警钟完全多余，我自始没有想利用他的身份权力的杂念。

因为自从第一次见面就感觉老周人好，我们在某些方面很对频，所以恋爱期间感情升温迅速，一路顺风。

2005年末我们结婚时，两个弟弟合力送我的礼物是一辆车，挂牌时车牌号是我自己选的：1699，寓意"一路顺风，相伴久久"。

当我们谈得比较确定时，我把相关讯息告诉女儿，女儿发来信息："听你说完后很高兴很高兴，也很感动。生命一直都荒芜着，就是为了等待他。现在彼此都找到了对方，可以给彼此一生的幸福和温暖。能遇到这样的人，真的不需要再求什么了；我也很感激这样一个人出现在你的身边，让你的生命完整而美丽。上天终于给了你最应得到的。真好。全心全意祝福你们！"我给儿子说后，儿子回复俩字：不错。

老周也给他的儿女们"报告"了。他女儿说儿女再好也不能代替爸爸的感情，但希望爸爸慎重。女儿对他说：她标准很高，追求完美，可婚姻是要过日子的，能踏踏实实过日子吗？老周说，她为人不错并对我很好。女儿说，再好也不会赶上妈妈对你好，说着竟泪水滢滢。她说知道爸爸告诉我们时，就已经差不多了，没有把握的事爸爸不会说的。老周总结女儿的态度是：支持，但冷静，或者谨慎支持。他儿子的态度是赞成，说反正总得要找，爸爸感觉好就行。

老周说孩子的"关"已经过了，比较顺利。他说，这是必不可少的程序。还说，到了该给孩子们说的时候，事情就已是板上钉钉，只剩下领一张纸了。

老周这样总结四个孩子的态度：我女儿的反应最热烈，两个儿子支持，他女儿谨慎支持。

"程序性"的障碍都不存在了。

我们的恋爱过程，岂止一帆风顺，更兼有一路芬芳。有一天晚上通电话，从九点到十二点多。老周说自从老伴走后，不说车水马龙也差不多，给他介绍的人特别多。在我之前有，在我之后也有，却独独我们异常投缘。老周说，这不是缘分又是什么？

我2005年7月20日的日记有这样的文字，也是那天晚上发给他的信息："缘深情浓意绵绵／相思缕缕爱无限／岁有涯，爱无边／一生一世与君伴。"

2005年7月29日，周五，还有这样的日记：今天是我们相识一百天的日子。一百天，不算长，可我们用一百天的时间，奠定了坚实的感情基础，演绎了高速发展的爱情。和交通厅厅长的爱，就像高速公路一样，畅通无阻，舒适快捷。

为相识百日纪念，我还发信息给他：百天相识，似百年深情。知心爱人，铸浪漫情意。共浴爱河，誓风雨同舟。

"审查"

我们准备要结婚时，需要和老周的女儿见面，请她当面审查。

那天正是我孩子们的生日，11月20日。我给在京读书的女儿发了邮件，祝她生日快乐。女儿发来信息："妈，谢谢你这么多年生我们养我们，太不容易了，我们也没好好照顾你，好在现在有人了。"她还说，伯伯（指老周）早晨给我电话了，人真好。我告诉她，他昨晚就分别给你和哥哥打电话了，你的没打通，所以今早又打。

和老周女儿见面，是很不寻常的一次会谈。我在日记中写道：首次与周颖见面，在很不友好的气氛中进行了一次别具一格的"谈判"。我那天的日记是这样记录的：

今天去周家与其女儿首度会面，去之前没做任何思想准备，见机行事吧。但其女儿的态度与话语还是很令我十分意外。

一个单元分隔成东西两户，周西户，女儿东户。在我的想当然里，周住东户，于是敲东户门，出来一位女孩，小巧玲珑，穿着朴素。她问我，你姓魏吧？我说是。她开了西户的门，叫了一声爸爸。因为我误以为她是保姆，有些不解，她怎么叫爸爸呢？然后她给我倒了一杯水，就坐在沙发上。周也坐在沙发上，这时我才回过神来，原来那是他女儿。怎么那么小呢？而且我把疑惑说出了口。我说，这是周颖啊？周说对。周颖冷冷地说：我家只有一个周颖。我又说，怎么这么小呢？她说"人小心不小"。我说那就好。然后是沉默。周看看女儿，女儿擦了一下眼，但不是流泪。此后还是沉默。周说你们谈吧，他站起身要走，我说不用走，我们可以一起谈。周走到里屋又回来坐在沙发上。

我打破沉默：很早就想和你见面了，你爸爸现在才安排。

颖：为什么想和我见面？

我：因为我和你爸爸将要走进婚姻，而你将是我们生活的组成部分，我们需要相互了解，所以要见面。

颖：你和爸爸认识多久了？

我：将近一年了。但我们感觉很久了。

颖：再久，能赶上我妈和我爸爸久吗？才认识一年，就说这么久了，我不赞成你的说法。

我：你赞成不赞成是你的事，这是我真实的感觉；比起你爸爸妈妈来，我们现在肯定赶不上他们久。他们相恋相爱共同生活了三十多年。

颖：三十三年？我都三十三了，能三十三年吗？

我：我说的是三十多年，没错吧，应该不到四十年吧？你爸爸给我说了很多关于你母亲的事。在我的感觉里，你妈妈是一个很好的人，或者说她在你爸爸和你姐弟心目中是个比较完美的人……

颖：可以这么说，任何女人都无法和我妈妈相比，就是我不是她的女儿，我站在旁观者的角度去看她，她也是完美的。她对我爸爸、对我们做的，无可挑剔。她对我的影响，已深入骨髓，我到哪儿到什么时候都忘不了她，包括我出去买豆腐，我就想我曾和妈妈一起在这里买菜。如果她活着，我不会这样想。她的大度、宽容，一点也不亚于我爸爸。你以后能否对我爸爸好，让他过舒心的日子，我不知道，我不知道你能否宽容。你们都这个年纪了，生活习惯都形成了，谁也不可能改变谁。

　　我：是否宽容，既有度量、品格的问题，也有爱不爱的问题。你爱那个人，平时不能接受的东西也可以接受，这就是包容，而且因为爱愿意包容。关于你的妈妈，我可能在很多方面不如她，但有一点我十分有把握，那就是我懂你的爸爸，懂他的心灵，懂他的品格，懂他的性情，懂他的一身正气。因为懂得，而爱他。我昨天还给他看过一本书上所说的：成功的婚姻意味着，不是为了提升社会地位，不是为了获得财富，甚至不是为了创造后代，而是基于一颗心灵对另一颗心灵的理解。因为心灵的吸引而组织婚姻，两个人才会真诚相待，才会在任何时候能够做到风雨同舟。

　　颖：我没说你图什么。我知道你们现在感情很好，但以后会怎么样呢？我和我丈夫谈恋爱的时候也很好，不好我们也不会结婚。可结婚以后经常吵架，感到很多方面不是那么回事。你们以后会怎么样呢？（说这些时她爸爸看了她一眼。）

我：我们相识以来确实很投缘，在认识一个月的时候我就感觉这是一个我可以嫁的人。以我们现在的年龄和阅历，我们有足够的清醒做出判断。我们双方都明白我们不是头脑发热，我们不同于小青年们的一见钟情。尽管我现在无法向你描述我们的未来，但我们必须对未来有一个清晰的预测，基于一种肯定的预测我们才能决定结婚，而不是仅凭现在的感受。

颖：我不相信你说的有多好听，我看的是行动。

我：我不会说好听的，我们都不需要甜言蜜语。幸福不幸福是两个人的事，是两个人共享的问题。我们必须对自己负责，对我们的未来负责。你想看行动，那就欢迎监督。

颖：我不监督。那当然是你们两个人的事。关键是你们两个。你和我好不好无所谓。好了就多来往，不好就不来往，到时我看看我爸爸就行了。不是爸爸，我们根本不可能认识，我也不想见你。

我：干吗不想见我呢？如果我们恰巧成为同事呢，无怨无仇的，干吗不想见。

颖：我的意思是你和我的关系好不好无所谓。

我：有所谓。我希望和你们搞好关系，也相信能搞好关系。你爸爸曾让我做好思想准备，说你和你妈妈的感情非常深。我想这不能成为我们关系不好的理由。我对你爸爸说过，我有思想准备，我知道你们对我可能有一种本能的排斥，认为这个位置只属于你们的母亲。可你们的母亲毕竟不在了。一、我对你爸爸好，我们俩感情好；二、我对你们姐弟好，真心实意地待你们，在你们需要我的时候竭尽全力；三、我和你们只有一致（都爱你们的爸爸，希望他好），没有利益上的冲突（我永远不和你们争什么，利益问题在我的心目中没有位置，如果没有你爸爸，什么对我都失去价值）；四、如果有了分歧、矛盾，我相信自己有能力化解、解决。我们怎能处不好关系呢？

颖：我爸爸的水平能力在哪儿都是一流的，谁都说不出他一个"不"字，除非那些心术不正的人。爸爸在哪儿不是人尖啊！（歪过头看爸爸）是不是爸爸？（爸爸笑笑：不能这么说。）

我：我也认为你爸爸是非常好的人，在这一点上咱们没有分歧。他的品格、他的胸怀、他的宽厚、他的能力，我都懂，这也是我非常喜欢他、爱他的原因。

颖：喜欢我爸爸的人多了。

我：不论有多少人喜欢他，可你爸爸只能娶一个。

颖：那是，娶多了他也伺候不了。

我：伺候得了也不行，法律不允许，因为我国实行的是一夫一妻制。

（我和她、她爸同时笑了）

颖：我希望我爸爸以后过得好，只要你们合得来就行。如果合不来，还不如自己过呢。

我：我也有我的标准，不仅要合得来，而且要幸福。

颖：你要求这么高，如果以后不幸福怎么办呢？我爸爸老了，你离开他？到那时我爸爸怎么办？

我：我的要求是不低，但我嫁给你爸爸不感到委屈，他符合我的标准。我们会过很和谐很幸福的生活。我不会离开他。

整个谈话过程，有些对抗的意味。女儿说了一些挑衅性的话，表情严肃，对我很不客气。对我表明的一些观点，没有任何肯定的话语。如果换作我，会为我的父亲感到欣慰，可她没有。

谈话之后，周颖问我：不会对我留下坏印象吧？我说，你给我留下了很深的印象。

上午十一点了，周说在这儿吃饭吧。我说不吃，起身准备离开。我看了看他的几个房间，收拾得一尘不染，很少见这么干净的家，尽管比较简朴。临走时我对周颖和她的儿子说再见，周颖没有反应。

周送我下楼。我头也不回地离开他们的院子，然后慢慢地向办公室走去（我们机关离他家很近）。走在路上心中不快，周打来电话，问我心情怎样，我说现在什么也不想说。他说到办公室他再打。

到办公室后，他又打过来，问我的感觉。我说用六个字概括：不友好，不信任。他让我别介意，以后了解了会好的。他说，你们俩关系不好最坐蜡的是他。我说，不会让你坐蜡的。他作为一个旁观者旁听了我们谈话的全过程，但他几乎没说一句话。

从周家出来的路上，我给女儿发了个信息：刚从伯伯家出来，他女儿说话很刻薄，除了我恐怕很难有人能应对得了她。女儿说：他女儿还不理解他吧。别在意，你肯定能处理好的。再说，她的想法也不算什么。

和周颖的首度见面、谈话令人很不舒畅，但这未能成为我要嫁给老周的障碍，未动摇我的决定。后来我对老周说，你也真是的，全场观摩，一句话也不说。他说，我说啥呢，不能打老婆，也不能骂女儿。我回他：凭啥打老婆？他说，不打，没有这恶习。

事实上，等到后来我真和她爸爸结婚了，这个看似冷若冰霜极不友好的女儿却极为好相处，十五年的婚姻，自始至终，我们俩未发生一次矛盾冲突。她不计较利益，不辞劳苦，不贪财，不多事儿，即使碰上我和她爸爸争执几句，她也只是笑笑，不多说一句话。她还多次给我买过价格不菲的衣服，且在后来我和她爸爸分手的过程中，她都有极好甚至感人的表现。

结婚

我曾在日记中这样评价老周："温煦谦和，从不盛气凌人，从不张牙舞爪，从不装腔作势，从不自鸣得意，从不自满自负。"作为在重要领导岗位工作那么多年并取得很多成就的厅长，老周的质朴、本色，是我非常看重的，甚至那时的他在我眼里，堪称完美。

恋爱谈得一帆风顺，认识两个月以后，老周就说到结婚问题。他说准备定在明年（2006年）5月份，理由是，明年4月16日是他妻子老柯逝世三周年的日子，按习俗应坚守三年，这样孩子也好接受。因为到明年5月时间较长，他还说了变通办法：可先登记，比如年前（即2005年末），等三周年后再共同生活。还有登记后分别请我们所属的两个单位的哪些人吃饭等，以示公示。云云。

老周所订的这些计划，我"被动"同意。

我回答：服从。老周说，说"服从"不妥，我们俩是平等的，我和你商量。

我的"服从"有弦外之音，那是他的时间表，我的画外音是：还有那么久啊！但他对妻子"三年"丧期的遵守，我唯有服从，且感动。他给我说过，每见到老柯的照片，就好像她在说：你这么快就结婚啊？于是他想拖后再拖后。

事情大体按照老周的计划进行，但也出现了一点意外环节。

2005年12月21日，老周说本月26日去登记，那一日阴历阳历都是二十六。这个日子，是他精心选择的，我当时未在意他的用意。他还告知我，周六（24日）某领导请客，为我们举行祝福，有一大帮人参加。

12月24日，这些人竟给我们举行了结婚仪式。后来我想，这种仪式的前置是"被结婚"，尽管它符合我的心愿。

晚宴还煞有介事地设置了新郎新娘讲话环节。遵主持人安排，我顺水推舟，即席发言，洋洋洒洒：今天，各位领导在此为我们祝福，我感到很荣幸，也很幸福。感谢大家，同时也请大家放心。对于老周的工作，他的一身正气，恐怕大家比我更有资格做出评判，此时此刻，我只从一个女性的角度评介老周。我觉得他是一个可依可靠可以托付一生的人。可依可靠，是指他的精神的高度、心胸的宽广度、人格的力量和心灵的美好。他在所有这些方面，都达到并超出了我的预期。今生遇到他，我很知足，也很欣慰。在今后的生活中，我会以我所有的能力、以我品格中所有的闪光之处、以我所有的温柔，爱他。我相信，我们会成为一对恩爱夫妻，请各位领导和各位关心他的朋友放心。谢谢。

大家报以热烈掌声。他们说，此番话，有高度、有深度、有宽度、有厚度。一位朋友补充：关键是有温度。

结婚仪式组织上都给我们举行了，12月26日，如期登记。晚上，交通厅里的人设宴给我们庆贺，我也做了即席发言，依然洋洋洒洒。

举行仪式前夕，我单位的同事曾对我说，老周这个伙计绝对没说的，你要说找的是别人，我可能还要说三道四，但找的是老周，他无可挑剔。我要给你们庆祝一下，给大家一个信息，不然人家说你非法同居，尽管我相信你们肯定已经同居了。我说没有没有，老周还是很"自律"滴。他说有人诱惑呀。

12月28日，我单位的几位领导也为我们举行了庆祝晚宴。

不管是仪式后还是登记后，我和老周都没有及时同居，我们也没有单独的新房，他的家里有女儿，我的家里有儿子。到2006年1月18日晚上，周颖才开车把爸爸送到我家来。她见我叫了一声阿姨，便不再说话。稍坐，便起身要走，眼里含泪。爸爸说"别哭啊"。我拍拍她的肩膀说：周颖放心。

那时我家住五楼，没有电梯。老周在我家住了大半年，到9月10日，我们才以交租金的形式搬进交通厅宿舍空置的一套房，算是有了单独的新居。

这个时间，离老柯去世三周年，还远出去近五个月。且在我们婚后的日子里，每年的除夕夜，老周都要回他原来的家，把老柯的照片和供品摆上，他和孩子们一起，把老柯的亡灵请回来，他们一起过年。

不合

老周去世后，我写了悼念文。一位朋友看到后发来信息："应当承认，这是一种难写的文字。知情者看后，即会生出理解和共鸣。不知情者，会心生茫然。情结就在导致分手的'价值观'三个字上。有人会提出，廉洁、奉献不就是重要的价值观吗？在现实环境，这很难具体展开，也不必展开，作为部分人生经历留存。李义山诗曰：此情可待成追忆，只是当时已惘然。值得珍存！"

近年内，社会分化、撕裂严重，已形成一股前所未有的潮水。我们的家，是被这种社会大潮裹挟进去的一滴水。

这位朋友设问了非常有价值的问题："有人会提出，廉洁、奉献不就是重要的价值观吗？"我一方面非常认可老周的廉洁、奉献和人品，一方面又提到了我们因价值观抵牾而分手，矛盾吗？

如何才能说清这个有点复杂的问题呢？让我尝试梳理一下。

价值观似应包括两个部分，脚下的大地和头上的天空。

如何行走在这片土地上，作为一名官员，是否脚踏实地，是否廉洁奉公，是否诚实信用，是否敬畏职业和慎用权力，以及是否真诚待人，这些，皆属于脚下的部分。这一部分，老周做到了极致。这种极致，定格了他的人品和一生的形象。这一点，我自从和他相识就敏锐地认知到了，这也是我敬他、爱他的原因所在。而且，在任何时候——即使分手之后，我对他的敬与爱也不减。

那么，头上的天空部分是什么呢？是对世界、对人类、对制度层面的认知，对意识形态层面的是非判断。它需要的是独立思考，是超出"主流"意识之外，超出被灌输、被设定、被束缚之外的领域的认知，是一种超越国界的、普世的认知。在这一方面，我们分野了，没法融合了。甚至，我们属于两个世界。说得具体一点，比如他具有浓郁的强人崇拜情结、团体崇尚情结，这种情结在他的话语系统包括生活场景中浓得化不开。可我没有。比如他崇拜的对象，可能恰恰是我所鄙视的；而我认可的国家及体制，我崇尚的政治文明，是他所仇视的。如此这般，问题就严重了。

现在大家常说的价值观，更多的是指后者，是举头望星空的部分，而非前者。如此说来，我们是完全的两个系统，且这两个系统没有交会点。

其实我和老周在价值观上的分歧展露得较早，从第一次见面，从最初老周看我的书，彼此就发现了"隐患"。比如，首次在其办公室见面，见其戴着啥像章。我敏锐地发现了这种认知趋向，轻轻地说了句：这年月还戴这个。他没说啥，但此后再也没见他戴。

那时社会状态与当下不同，一些问题并不凸显，再说，爱情的潮水覆盖了潜流，我们谁也没太在意某些异点。甚至我们在深爱时也挑明过：爱情高于政治。即使现在，我也不认为政治就高于爱情。但随着时代的变迁，特别是近些年，这种纷争的剧烈，很多同学群、战友群、老乡群、同事群分崩离析，是前所未有的事。观念对峙之不可调和，几乎把我们推到了大海大洋两岸之遥的程度。

在社会上，两种价值观相看不顺眼可以不看，在家里，可以不看吗？但有时躲无可躲，藏无处藏。不知道哪句话就轻易碰到红线，触及了燃点。这种价值观的分野制造着硝烟和冰冷，我们在硝烟弥漫中看对方，彼此都灰头土脸。我们的温情与爱意，在渐渐消退。

客观地说，我俩在灵魂层面是相通的，他身上那些罕见的可贵之处，我大概是少数能懂他的女性之一。因为灵魂同质同频，因为懂得，我们的恋爱和婚后生活曾相当甜蜜和幸福。

他去世之后，我翻阅日记，专门记录我们恋爱及婚后生活的日记，从2005年3月相识，到当年年末结婚，至2008年2月14日情人节，仅仅三年时间，我竟然写了二十余万字。现拣选两则，足可称量出爱情的分量。

2007年12月26日 星期三 雾

今天是我们结婚两周年纪念日。晚上做了四个菜，陪爱人喝了一小杯酒，庆贺我们的结合……

虽因政治问题偶有龃龉，但仍不失为最好的结合，感觉九分九的幸福（不是十分，九分九）。

多少年来，从未像现在这样满足、惬意，内心安适、愉悦。情感上，不再需要什么，有了他，从未瞭望他处，从不心猿意马，心，踏踏实实地贴在他的心上。老周，是我最好的丈夫，是我今生最无悔的选择！

2008年2月14日（正月初八）星期四

今天是情人节，在办公室给老公发去信息：钻石是天上掉下来的星星，你是我今生的唯一。为我们钻石般的爱情祝福，在浪漫的情人节里。

爱，够笃定，心无旁骛。爱的规格，够高，钻石般。

两个人，还能怎样呢？

老周有个性，但总体是个仁厚的人。我们之间，没有矛盾纷争，没有家长里短的是非，没有因经济方面发生矛盾。我们俩没矛盾，他对我的孩子，我对他的孩子，两家的孩子之间，包括彼此和对方亲属之间，皆关系融洽。这在一般重组家庭中，是何等难得。可三观不同，推远着我们。2007年12月26日的日记记录了端倪："因政治问题偶有龃龉。"

可近些年，已不再是"偶有龃龉"，而是常常。包括12月26日的结婚纪念日，后来也成了我们的忌讳。

南辕北辙，东西对峙，左右分野。在三观上，我们不属于一个世界。特别是疫情以来以及其他沉渣泛起之时，战火常起于青蘋之末。

究竟怎么个三观不合法，以致到了没法一起生活的地步？分居期间，我们的一次通信可以窥见点什么。

我在信中写：

……我们的分歧点在哪儿，你就一定跳进那个地带声嘶力竭地去搅那锅水。你要喊给我听骂给我听，你要改变我的观点吗，你希望我们俩再起战事？

……既然如此，我以后就少回去。我用不着如此牵挂你了，用不着自作多情如此善良了。你既然那么强大，那么一副雄赳赳的战狼派头……那你就在自己信仰的价值观中幸福地生活吧。

理不起躲得起。既然躲开了，我就安安静静地躲着吧。为了健康，为了心的宁静。

他回复道：

读了一遍您的信，感慨万千。您搬出去住后，给我买皮带，买拖把，买秋衣秋裤，炖排骨等，都历历在目，十分感谢！唯有三观的巨大分歧，是我心中过不去的坎……这一辈子改也难了。也不是故意气您，铁打的三观，不由地就表达出来，这也是一些领导说的，这个人太直了。不周之处，敬请谅解包涵吧！

我们谁也不需要谅解谁包涵谁了。到了该一分两安的时候了。

那么美好的爱情，渐渐被蒸腾到大气层去了。说实在的，非常可惜，万分可惜。

有人说，家里是谈爱的地方，不是讲理的地方，更不是谈政治的地方。说这话的人知否，谈爱需要怎样的氛围和环境？谁不愿意在家里谈爱呀。别说在家里，有一句话，让世界充满爱。在人间皆可谈爱，但让乌克兰和俄罗斯谈谈爱，可能吗？当然，我们不是俄乌，我是说在哪里、谁和谁谈爱，都需要立场和氛围。

说到俄乌，我们幸亏在战火燃起前已经分手，不然，俄乌的战火一定会蔓延到我们家里来。

分手

尽管我们分手的根本原因是价值观不合，但因为曾经太爱，却始终未想过分手。客观地说，不管过得多么不快多么艰难，我们俩谁也未想过分手。生活甜也好后来的苦涩痛苦也好，感情浓也好淡也好，在深植到生命的意识里，我们是要把婚姻进行到底的。

我们分手后，我谈到过老周的价值观，一位大姐在电话里感慨："那样的三观相处够难的，十五年啊，叫我可熬不过来，你还挺能忍的。"我说，没想起来呢，从未想过离婚。

最终分手的形式原因，是一个"意外"。

我的孩子购房要捆绑我们作为共同还款人，为避开对捆绑有所顾虑的继父，我们办理了假离婚，是我提议的。但我们双方所有的孩子都不同意我们的做法，尤其是周颖。她说把自己的小房子卖掉，给弟弟添上买房用，他啥时有钱再还，也不要利息。肯定不能因为儿子买房就让继女卖房，但我听后还是非常感动。

假离婚不是阴谋，也不是阳谋，只是权宜之计。办理离婚手续时，看到很多假离婚的夫妇，也看到婚姻登记处墙上那些五花八门的留言，以及抨击购房政策的话。我们的假离婚，最假的证明是协议中有一条这样的内容：离婚后继续同居一个屋檐下。

但假离婚开始真的触动我们的心。假离婚成了一味清醒剂：过得如此不愉快，还复？都在思考。

我试探着问老周：还复吗？

他说，不复了吧。

一句"不复"，假的秒变真。因为复婚需要双方合意，少一方都不能。何况，彼此都觉得过得太紧太累太不舒服。

表面看，真离婚是假离婚造成的，但根本原因是价值观不合导致的感情稀薄，因此，从假离婚到真离婚的过程，才水到渠成般自然而简易。

决定不复，意味着分手坐实了。但因为还住在一起，争吵愈甚，无奈，我逃离了，搬出去租屋。搬走时，我们共进了分手宴。他拿出一瓶酒，我炒了四个菜，两荤两素。

那天的晚宴，回顾了我们的恋爱过程及相爱的那些往事。我们频频举杯，互诉衷情，互相祝福。平时不喝酒的我，那天喝了三两。回味过往并举杯畅饮的过程中，我泪流满面，泣不成声。我说我没有想到我们不能携手终老。

那晚，感怀万千，我喝醉了。

搬出之前，我分别给周颖和老周的三妹发了信息，告知原因和情况。

周颖你好：

有件事需要和你说一下。

去年，和你爸爸办了"假离婚"并签下协议。之后因为双方都不再有复婚的意愿，离婚这件事便坐实了。但尽管如此，我们还是在一个屋檐下，算是同居关系，我也想尽量平静地过下去。但疫情以来特别是春节之后，我们的关系却不断恶化，你父亲发火的频率高，分贝也更高。

春节之后的这段时光，我们度过了非常艰难的日子……

我们俩曾经有感情，也因为爱而结婚，彼此结合内心纯净，无任何功利之心。但后来的日子越过越差，目前已滑到低谷。根本原因当然是三观不合，不是一般的不合，而是没有任何交会之处，彼此相距无限远，且两人性格也不和。我们之间已没有爱，也没有人间温暖，连平和宁静也没有。再这样过下去，对彼此都是煎熬，都是伤害，特别是对我。我已感到非常痛苦，有度日如年之感。

婚姻走到这一步，对双方而言都是失败，特别在这种年龄，我们都需要彼此陪伴的时候。但那些巨大的分歧如深深的鸿沟把我们隔开，让我们感到生活很冷，心很远，我心也痛。无法正常生活、开心地过，分开，也是对婚姻及生命尊严的尊重。起码，我要寻得一份安静的生活，无论我们未来的日子是短是长。

尽管如此，在我要分开的时候，我依然会对他有一份牵挂，毕竟有十几年的婚姻，并曾深爱过。同时，无论如何他还有你这样的好女儿，你永远是他人生的无尽温暖和欣慰，也是我对他能放心些的理由。

好了，我希望分开后我与他的关系反而会改善一点，或者可以做朋友，也希望他健康快乐。

另外，以后有何特殊情形请你告知我，在他需要我关照时我会回来。当然我也会经常和他联系。

祝好，再见。

周颖回复：

十多年的家人生活，点点滴滴已经成了我们生命中的一部分。我记得阿姨给我和孩子买过的衣服、炒过的菜、对爸爸的照顾……尽管对有些问题看法有分歧，但彼此关系的底色是暖色调。作为女儿，我挺难受，心疼爸爸，为阿姨叹息，也为阿姨的善良感动，更希望曾经相爱过的人今后能各自舒心生活。

我一直默默地在，不离不去。

我给三妹的信息：

三妹你好：

给你写信是因为有些事情用文字表述能更清楚一些。如你所知，你哥哥和我去年已办理了离婚手续。

……

原想都这个年纪了，虽然有协议，还是糊弄着过吧。但现在看来是过不下去了。如果没有爱，没有相互理解和认可，没有关心和温暖，甚至没有平静的生活，为何在一起呢？就为了互相伤害吗？在这种日子里，我感到非常痛苦，度日如年。我想他也一样不快乐。因为我们谁也不喜欢对方了。

不缺吃不缺穿，不需要啥虚名，我没有必要把自己留在这种水深火热的日子里。于是，经和你哥哥协商，我要出去了。

我不后悔嫁给他。但这是桩失败的婚姻。这也是人生，我能够坦然面对。虽然离婚并分开，但我对他仍有牵挂。我希望他健康快乐。

此时，在我和你哥哥的婚姻彻底解除之际，我也特别想对你表达感谢。十几年来，你和老杨及孩子对我都特别好，包括你对我孩子的关爱。你们都是特别善良仁厚的人，多年来给予我很多温暖。不仅你们，大姐和二妹等家人也都对我特别好。对于你们给予我的亲情我永远难忘。在此，也请你在合适的时候向大姐、二妹表达我诚挚的谢意和歉意。对于你哥哥，我不能再陪伴了，我们彼此也都不需要这种陪伴了。

总之，你们一家都是好人。我感念和你们的缘分。

谢谢你，我的好妹妹……

2020.3.14

三妹回复：

嫂子你好，我看了信后心里实在是太难受了，哭了大半夜，我好心疼嫂子，心疼哥。

你们办假离婚时，我想只要两个人在一起有没有那张纸无所谓，能在一起互相照顾就行了。不相信两个曾经相爱的人说分就能分开的，我还是盼望嫂子搬出去住一段时间都冷静冷静，再早点搬回来，曾经共同生活十五年的夫妻了，你们都会牵挂着对方的。不管嫂子在哪里都是我的亲人，我也非常想念嫂子，等疫情过后咱姊妹俩好好聊聊。

"出嫁"

2020年7月14日，老周突然转发来一则别人给他的信息："兄弟：你近来可好？一直惦念你，不放心。七十多岁的人了，一个人独居不是事，一定要改变现状！积极行动起来，或者找个伴儿，或者找个保姆。"

我不知此信息仅是一个他对我将要宣布某个"重大"消息的序幕，不知情地被带了节奏，也觉得他一个七十多岁的人独居"不是个事"，感到内心有些自责。我回复道："我搬回去住吧，不在外边住了。"

他迟到第二天才回复：

> 您好！关于搬回来住的问题，我考虑了一下，有几点意见，供参考。
>
> 一、您搬回来住是您的合法权益，什么时候想回来就回来，来去自由。我欢迎。
>
> 二、再有几个月我就到七十五周岁了，已进入暮年，或找个伴，或雇保姆，需要有人照顾，找了伴

或雇了保姆，在这个家里住，也是我的合法权益。待我走了，归西了，这是早晚的事，谁也不能逃避，她的居住权益随之失去。同样，您找个对象在这个家里住，也是您的合法权益。我会祝福！

三、两家人同在一个屋檐下住，希望能和平共处。

四、如果不能和平共处，我出去租房，搬走……

以上几条是不是妥当，望酌。

在回复信息之前，他已向我透露了找老伴的事情。于是，在收到信息后我回复：

先说昨天知道你在紧锣密鼓找老伴的事，我心中是复杂的，酸楚的，不舍的，总之万般滋味。

"意见"中已考虑得这么深和具体了，说明你的选择进程已进行得差不多了。既然我们不能复合了，我理应赞成并祝福我的前夫再寻合适伴侣，这不仅是你的权利也是你非常需要的。

至于说合法居住权，因为是假离婚，并相约同住一起，所以协议中并未包含也不可能包含双方再婚后继续住在此房的内容。而唯有我们俩都有在此房的合法合约居住权。

但你既然提出这样的建议，我还是愿意成全。一切基于善良和我们曾有并未完全消尽的感情。

我也不介意和你们住在一起。但如你所说，必须和睦相处，不能吵架，哪一方也不能难为另一方。如果相处和睦友好，这不失为一种复杂人际关系简单化友好化的范例。但这样的关系人住在一起，对所有人的素质境界是有要求的。对于我的素养和为人你是了解的，这就需要你新找的老伴也得是个通达事理的善良人。不然，大家不能和睦相处的话，就得考虑分开住的问题了。

婚姻不在情依在，住在一起也能使我经常看到你。一个前妻，一个现任，同居一室，不错的创意哦。呵呵。

他看到我的回复说，通情达理，有情有义。又说，但后来想了想，他觉得这样同住不大现实，有诸多不便。他说等着吵起来再搬出去住就不好了，还是我搬出去吧。

我说，我是真心留你呀。你看，我要是出去了，家里有人陪伴照顾你，我也不用牵挂，多好；若大家都在家，两个女士一起包水饺做包子啥的，多轻松和谐。至于财务问题，相信我能处理好这些问题。我和她不是大房二房，是前任现任，各有尊严。

他哈哈一笑，说，还是算了吧。谢谢你的好意。

后来他告诉我，他和某女士已谈了近三个月了。看来和我说时已到了"报告重大事项"的地步了。同时他也告诉我他们交往的一些情形——

见面时他告诉女士：一、我曾经受过处分，政治上有污点；二、我得过四次心梗，放了六个支架，身体出过故障；三、又抽烟又喝酒，几十年的恶习了。

女士一一回应道：受过处分工作还取得那么大的成绩，越挫越勇，值得尊敬；身体越有问题越需要人照顾，我会好好照顾你；抽烟喝酒，几十年的习惯了改也难，但为了健康，尽量少抽。

尤其重要的是，老周说了自己的政治观念，这位女士说，我也没党没派，你拥护啥我就拥护啥，你是啥派我就是啥派。

如果他能和正在密切洽谈的女士走入婚姻并过好余生，我还是甚为他欣慰。

我告诉他："出嫁"后，常回来看看，带着你的新娘，一起来，如果她愿意的话。老周说，好啊，我要回来，你给我做好吃的。我说没问题。

搬家时，老周带着"新娘"还真来过一次。她见了我说："这是——魏大姐？"我说是。她没坐，旋即走了。感觉挺好的一个人，形象也不错，落落大方，让人看着舒服。

我和老周结婚时，无论如何没想过分手，是因为对他的人品素有高认知，且有诺言凿凿：相伴终生。这种定念会像无形的网一样，无意中束缚住思维，或者叫思维定式、思维惯性。总之，啥也没想。生活是很冷了，吵架时也很躁，很烦，但婚姻原本就三六九等，而我们的婚姻不算最坏的，吵过后也基本不冷战。更何况，他已那么大年纪，身体也曾有恙，放有多个支架。总之没想过分手。

假离婚后，他首先说不复了；不复后他迈出了重要的一步，并遇到了一位合适的人选。我最初的反应有不适，在和老周的朋友叙说过程时也几度哽咽。但过了最初的"应激"反应期，后来总体感觉是，这一步于我，是舒缓平易的；他迈入新生活，我是欣慰的。我们，是不需要再继续捆绑了。而且，他先行一步，我良心无债。

可某一日，老周的三妹对我说：嫂子，我去哥哥家，怎么再也没见那个人呢？我有些愕然，说抽空我问问情况。她说不要说是她说的。

我以表关心的方式问候了老周：你挺好吧？他说，一般，很一般。于是，他大致给我说了相关情况。我说，哦，是这样啊！多保重；再继续……

我不知道他后来有没有新介绍的，但反正没成就什么。此后的日子，他大致是孤单的。尽管有世上最好的女儿和最好的三妹在同一个大院生活。应该说，他是我的一份牵挂。

如果我们分手后他有舒怡的生活，有温煦的晚年，我们的分手反而不失为一帧佳作——了断不宜继续的不快人生，友好分手；彼此解放，彼此有新生或新的可能性。我是多么希望他健康快乐地继续温暖人生啊——那个我曾经爱过也始终深敬的人。

不管我们曾经多么相爱，在后期的生活中，从某个维度而言，无疑我们已从属于两个世界。两个没有重合线、没有交会点的世界。我们的精神指向、价值取向，是完全相悖的，也是不可调和不会改变的。这样的两个人硬放在一个区域，撕扯着、碰撞着、耗着，硬撑死守，真的好吗？不好。我们彼此都有体会。

在这种情况下，谁迈出精神的桎梏，都是无可指责的。现实的情况，和最初的场景比较，已经变化了。何况，我们是因为偶然机缘的"助力"而走向新的抉择的，不管谁主动一点、被动一点，都无关紧要，都无须担责和诿责。这是件水到渠成的事，和道德无关，和人品无关。包括我们的价值观，也和道德无关、和人品无关，它只和认知有关。

永别

老周的过早离世，是我难以释怀的一件事。关于他的为官为人，在他离世时，我别有一份追念在心头。

老周，在某些方面，绝对是这个体制中的异数，是罕见的特例。他的异数和特例之处，主要表现在他的廉洁自律。他硬硬地靠钢铁一般的自律，在号称"第二财政厅"、当年位重权大钱多的交通厅厅长的岗位上，漫漫十个年头，干了大事，不出事，两袖清风，一尘不染。

他给我说过自己拒腐蚀的那些经过，还有他的家人跟他一起抵御腐蚀的例子。他说他感谢他的妻子和两个孩子在外围严密警戒。他们一家四口就是一个完整严密的防腐绝缘体。人家给他家送箱菜，儿子都从楼道里扔下去。

他一辈子喜欢抽烟喝酒，可在位时，没有人给他送烟送酒，更没有人敢给他送钱。他曾经的司机静波给我说过，不管在哪儿吃饭去哪儿出差，自己绝对不敢替厅长收一条烟一瓶酒甚至一份土特产，因为老周有交代。

他在全省交通工作大会上郑重宣布："在工程承包和资金安排上，我不写一个条子，不打一个电话；凡是打着我的旗号来讨好搞工程承包的，请同志们一律拒之门外。"他要求省交通厅对施工单位的廉政情况逐一摸底调查，凡在外省市有行贿劣迹的施工队伍，一律不准进入本省交通建设市场。

老周在厅长的位置上，始终强调两个安全，一个是廉政安全，人不能出事；一个是工程安全，路桥的质量不能出事。所以，在全国那么多省份的交通厅厅长都出事、有的省前赴后继四任厅长连续出事的情况下，老周巍然屹立。不仅他不出事，在他的任期内，他的部属连一个科长也没出事。

我跟老周结婚时，他已临近卸任厅长及退休。他退休的前一天，我准备出发外地，我说，要离开工作岗位了，心情如何？我取消出发吧，在家陪陪你？他说，大可不必，我心情好得很，没有责任了，多轻松。

到我们分手时，他已退休十余年，我从未见他的朋友圈零落过。人们说起来都是，周厅长（或老周），好人啊。

2022年10月期间，我已获知老周罹患癌症之事。后来我问他：你愿意我去看看你吗？他回复："我确诊肺癌，已胸膜转移，失去了手术的条件，现在做化疗方案第二个疗程。你不要来看望了，在你那里留下一个健康的我的形象吧。我能坦然面对，淡然对待病魔，淡然面对生死，以良好的心态积极治疗，但不过度治疗，有尊严、有质量地走完人生最后一段路程。"

我回复："去不去看你我也矛盾（他原本就瘦，据说生病后更瘦。我不愿看他瘦弱的样子）。尊重你的意见吧。你有权知道自己的病情真相。很欣慰你的心态，这正是我心目中的你。生老病死，人生原本如此，谁都很难说哪天会如何。面对，保持尊严。对，不要过度治疗，又受罪又无益于病情改善。愿你胃口好一点。"

听说他生命后期憋气，用了呼吸机又非常难受，只能用镇静剂让他昏睡。他不能进食时用了鼻饲。唉，鼻饲是不是很难受呢？如果清醒他愿意接受鼻饲吗？还听说进了ICU，清醒时，他要求出去；还听说晚期他不愿在医院，他要求回家。他说要有尊严有质量地走完人生最后的路程，当一切不能自主时，人生如何才能有尊严而又有质量呢？

那天与他告别，他躺在棺台上。我离他很近，伫立他身边良久，含泪注目。他还是活着时睡觉的样子。

传记作家欧文·斯通在《不朽的妻子》中有一段这样论

述婚姻的文字："不是建立社会地位，不是获取财富，不，甚至不是创造后代，而是完全理解另一个人的灵魂，这是一切工作中最艰难而又最美丽的。"

我的儿子说，我和老周的缘分够深了。我想，我们的缘分深在何处呢？我们曾经有美好的恋爱过程，也有若干年幸福生活，这是其一；我崇敬廉洁的老周，嫁他时他没房没车没礼物，我就高高兴兴地嫁了，直到分手我也没问过他有多少存款，我当然也知道他这种人也富不到哪里去，这是其二；我懂他，理解他，敬重他的敬业付出，他的公权公用不谋私，他的正直，这是其三；当然，他的价值观我不认可，我相当的不认可，但他对他的"信仰"是虔诚的，更不是说一套做一套的两面人。

老周去世后，翻看我们的相册，上写"一生守候"。我们没有将婚姻守候到底，但我对他的敬意，是另一种守候。

尽管我们没有将爱情进行到底，婚姻中也曾有很多抵牾、不快甚至痛苦，但我从不后悔嫁给他。这便是我们的生命之缘分。

老周和他的夫人老柯，才是琴瑟和谐的伉俪。听老周说过，那个风景秀美的墓地，那尊虚位以待的墓穴，是他们的香丘；大地，也是收他风骨的净土。安息吧，老周。

黑胶唱片何以复兴？

陈鹤之

2020 年以后，黑胶唱片的全球销售总额首次超过了 CD 唱片，在接下来的一两年，甚至在销售数量上也超过了 CD。

2020年华语唱片界最轰动的事情，是周杰伦在年底11月份，发行了自己出道以来全部专辑的黑胶唱片。网上提前半年的预订如火如荼，以至于有些从不关心黑胶唱片的普通歌迷也投入其中，他们大都是周杰伦的粉丝，毕竟很多八零后、九零后，甚至零零后，是听着周董的音乐长大的。

实际的发行情况是，这套唱片包含了十四张专辑，共二十八张黑胶唱片，并预留了一张专辑的位置，也就是周杰伦尚未出版的下一张专辑，也会出版黑胶唱片。黑胶全集唱片带铝合金收藏箱，但分为两个版本，收藏箱颜色不同，大陆的版本是银色，台湾地区的是黑色。黑胶压片也略有不同，经过证实，台版的压片是在德国制作，大陆版的压片在内地制作。虽然它们的母带制作是相同的，但德国采用了DMM刻片技术，大陆版则没有采用。根据DMM

技术的原理，有理由相信，压制的黑胶母版是不同的，这种区别稍微令人遗憾，也因此大陆版的价格要低一些。虽然对了解黑胶技术的人来说，用不用DMM技术并没有那么重要，但由于这个差别，声音方面，大陆版和台湾版略有风格上的不同。

这是周杰伦第一次发行黑胶唱片，以往即使他的第一张专辑《Jay》，也没有发行过黑胶唱片，彼时2000年，各大唱片公司早已停止发行黑胶唱片接近十年了。这次发行黑胶，是真正意义上的全套"首版"黑胶唱片。

我也听过多年的周杰伦歌曲，但作为一个古典乐迷，和对音质比较苛求的人，对这套黑胶唱片的音质并不寄予很大希望，一是因为作为流行乐坛的翘楚，周杰伦唱片的音质只能说平平，多年来从未有一张周杰伦的唱片进入"发烧"领域被音响迷们追捧，黑胶唱片也未必能起死回生，甚至画龙点睛都难；二是这次虽然采用了"豪华双张"的模式，每张专辑都用了两张33转黑胶唱片承载，然而对黑胶稍有了解的人便知道，此举对音质的帮助并不大。周杰伦的唱片一般为十首歌曲，总长度为四十多分钟，放在一张33转黑胶唱片上足矣。放在两张黑胶上，不外乎把音槽拉宽，且避免了内圈失真问题。虽然音质帮助不大，价格倒是明显比单张黑胶专辑贵多了。

最终经过几个月漫长的等待，在2020年底，唱片最终通过各种渠道开始派送，由于订购过于火爆，一些不良商家临时提高价格，很多花了全款预订的歌迷开始投诉，经过一地鸡毛之后，大部分人还是拿到了唱片。我在听过其中一张黑胶之后，发现之前的推测都是正确的，音质上相对CD并没有本质的提升。但这并不影响这套唱片的二手价格一路水涨船高，成为不错的理财产品。

其实周杰伦的庞大歌迷群里，真正对音质很苛求的发烧友一定数量不多。问题的关键在于，黑胶唱片，这个二十世纪流行的产物，早已经被归为古董的产品，如今居然在最主流的歌手身上回归了。虽然它依然很小众，虽然它离普通百姓依然有一定的距离感和陌生感，但作为一个被淘汰多年的音像产品，历史的车轮居然缓缓掉转车头，让它重回老百姓的视野。这是一个极为罕见的特例。

回溯一下同类产品，比如最接近音频的视频相关产品，从二十世纪八十年代承载很多国人记忆的录像带（VHS）、LD大影碟，九十年代中国特有的VCD，千禧年前后的DVD，甚至之后的高清蓝光影碟等，一路进化而来，发展到如今的4K高清视频，从未有过产品掉头的迹象。另一个相似的产品是相机感光元件，从传统的各类胶片相机，发展到普通数码相机、单反数码相机、微单数码相机、大中画幅专业数码相机，虽然胶片作为小众玩家的选择，一直都有其独特的魅力，但这个圈子已渐渐式微，胶片厂商也纷纷停产，并没有发生掉头的奇迹。更不用说其他诸如手机之类的数码产品，从没有过重返市场的现象。

那么，黑胶唱片，凭什么可以跳出这个商业规则，到底有什么独特的魅力？

模拟音频的代表：黑胶唱片

这个事件，让我想起几十年来音像市场上各种格式的起起伏伏。在总结这些格式之前，先要谈谈声音的两种存储形式，"模拟"（Analog）与"数字"（Digital）。

声音的本质是声波，一种模拟信号，一百年前发明的电话是典型的模拟音频传输代表，直到今天，模拟电话依然在市场上被大量使用。模拟音频存储最典型的代表就是黑胶唱片，如果把黑胶唱片用显微镜放大，会发现它是直接把波形刻进了唱片纹理中，然后唱头通过物理的形式拾取这些信号，经过唱头放大器等音响设备放大，最终用扬声器播放出来。

数字音频技术，存储本质是二进制代码，伴随着计算机的发展而不断进化。早期的数字录音采用磁带进行存储，日本天龙公司在二十世纪七十年代早期就进行了大量的数字录音尝试，索尼当时生产了专业的数字录音机。CD-R和大容量的硬盘诞生以后，数字存储逐渐转移到光盘和硬盘为主。数字音频不能直接放大进入人耳，无论多高规格的数字格式，都要经过数字—模拟转换（D-A转换）设备，也就是通俗意义上的解码器，转换成模拟信号的波形，再经过音响设备放大。这个解码器几乎是无处不在的，我们每天使用的手机里也内置了这些功能。也就是说，无论什么音源格式，最终要进入人耳，还是要转成模拟信号，殊途同归。

黑胶唱片诞生于二十世纪初期，从格式上，经历了两次重大的飞跃。

第一次，是粗纹进化为密纹。

二十世纪早期的唱片，每分钟78转，由于转速极快，容纳的音乐长度十分有限，称为SP或粗纹唱片，或者直接称为78转唱片。SP有很多缺点，一个是时间短，单面只有三四分钟，甚至间接导致了我们现在的流行音乐规格——一首流行歌曲的长度，被限定在了四分钟左右。这个习惯一直延续下去，直到今天，大部分流行音乐依然是这个长度。

流行音乐时间短是可以接受的，可录制古典音乐就麻烦了，一首三十分钟的协奏曲或者交响曲，至少得做成八面，也就是四张唱片。一套贝多芬交响全集的重量，端起来能让人累弯腰。对参与录制的乐团和乐手来说，当年的编辑技术有限，要分段进行直接录制，每隔几分钟都要停下来，有时候为迁就这个格式，甚至不得不提高一些演奏速度从而缩短时间。对使用者来说，为了听一首完整的曲目，也要不停地换盘，相当麻烦。另一方面，78转唱片使用虫胶进行制造，这种材料比较脆，在运输过程中很容易碎裂。即使如此，78转唱片时期，各大唱片公司依然录制了大量的曲目，几乎所有的重要古典曲目都有出版。SP距离我们的时代非常遥远，很多唱片都损坏了，而且在"二战"时期，由于虫胶的原产地在印度，无法获得，一些唱片公司要求买家必须上缴一定量的唱片才能购买新唱片，也导致很多旧唱片被回收利用了。甚至因为战争物资的需要，SP也被回收，这样留下的SP就更少。

今天，数码化这些唱片成为一个重要课题。所谓数码化，就是把唱片通过音频设备转为数码文件，再进行保存或者出版。虽然唱片公司从未间断从自己的库房里翻出那些古旧的唱片进行数码化，但依然有相当数量的SP从未被数码化过。一些骨灰级爱乐者，在世界各地搜集SP并进行个人的数码化工作。这是一件复杂又困难的事情，因为播放SP需要特殊的设备，存储和运输SP又相当麻烦。从某种意义上说，这项工作跟抢救那些濒危的建筑文物很接近。但也正因为有SP的存在，我们才能听到一百年以前，一些传说中的音乐家留下的录音，哪怕是很少的录音。比如伟大的西班牙作曲家和小提琴家萨拉萨蒂演奏自己的作品，勃拉姆斯的好友、小提琴家约阿希姆演奏的舞曲，挪威作曲家格里格演奏的钢琴作品，法国作曲家圣桑演奏自己的钢琴作品等等。值得一提的是，一位生活在美国的中国老先生吉米（他的母亲1950年在美国纽约怀孕，给他取的第一个名字就是Jimmy），多年来一直致力于古典音乐SP的挖掘和整理。他的资料翔实又严密，经常把转录的资料放在网络上，造福广大乐迷。

二十世纪四十年代后期，美国哥伦比亚唱片公司（CBS唱片公司）对78转唱片进行了大刀阔斧的改革，同样是十二寸唱片，转速改为每分钟33又1/3转，容纳的音乐长度大大增加至二十五到三十分钟，称为LP（Long Play）或密纹唱片，也是目前最流行的黑胶唱片格式。黑胶唱片的格式自此确定下来，一直到今天也没有大的变化。所以，如今所说的黑胶唱片，没有特殊约定，都是指这种格式的唱片。

1948年，哥伦比亚唱片公司推出的世界第一张33转商业黑胶唱片，编号ML4001。当时的封面很简洁，保留了SP时代的传统，并没有后来复杂的封面设计。

CBS唱片公司的老对手美国RCA唱片公司，研发了45转黑胶唱片。主打的七寸45转唱片，也就是最小的黑胶唱片，通常只容纳一两首曲子，被称为EP（Extended Playing Record）。EP由于尺寸很小，适合携带和作为礼物，RCA当年生产了对应的便携设备，也在青年市场上风光一时。在今天，EP泛指单曲唱片，也就是其最初的原始用途。在日本，也发行CD格式的EP唱片，这算是EP的一种衍生品，但实际上CD并没有EP黑胶容量上的限制。原始的七寸EP唱片一直

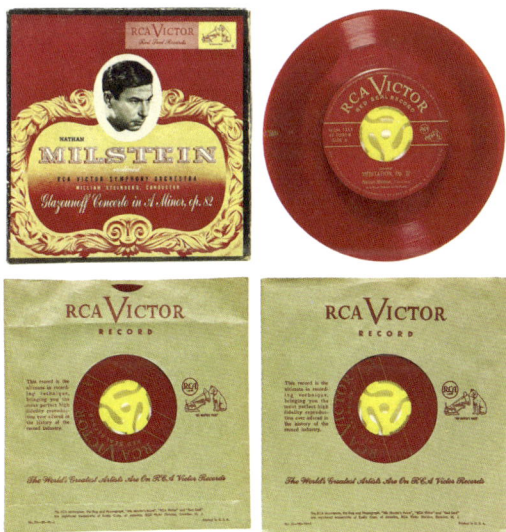

RCA公司推出的米尔斯坦演奏的格拉祖诺夫小提琴协奏曲的EP唱片，二十分钟容量用到了三张七寸唱片，每面只有三分钟，欣赏起来依然不方便。

都没有消失，一些欧洲奢侈品牌，至今还保留着把七寸的EP黑胶唱片作为附赠礼品的传统。

虽然从现在的眼光来看，七寸EP似乎用处不大，但当年这两个产品的思路都没有大问题。RCA推出的EP，主要解决的是SP的笨重问题；十二寸的LP，尺寸与重量对SP来说没有很大程度的优化，主要是播放时间得以大大延长，每面扩充到二十五到三十分钟，并改善了虫胶的脆性，寿命得以大大延长。所以RCA和CBS公司，只是在前代产品的基础上，从两个维度进行优化。而且几十年以后推出的CD唱片，尺寸跟EP更加接近。很难说CD没有受到EP的启发。

45转唱片没有被33转唱片彻底打败，另一个原因是经历严密的科学论证之后，证实前者比后者的音质更好，容纳信息量更大。Hi-Fi发烧友也早就发现了这个特点，这可能是当初发明这种格式的唱片公司都始料未及的。但这种音质的提升，只有在很好的高保真（Hi-Fi）音响设备上才能呈现出来。美国天使（Angel）唱片公司曾在七十年代专门发行了一些以提高音质为噱头的45转黑胶唱片。近年也有一些小型公司发行面对发烧群体的45转黑胶唱片，价格不菲。有些黑胶唱片则同时有33转和45转两个版本。如果周杰伦的这批唱片真讲求音质的极致，是应该用45转格式的，两张十二寸的45转唱片也足够容纳一张流行专辑，并没有什么额外的成本。33转黑胶唱片除了标准的十二寸，也有更小一些的十寸和八寸唱片，大概因为体积上的优势不大，后来并不流行。

第二次重大的飞跃来自录音方式的进化。早期的录音只有单声道模式，也就是一个声道，一个喇叭。早在二十世纪三、四十年代，各大唱片公司就开始实验立体声录音，五十年代的立体声录音开始日渐成熟。1954年前后，美国RCA唱片公司开始进行正式的立体声录音，在1958年以"Living Stereo"系列发行，并大获成功。DGG、EMI、DECCA等欧洲各大唱片公司迅速跟进，正式发行立体声唱片。

立体声唱片的诞生，也引发了音响的革命，古典唱片的黄金年代随之到来。立体声与单声道的区别，在少量乐器的爵士、器乐独奏上还不十分明显，但在大编制的交响、歌剧等形式上，区别则非常明显。两个扬声器，终于创造出完整的音场，从而在聆听的位置上能够感受出宽阔的舞台、乐器的定位以及真实的厅堂感。

立体声的概念，自创立之初，直到今天，虽然经过不断的技术发展，但本质上从未改变。2000年前后的SACD技术试图推广多声道技术的音频，但最终以失败告终。证实我们在居家环境听音乐，不同于看电影，两声道就足够了，毕竟所有的演出舞台几乎都在听者的正前方。实际上，这不是音频环绕声在民用领域的第一次失败。二十世纪七十年代初，各大唱片公司纷纷推出过各自的四声道黑胶唱片，试图用早期的环绕效果引领潮流，而当时的老百姓拒绝了这种改变，认为它跟单声道和立体声的重大改善不同，纯属厂家的噱头，四声道黑胶唱片在不到十年后就彻底销声匿迹。

从1958年至1980年这二十二年间，算是古典黑胶唱片销量最高、制作最用心、音质最好的年代。如果再细分的话，1958-1970年是古典唱片最为辉煌灿烂的黄金年代，之后无论压片还是制作都有下降的趋势。而爵士乐的黄金年代则贯穿在二十世纪五十年代与六十年代，跟古典类似。所不同的是，爵士乐的乐器数量比较少，很多大师的单声道唱片反而更受追捧。摇滚乐和流行乐的黄金年代，是从五、六十年代的猫王、甲壳虫开始，直到八、九十年代。2000年以后，随着实体唱片销量的下滑等，流行乐与摇滚乐的水平也开始下降。中国市场总体是滞后于国际市场的，尤其是错过了最重要的黑胶黄金年代。因为众所周知的原因，五十到七十年代中国老百姓能够听到的黑胶唱片是相当有限的。

从1948年LP正式推向市场，至1993年前后各大唱片公司停止生产黑胶，这四十多年是整个世界乐坛最繁荣、市场最旺盛、大师辈出的年代，也算是二十世纪音乐市场的集体黄金年代。

数字音频的代表：CD唱片

LP当年的灭亡，是被CD和磁带集体打败的。其中CD是很特殊、具有创新意义的产品。

CD唱片是数码产品，诞生于二十世纪八十年代，各大唱片公司都在1982年以后纷纷量产。CD作为一种新型媒介，遂引发了全球的追捧。

CD当年的容量规格，来源于索尼公司总裁大贺典雄与指挥帝王卡拉扬的讨论，卡拉扬要求一张CD光盘至少能容纳完整的贝多芬第九交响曲，根据各个指挥的速度不同，一般不会大于七十八分钟，因此CD的极限容量是八十分钟左右。而33转黑胶唱片通常只有不到六十分钟，虽然极限也能放下七十分钟，音质上就必须有所妥协。唱片公司发行贝多芬《第九交响曲》"合唱"，通常要用两张黑胶唱片，顺便搭上一首第八交响曲或者序曲，这确实有一点不便利。

CD唱片这种产品对黑胶唱片，可以说是全方位打击：

一、更小的体积。CD盒子的标准尺寸是14×12.4×1cm，黑胶唱片的尺寸，以DG八十年代的33转黑胶为例，是32×32×0.3cm，面积上黑胶唱片是CD的五点九倍，体积上黑胶唱片是CD的一点八倍左右，这在当代寸土寸金的居住空间里，更凸显CD的优势。

二、强大的便利性。CD诞生于索尼与飞利浦两个巨头的联合，除台式CD机，日本几家公司很快衍生了CD的随身听，也就是CD Walkman（Discman），车载CD也应运而生。现在看来，汽车的CD功能似乎天经地义，但要知道在汽车漫长的发展历史上，拥有音乐碟片聆听功能的，只有早期克莱斯勒研发的一款能够播放特定规格黑胶唱片的特殊设备，这个设备最终失败地退出了历史舞台。磁带和 CD 的出现，才彻底解决了随身和车载音响的问题。而黑胶唱片，除了前面所说的 EP，几乎没有随身的可能性。CD 的便利性还体现在操作层面，CD 可以随便选曲，快速选择某一段落，这都是黑胶唱片和磁带难以做到的。一张 CD 从头到尾可以不间断地欣赏完，不必进行黑胶唱片和磁带的翻面操作。

三、极低的信噪比和较高的动态范围。信噪比是指一个电子设备或者电子系统中信号与噪声的比值，这是所有模拟设备的软肋。无论磁带还是黑胶唱片，底噪都是较难避免的，尤其黑胶唱片，难免有一些细微的灰尘落在上面，唱针与唱片沟槽的物理接触，会偶尔产生噼噼啪啪的声音，最终这些声音都被设备放大，形成了恼人的噪声。相比之下，CD简直安静得不像话。伴随着CD提前诞生的数字录音技术，也有效地降低了底噪，甚至采用数字录音的黑胶唱片也格外安静。

四、极高的稳定性。CD碟片是靠激光头读取光盘的数据层，读取的信号不外乎0、1组成的二进制代码。黑胶唱片是依靠唱头时时物理接触并拾取音轨里的波形，传递给唱头放大器，其过程充满了不稳定性。

五、实体感。CD的实体感其实并没有LP强烈，然而CD通常都可以保存得很好，即使是八十年代初的CD，现在普遍跟新的一样。对于某些对成色极为在意的收藏控来说，CD唱片确实比黑胶唱片的实体感更少瑕疵。

CD唱片的诞生和辉煌，甚至挽回了七十年代以后古典音乐下降的颓势，在八、九十年代，飞利浦公司的"金线版"唱片广受爱乐者的欢迎。黑胶唱片作为没落的贵族，终于在九十年代初期寿终正寝，全球范围的黑胶压片工厂几乎都关闭了，几大唱片公司，比如DG、Decca、EMI、RCA等，也都陆续停止了黑胶唱片的发行。

八十年代正是中国改革开放的初期，不少资深的乐迷经历了CD诞生这一时期。亲手打开一张光闪闪的CD光盘，轻轻送进一台CD机里，对很多人的震撼是难以言表的，是当年真正的"黑科技"。CD的魅力，让很多人迅速淘汰了手里本来就不多的古旧黑胶唱片，投入新产品的怀抱。作家肖复兴写过一篇散文《最后的海菲兹》，描写当年费尽心力听到海菲兹的西贝柳斯小提琴协奏曲CD的激动之情。直到今天，一些乐迷依然以CD作为最主要的聆听手段，并坚信CD的声音是最完美，使用是最便利的。

但CD的风光并没有持续多少年，比CD诞生还早的便携磁带（一般叫卡带，以区别于模拟录音的母带），一直是CD强有力的竞争对手。卡带随身听，是很多人美好的童年回忆。即使相比CD，卡带也有自己的特色，比如更小的体积，成本和价格更低，对震动不敏感，操作上对儿童也更加安全，从便携角度比CD成熟得多。卡带的一个缺点，复制之后音质会下降，反而成为正品卡带流行的优势。

数码格式天生的特点就是便于复制，CD本身就具备简易的复制特性，任何用户都可以自行用CD-R复制CD，而复制出来的CD-R对音质的影响微乎其微。从CD里把唱片的文件，也就是WAV格式的数字音频文件抓取出来，也是很简单的操作。这一属性，在黑胶唱片和磁带上并不具备。黑胶唱片在家用条件下完全不可复制，于是在电脑硬盘的容量发展到足够大以后，很多人都把CD文件存到了硬盘里，把文件分享给别人或者分享到网络上也很容易。如此一来，必须有严格的版权管理制度，才能遏制CD唱片的盗版。不幸的是，除了日本在这一点上拥有极为严厉的措施，其他国家的法律对个人并不十分严厉，这也导致在CD销量逐年下降的今天，只有日本市场依然维持了实体唱片（主要是CD和SACD）的繁荣。

另一方面，随着视频格式从录像带、LD到DVD，容量和格式的不断提升，视频成功地从模拟转变到了数码。除了拍摄电影还有极少数的胶片应用以外，家用市场最终被数码高清碟片完全占领。厂商们认为CD当年700M的标准容量也需要进一步提升，于是在2000年前后以音质为名义，上演了一场高格式音频大战。

CD格式的发明者索尼与飞利浦公司发明了SACD光盘，其他日本厂商以松下、东芝等为主，推出DVD-AUDIO光盘。唱片公司自然也会站队，华纳选择了DVD-AUDIO一边，宣布要推出一系列唱片。而环球与索尼都站在了SACD一边，这里面重要的原因之一，就是SACD的不可复制。直到今天，SACD一直都没有盗版的出现。虽然聪明的玩家最终从某一代索尼游戏机中找到了抓轨SACD的办法，但DVD-AUDIO的复制更为容易。

最终，DVD-AUDIO成为历史，退出了舞台，而SACD的状况也并没有多好，因为它需要专门的SACD机才能播放，普通CD机只能读取其中的CD层，并没有什么效果提升。SACD价格昂贵，经常贵过普通CD的两倍还多。市场的不认可，使唱片公司力图让SACD取代CD的梦想破灭了，短暂几年之后，环球、EMI等大公司不再发行SACD；索尼，SACD格式的制定者，世界上第一台SACD机的制造商，也不再生产SACD机和光头。

但SACD作为一种高规格的音频碟片，在欧洲一些小厂和日本地区的古典领域依然不断发行，尤其是日本地区，几乎成为SACD独占的领域。

现在来看，SACD失败的原因，在于老百姓并不认可其音质的提升。CD的声音，对普通音乐欣赏来说已经足够好，甚至有人从各种声学技术分析，来证明SACD的原理，也就是DSD技术，并没有多么高级。

这是音频格式升级之路与视频格式升级之路截然不同的结果。视频的格式升级一直受到市场的接受和追捧，音频的格式升级则充满了艰辛，经常被市场忽略。在DVD格式之后，厂商为视频的下一代光盘格式又一次大打出手，分成蓝光（Blu-ray Disc）与HD-DVD两大阵营，这一次的获胜者是蓝光碟。

随着蓝光的普及，唱片公司推出了一种蓝光纯音频光盘（Blu-ray Pure audio Disc），这一幕跟当年的DVD-AUDIO很像，不同的是，SACD并没有再一次进化与之抗争。蓝光音频格式，主要是24bit/96kHz以上的PCM音频，这种高格式比CD的16bit/44.1kHz显然高级得多，蓝光碟达到25G以上，一张碟就可以容纳几十个小时的音乐。唱片公司，尤其是环球旗下，推出了各种蓝光纯音频光盘，甚至经常采取打包发行的策略，比如一套贝多芬交响曲全集，采用六张CD加一张蓝光的方式推出。

著名的英国艾比路录音室，也就是录制了大名鼎鼎的甲壳虫乐队专辑的录音室，曾对蓝光音频予以厚望。他们认为蓝光音频的容量提升，有望让唱片公司直接发行录音的数字母带，这是我们能够想象到的最强大的音频资料了。但考虑到母带是唱片公司最后的武器，不到万不得已，唱片公司是不会拿出来的。

最终，在我们这个时代，形成了三种数码碟片并存的局面：江河日下的CD还在苟延残喘地发行，SACD主要存在于日本，蓝光音频在欧洲几个公司发行。有的公司为照顾所有的乐迷，索性把所有格式都出版。比如柏林爱乐乐团的自有品牌，发行录音的时候就把几种碟片全都推出，任君选择。但总体来说，这三种碟片的发行量都在萎缩。

数字文件与流媒体时代

有趣的是，千禧年前后，各路厂商与唱片公司为下一代高格式音频碟片争得不可开交的时候，老百姓却是看客，甚至连看客都不算，压根没有关注这两种格式，却普遍被另一种比CD格式还低的压缩格式MP3所吸引，这真是天大的讽刺。

MP3体积更小，更便于传输，除了音质，几乎都是优点。苹果公司抓住时机，研发了与MP3类似的AAC格式，并推出第一代iPod播放器。这个播放器大获成功，一举成为全球最受欢迎的便携MP3播放器，打败了索尼流行数年的Walkman产品。iPod是划时代的产品，可以说没有当年iPod的诞生，就没有后来的苹果手机和苹果音乐。iPod通过iTunes软件进行操作，下载到iPod里的音乐并不能被拷贝出来，从而很好地解决了盗版问题。但其他公司依然很难解决复制文件的版权问题。

当时的数字文件来源于两个渠道，一个是官方渠道，一些唱片公司放下了身段，开始在官网出售无损格式的音乐文件，比如FLAC格式，是跟CD音质等同的文件，中国一些乐迷组团购买一些原版的音乐文件，再通过内部途径分享，玩得不亦乐乎；第二个渠道，是个人从自己收藏的CD里抓轨无损格式文件，再分享到网络上。严格来说，这些渠道都是涉及版权问题的。数字文件有个问题是，当文件多到一定程度之后，检索、存储、安全性都成了问题。家用硬盘的寿命并不长，一旦硬盘损坏，多年收藏的文件便可能付之东流。

乐迷之所以要依赖其他人的分享资源，一个重要原因是二十世纪八十年代直到二十一世纪初，正版唱片对中国乐迷来说，价格相当昂贵。以古典CD为例，中国图书进出口总公司进口的唱片，当时分正价、中价和廉价三种，其中正价一般是第一次发行的CD，后两者是再版的系列。正价唱片，中图公司价格为一百三十二元一张，中价也要一百一十或者九十九元一张，而当时国民收入普遍不高，一个月的收入换不了几张唱片。其次，即便收入不是问题，购买的渠道也很少，中国图书进出口总公司是中国唯一的合法进口渠道，所以正版唱片只有全国各地的外文书店和部分其他书店出售。肖复兴在《最后的海菲兹》一文中，描写了当年他为购买几张海菲兹CD费尽周折的经历，最后不得不依赖国外友人的赠送。而老一点的乐迷几乎都有这样的经历，站在书店里几排CD面前精挑细选很久，恨不能把所有唱片全都审视一圈，最后也只能买走很少的几张。

这种情况下，资源的共享就变得相当重要，且规避了由于个人设备原因造成的收藏损失，于是在网络时代，中国诞生了一些分享音乐的网站，这种在线音乐形式，是特殊时期的一种产物。彼时苹果还没有发布iPhone，App形式也没有诞生，大家只能依赖在电脑上打开网页来聆听网站上的音乐，这种形式极大方便了乐迷，开阔了大家的眼界，它们是流媒体时代的萌芽和开端。其中比较重要的，且目前还存在的，是基点俱乐部。

基点俱乐部成立于九十年代末，其主要发起人为北京一家建筑室内设计事务所的老板，网名"竹子"。经过最初的多次讨论，基点俱乐部定下了自己的一系列目标和规则。音乐内容方面，以当时比较稀缺的古典音乐为主，兼顾流行和爵士；形式方面，采用网页分享的形式，由资深乐迷发帖分享自己喜爱的经典曲目，采用从正版CD抓轨的MP3最高格式的音乐，这是为兼顾当时的网速与音质。实际上这种做法相当前卫，二十年以后苹果音乐才开启在线的无损格式，在此之前，苹果音乐的音质也只是跟基点相当。

由于最初发帖的是一批当时国内的资深古典乐迷，内容质量很高，基点俱乐部很快成为国内最齐全的古典音乐在线网站。有了名气以后，不但普通爱乐者跟帖踊跃，甚至一些院校的专业音乐人士也来利用这个网站的资源。于是又开辟了求助板块，如果有某些音乐资料的诉求，乐迷可以针对诉求上传音乐，以满足当时资源稀缺的问题。为规避版权风险，网站约定不能分享一张CD的全部内容，只分享个别乐章。同时，网站坚持不加入任何广告、不收费的原则。这一原则一直坚持到今天，让人不得不佩服创始人多年的坚持投入。某一年，网友自行发起了对基点的捐助，但也只是昙花一现，基点始终坚持着免费原则，不打任何广告，也不主动收取任何费用。今天，打开基点俱乐部的网站，依然是干干净净，除了音乐，没有任何其他内容。

笔者早期作为爱乐者，也加入了这个网站的分享行列，当时花一两年时间，整理分享了自己用三个月工资从王府井外文书店购买的海菲兹大全集，一共六十五张 CD 中的精华部分，做成一个专项链接。这也是海菲兹大全集在中国网络世界第一次比较全面的展现，多年以后，有网友私下告诉我，正是当年听到这个分享，才打开了欣赏弦乐世界的大门。

基点俱乐部是特殊时期的产物，弥补了中国在古典音乐欣赏这方面的稀缺资源，其成就至今仍被低估。它是流媒体时代的先行者，几年之后，随着硬盘的容量增大，无损下载风行一时，QQ音乐、虾米音乐等专业公司的在线音乐软件不断涌现，基点俱乐部作为一个民间俱乐部性质的网站，才慢慢转为大家的美好记忆。但它依然存在于网络，不像同时期的爵士当铺等网站，最终彻底关闭，消失无踪。

流媒体时代的全球重要代表，是苹果音乐。苹果公司的iPod改变了随身听世界的格局，大家放弃了传统的卡带随身听和之后五花八门的MP3随身听，纷纷投入iPod的怀抱。iPod不仅支持AAC格式，也支持不压缩的WAV格式。用户可以自己通过苹果的iTunes软件，抓轨自己手里的CD，传进iPod里。由于iPod容量不小，2001年发布的第一代是5G容量（可存放约一千首AAC格式的歌曲），到2007的iPod CLASSIC，已经有160G之多，用户完全可以把自己喜爱的大部分音乐塞进去，但这依然要花费大量的时间。另一个渠道是在线购买音乐，苹果2001年发布iTunes软件，一开始只是一个音乐管理软件，需要用户自己折腾手里的资源，到2004年的4.0版本，发布了音乐商店功能，支持用户以每首歌曲九十九美分的价格从网上购买，下载到本地电脑。

这是全球最早的数字音乐商店之一，苹果此举直接改变了世界唱片业的格局，也改变了日后苹果发展的重心，为iPhone的打造奠定了基础。

第二年，iTunes又加入视频支持，大量的美剧上线，进一步巩固了地位。iTunes的服务坚持到了2019年，苹果才宣布关闭这个服务。在更早的2015年，苹果诞生了"苹果音乐"App，取代了之前的软件。比较罕见的是，在发布几个月之后，苹果音乐就引入到了中国，使用的前三个月是免费的，之后的价格也非常喜人，单人版只有每个月十元。要知道这个价格，在购买音乐文件的年代里只是一两首歌的价格；更可喜的是，不仅支持iPhone手机，同时也支持安卓手机。苹果音乐的低价发布，在全球内迅速占领了大量市场，最终成为市场占有率第二的音乐软件。而市场上稳固占有率第一的瑞典Spotify，起步更早，只是一直都没有引入中国。

2021年，苹果音乐迎来了最大的一次变革，这次变革就是，苹果公司宣称苹果音乐将支持高解析度无损格式。

一般描述声音的格式是两个指标：一个是采样率，音频采样率，指的是在单位时间内模拟信号采样的多少，采样频率越高，解码之后的波形就越真实平滑，反映在听感上也就越自然，CD 的采样率是 44.1kHz，更高规格的采样率常用的是 48kHz、96kHz、192kHz，除了 CD 的 44.1kHz，其他都是成倍数增长，至于 CD 为何是这样一个非整数，实际是因为 CD 当年确定规格的时候，采用了欧洲 PAL 制式录像设备导致的结果；另一个是比特深度，CD 是 16bit，常用的高格式是 24bit，比特深度决定了歌曲文件的信息量大小。

根据索尼对高格式音频（Hi-Res Audio）的定义，声音信息量超过CD的音频格式，也就是说采样率大于44.1kHz、比特深度大于16bit，符合这个规格的音频，就是高格式无损音频。蓝光纯音频光盘，就是采用了24bit/96kHz的格式。而苹果这次的无损格式也不含糊，从容量上就可以看出来，以一首三分钟的普通流行歌曲为例，苹果提供最多三种格式：第一种是高质量的AAC格式（256kbps，类似MP3），也就是苹果音乐以往的标准格式，大小约6MB；第二种是无损格式ALAC（24bit/48kHz），约36MB，这个格式已经高于传统CD；第三种是高解析度无损格式（24bit/192kHz），约145MB，这个基本是当前最高规格的PCM音频格式之一。

在线推出无损格式，其实并不是什么新鲜事，此前一些国外音乐软件，比如索尼音乐、TIDAL、qobuz等早已推出相关的服务，只是价格普遍都高于苹果音乐。而且苹果音乐并没有因为升级到了无损格式而改变价格，尤其是中国的价格，只有美国的六分之一。而其他软件，要获得高格式，是要增加费用的。苹果音乐其实早在多年前就有了自己的无损格式，直到今天才推出在线服务，也是基于如今网络速度的大大提升，毕竟在线音乐文件的格式提高，最大的障碍其实是网速。苹果音乐最大的对手，Spotify，也在2021年初宣布后续推出无损音频的服务。

相较CD针对黑胶唱片的优势所在，如果苹果音乐这样的高格式流媒体软件与CD相比，可以快速得到结论，那就是除了实体感这一项以外，都是同质量甚至胜出。最挑剔的用户，哪怕是Hi-Fi级别的用户，也可以放下CD的包袱，跟CD唱片真正说再见了。

重新审视黑胶唱片

自从二十世纪九十年代基本停产以后，黑胶唱片确实有一段很艰难的岁月，全世界都在关停压片工厂。但黑胶唱片并没有快速消亡，毕竟它经历了漫长的发行史，存世量极大，在老百姓心中，黑胶唱片实际上已经成为音乐的一种象征符号。在各类领域，比如酒吧、音乐主题酒店等，黑胶唱片始终发挥着作用。经历了最初对数码产品各种优点的欣喜之后，大家重新审视黑胶唱片，发现它其实也有自己独一无二的特征，让人难以割舍。

首先是强大的实体感和仪式感。黑胶唱片是所有唱片里最有实体感的产品，一张唱片，当你小心翼翼从袋子里拿出来的时候，要注意不要用手触碰唱片的纹路，否则会留下清晰的手印，甚至影响到声音。两只手端起来，小心翼翼地放到唱机上。这个操作过程，最好屏息凝神，万一手滑，唱片脱落了，十有八九会有损伤。放到唱机上之后，打开转盘电源，轻轻抬起唱臂，放到唱片的边缘上。当唱针落下、声音涌出那一刻，不知不觉悬着的那颗心才落下，回归到座位上开始聆听。听的时候要比较专注，不能随便当作背景音乐，黑胶唱片是有磨损的，理论上每听一次，当那个钻石针尖划过每一个音槽，实际上也可以理解为整体的一个音槽，这个音槽从起点到终点，是一条近似于同心圆形的曲线，都会有极微小的磨损，这样的话当作背景音乐太可惜了。一般来说，也不会从中间某个部分听起，如果非要这样，你得起身走过去，抬起唱臂，瞄准某一个音轨的位置，再放下唱臂。这个过程当然也不算方便，与其这样，还不如老老实实把一面音乐从头听到尾，然后再听另一面。

播放黑胶的这个特殊的仪式感，在很多电影里都被当作特殊的镜头展现，仿佛只有这样才是真正的聆听音乐。

为应对这种播放上的麻烦，二十世纪美国曾经发明过一种自动播放设备，可以把一组唱片放进去，然后一张一张地自动播放，以至于当年美国唱片的套装，会在第一张的第一面标识为第一面，第二张的第一面标识为第二面，以此类推，最后标识第一张的另一面，可能已经是第N面，而不是第二面。这跟其他国家的正常顺序不同，而且这种设备会造成唱片表面的磨损，慢慢也就退出历史了。

这跟当下随手可得的在线音乐完全相反。你必须强迫自己慢下来，端正听音乐的心态，甚至从头到尾仔细地听。我们活在一个节奏超快的年代，但很多人内心渴望着慢下来。随处可见的"慢生活"广告，正是对时代的辛辣讽刺。有什么是真正能让人慢下来的呢？黑胶唱片确实是一个代表。黑胶在居家环境里，只能慢悠悠地旋转，不疾不徐地播放。

黑胶也是所谓"音乐专辑"最早的鼻祖。78转年代，很多唱片是没有封面设计的，到LP年代，唱片真正有了包装的手段，也引发了追星的狂潮。一位自己喜爱的歌星推出一张新专辑，是了不起的大事件，歌迷甚至要排队去购买，拿在手里的那一刻，才有真正的满足感。而现在，歌星在网络上推出歌曲，也能引发追捧，却没有了那种真正对一张专辑渴望的热情。

黑胶的装帧设计，也是音像制品里最讲究的。一套精美的唱片，堪比一套精装版的书籍。举个例子，1959年，指挥帝王卡拉扬带领维也纳爱乐乐团在世界巡演，美国RCA公司借这个机会录制了四张管弦乐唱片。这四张一套的专辑，发行在当时RCA最豪华，也堪称黑胶唱片历史上最豪华的Soria系列里。一个硬盒，布面包装，侧面带有圆形拉手，方便把这个硬盒拉出来。

说起这个系列，要提到当年美国的一对夫妻：达里奥·索利亚（Dario Soria，意大利人，美籍）与他的夫人多尔·索利亚（Dorle Soria，美国人）。这对夫妻是超级歌剧迷，他们策划了RCA这个系列，并以Soria名字命名，精益求精、无比奢华的装潢设计，让这个系列唱片成为同时代最精美的制作。

而单独发行的四张唱片版本，这些名画也是单独印刷，然后贴在黑胶唱片封面上，以此来达到最好的印刷效果，封套的内容也是颇为考究的。

另一方面，当今流媒体的易用性，导致歌迷们听音乐似乎越来越草率，发现开头不够吸引人，就迫不及待播到下一首去了。从这点来说，真正的好音乐，普及的概率可能会降低。品质高的音乐，常常并不是一耳朵精彩，而需要多几遍全神贯注地欣赏之后，才能发现其中的耐人寻味。古典音乐更是如此，需要大量的聆听时间才能有所感悟。在单张付费的专辑年代，花钱购买的专辑得来不易，通常都会多听几遍，探求自己付出的价值，同时也是对一张正式出版的音乐专辑的尊重。

其次是足够吸引人的听感。关于黑胶唱片的声音品质众说纷纭，但有一点可以肯定，黑胶唱片普遍具有温暖宜人的听感。黑胶读取方式是纯粹的物理接触，唱头在沟槽里不停地"阅读"侧壁和底部信息，从而形成一条声音曲

四张卡拉扬管弦乐唱片的 Soria 系列，可以看看其装帧细节。

卡拉扬 Soria 系列内页的名画，为追求完美效果，是在意大利印刷，然后单独贴到了美国印刷的说明册子里。

线。有人因此断言，数码格式的二进制数字，在转变成波形的时候，不够绝对意义上的连续，从而造成数字音乐听感上没有那么自然，但这些都缺乏公认的科学证据。从普通听众角度来说，一旦深入黑胶世界，并把自己的器材提升到一定水平以后，确实会获得良好的听感，这一点已经被全世界无数爱乐者所证实。

　　如果从发烧友的角度描述，黑胶唱片相比数码的优势主要来自几个方面：人声和乐器的形体感更加逼真，声音更加饱满，细节表现得更加充分，质感更加出色。当然劣势也很多，最大的劣势是底噪和灰尘的干扰，声音的纯净度永远追不上数码格式。但有意思的是，人耳一旦适应了黑胶唱片这种不"十分干净"的声音，并不会觉得在音乐欣赏上有什么妨碍。至于单声道的魅力，则是一个特殊现象。算上78转，单声道占据了半个世纪的时间。1948-1960年之间发布的单声道唱片，无论爵士还是古典，都是大师辈出的年代，这些单声道晚期的录音，具有浓烈的质感和独特的风格，在某种程度上比后来的立体声录音还要吸引人。也因此，国际上二手的天价爵士唱片，大都是单声道的。而古典音乐中少量乐器的唱片，比如小提琴独奏、大提琴独奏以及一些室内乐的单声道唱片，也都价格不菲。奇怪的是，这种单声道的魅力，转成数码格式后一般会逊色一些，只有在黑胶唱片上才能深刻地体会，这与播放单声道黑胶唱片采用的特殊器材（单独的单声道唱头）是相关的。

在唱片历史方面，唱片的发展史超过一百年，唱片公司也经历了各种起起伏伏，很多昔日的唱片公司已经不复存在。想要了解一张唱片，尤其是1980年之前发行的唱片之来龙去脉，黑胶唱片几乎是唯一的途径。CD早期，为了跟黑胶唱片以示区别，再版模拟录音的CD封面，常常采用新的设计。又因CD容量更大，可以塞进更多的曲目，在曲目安排上也可以更加充实。这样形成的结果就是，通过CD，很难追溯原始模拟唱片的风貌。2000年前后，索尼拥有RCA和CBS两大美国巨头的全部音乐资源，正是春风得意的时候，当时推出了几套小包子（"包子"是后来人们对于一套纸盒包装的合集唱片的称呼，从几张到上百张不等），这几套小包子很新颖别致，因为采用了环保纸盒，不同于以往二十年间的塑料CD盒，封面使用当年黑胶唱片的封面、封底，甚至CD表面也完全复制黑胶的质感和盘标，等于从里到外都"复制"了黑胶唱片的效果。这个系列最初发行的几套，有伯恩斯坦、霍洛维茨、海菲兹、卡萨尔斯等，分别是索尼旗下最好的指挥家、钢琴家、小提琴家、大提琴家的经典专辑，每套十张，当时冠以"原始封套"系列发行。

这个系列开启了后来浩浩荡荡的黑胶封套"大包子"运动，索尼把全部艺术家的黑胶封面都翻出来，开始制作各种"大包子"。几年以后，环球旗下的DG、DECCA公司看不下去，也投入了这个运动，但不知道是限于印刷技术还是什七十年代库贝里克在DG公司录制的马勒交响曲全集，九张LP封面，每张都使用了同样是奥地利人、拥有同样名字的著名画家古斯塔夫·克林姆特的名画。

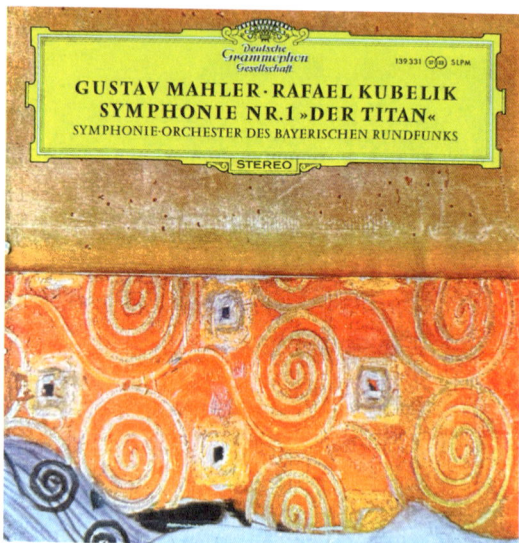

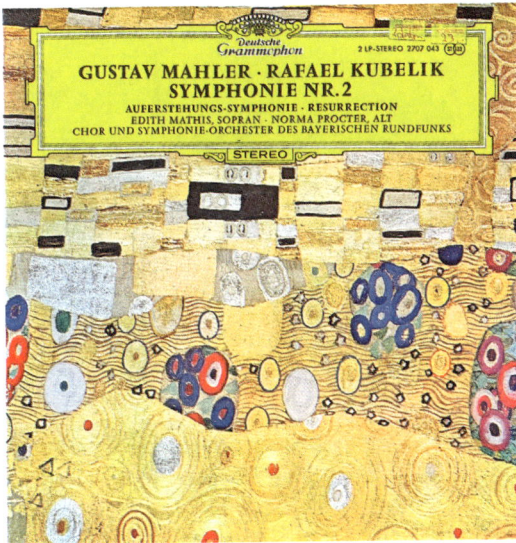

329

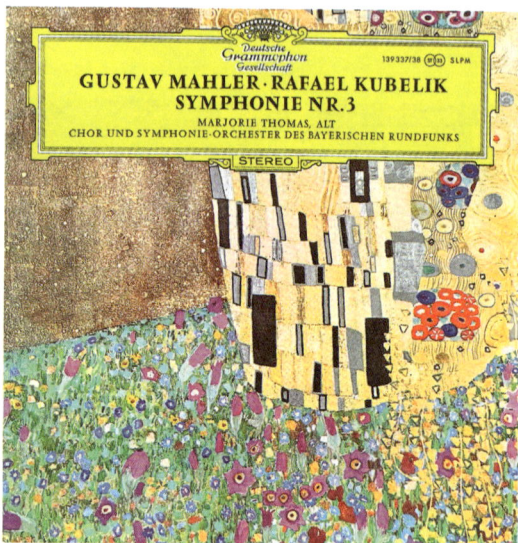

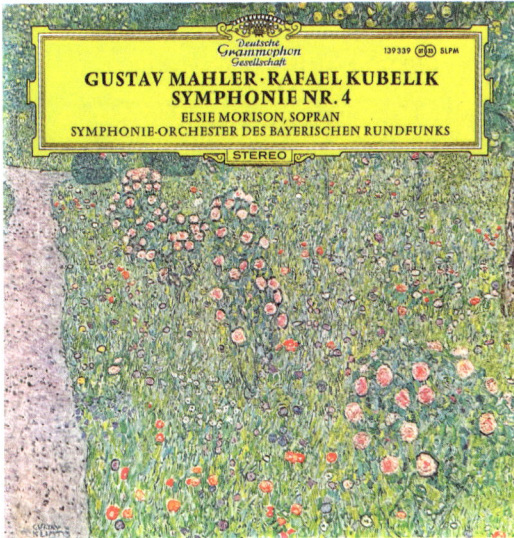

GUSTAV MAHLER · RAFAEL KUBELIK
SYMPHONIE NR. 4
ELSIE MORISON, SOPRAN
SYMPHONIE-ORCHESTER DES BAYERISCHEN RUNDFUNKS

GUSTAV MAHLER · RAFAEL KUBELIK
SYMPHONIE NR. 5
LIEDER EINES FAHRENDEN GESELLEN · SONGS OF A WAYFARER
DIETRICH FISCHER-DIESKAU, BARITON
SYMPHONIE-ORCHESTER DES BAYERISCHEN RUNDFUNKS

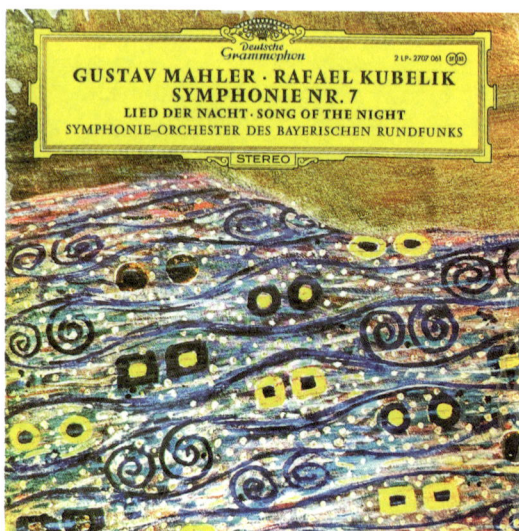

GUSTAV MAHLER · RAFAEL KUBELIK
SYMPHONIE NR. 7
LIED DER NACHT · SONG OF THE NIGHT
SYMPHONIE–ORCHESTER DES BAYERISCHEN RUNDFUNKS

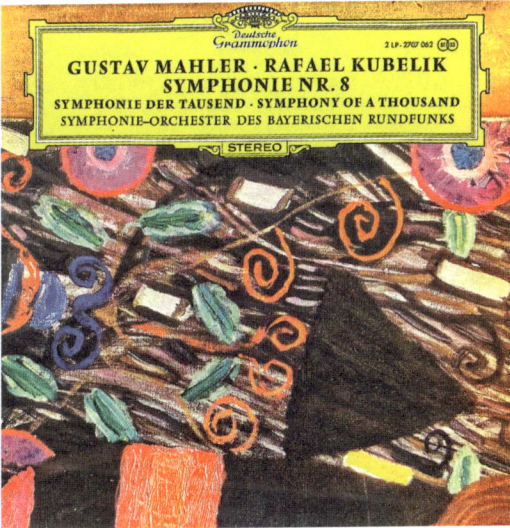

么，它们的 CD 封面没有印刷成黑胶，纸盒做得也不够精美。EMI 唱片公司则置之不理，依旧延续自己简陋粗糙的 CD 封面设计，埋下了日后倒闭的祸根。其实 EMI 的古典唱片资源是地球上最丰富的，守着金饭碗要饭的下场令人唏嘘。

直到今天，索尼唱片公司还在不断挖掘这些历史资源，靠"最后一桶金"存活。这些精美的包子确实让人爱不释手，甚至弥补了压片质量下降的不足。

LP封面的盛行，其实是对CD封面的严肃拷问，也成为对CD发行二十年来的封面设计的集体嘲讽。

CD的封面真的不能美观吗？其实也不是，还是跟经济利益和制作精良程度成正比。CD封面分两类说，一类是模拟录音，本身发行过LP的那一类，那是古典唱片黄金年代，几个大厂都全情投入，封面自然也是水准之上。几十年后发行CD，为了跟黑胶"不同"，厂商很多重新做了设计，但设计普遍简陋，而且这些录音本身也是再版，当年第一桶金已经赚够了，只是在重新榨取价值。另一类是新发行的数码录音，一开始其实是黑胶、CD同步发行的，此时CD封面跟黑胶是一样的。后来黑胶逐渐退出舞台，古典厂家也开始走向"时尚化""肖像化"的路线，"大头照"封面成为标准。这与古典音乐早期追求内涵，封面以艺术字体和名画为主的做法越走越远，这是时代的悲哀，审美让位于商业噱头的结果。

黑胶唱片开始回潮

由于黑胶唱片上述的独有特质，在二十世纪九十年代末，也就是CD唱片流行二十年左右，黑胶唱片就开始慢慢回归了。

当初只限于一些小公司，比如美国的Classic Records公司，购入大量美国RCA五、六十年代的经典唱片系列Living Stereo的版权，用更精良的当代压片技术，开始重新发行这些黑胶，同时也发行了不少的爵士黑胶。由于这些唱片并不是原始的唱片公司发行，为表示区别，通常把这些唱片称为"复刻"唱片。同样，德国的Speaker Corner Records公司，也发行了品种不少的古典与爵士复刻。但这些唱片总体的发行量依然不算很大，只在少数发烧友里流传，对整个唱片市场的影响并不大。

黑胶真正开始从市场上回归，是在近十年的时间。

以国际唱片协会（IFPI）提供的最新2023年报告分析：1999年，音乐产业依然是实体唱片的天下，当时的实体来源最主要是CD，正处于退出舞台阶段的黑胶唱片占比极低。2000年至2013年这十多年，MP3、FLAC等各种下载数字音频层出不穷，占据了一些市场份额。但也因为下载音频容易散播和拷贝，对实体唱片形成了严重的打击，从而导致整个音乐产业迅速萎缩，从2000年总量二百一十亿美元下降至2014年的一百三十一亿，下降幅度有百分之三十八。此后，实体唱片的份额进一步下降，但流媒体迅速崛起，以苹果音乐为代表的流媒体收入逐年大幅度增加，数字文件下载业务迅速减少。流媒体的盛行，带动了整个音乐产业的发展，2022年市场总份额达到二百六十二亿，超越了1999年的二百二十三亿，成为历史最高点。

这当中实体唱片的占比，在2020年是一个转折点。这一年，实体唱片达到了历史的低谷，CD唱片销量每年下滑，而在2018年甚至更早，黑胶唱片在实体唱片里的份额则开始不断增加。2020年以后，黑胶市场销售总额占比首次超过CD唱片。在接下来的一两年，黑胶唱片甚至在销售数量上也超过了CD。考虑到黑胶"庞大"的体积和高昂的价格（目前国际上一张全新黑胶唱片大约在三十至五十美元，远远高于CD），这不能不说是一个惊人的回归。

由于这一飞跃，实体唱片的份额也被带动，终于在下滑二十年以后，于2021年首次迎来了增长。有趣的是，实体唱片目前最重要的销量不在欧美，而是亚洲。

亚洲的份额每年都在增长，除坚守实体唱片的日本以外，中国、韩国都在显著地增长。整体来说，中国的市场份额每年都在显著增加，2020年中国位居全球第七位，2022年中国成为全球第五大音乐市场，超越了韩国和法国。而在此之前，韩国是音乐市场增长最快速的亚洲国家。

在可以预见的未来，黑胶唱片将重新成为实体唱片的支柱。CD市场受到黑胶复兴的带动，同样会有增长的趋势，这个趋势会低于黑胶唱片，且基本没有翻身的机会。而黑胶唱片的增长会持续几年，并进入一个稳定期，占据一个小众又稳定的市场份额。限于高昂的价格和复杂的玩法，黑胶唱片永远不会再成为整个音乐市场的主力军，毕竟，流媒体作为音乐的主流形式，已经无法逆转。

后记

我出生于二十世纪七十年代，童年生活在中国最北方的省会城市哈尔滨，一个冰天雪地、带着异域色彩的城市。迷人的中央大街附近，常有俄罗斯老年人缓慢地走过。

从出生以后不久，我就对音乐发生了兴趣。两三岁左右的时候，我随母亲探望她的奶奶，也就是我的太姥姥。在她老人家的家里，我的小姨弹奏了一段钢琴，那大概是我人生中第一次听到钢琴的声音。小姨后来成为一位出色的钢琴家，我没这个机缘和能力，从小一直在学美术，顺便学习书法、篆刻等。童年时，从没想过去学一门乐器。然而我又爱极了音乐，若放在今天，这样的孩子父母必然会送去学一门乐器。但在当时，自己的爱好颇多，自顾不暇，倒没有工夫羡慕别家学习音乐的孩子。

八十年代，中国刚刚开始出现组合音响，放磁带的收录机开始走进千家万户。舅舅作为访问学者从美国归来，也带回家里第一台收录机。磁带还挺珍贵，一开始没有多少，好在有调频FM广播，那个年代的FM广播，什么类型的音乐都会播放，我就用空白的TKD或索尼磁带，把调频广播里的音乐录下来。我在1984年第一次接触迈克尔·杰克逊和麦当娜的音乐，就是这么无意中录下来的，好几年以后才知道他们的名字。彼时迈克尔·杰克逊正凭借专辑《颤栗》创造他的吉尼斯世界纪录，中国也正在文艺界百花齐放的春天，跟上了时代的潮流。

跟着《颤栗》专辑颤栗的同时，对音乐如饥似渴的我也转录过一些古典音乐，比如《胡桃夹子》组曲，是我早期最有印象的古典音乐之一。随着年龄的增长，磁带积累得越来越多，从港台专辑延伸到了欧美的摇滚。出版的磁带在当时是分成四类的，盗版、引进版、进口版、洋垃圾版。这四类里盗版不用说，引进版是中国内地的唱片公司引进版权发行，进口版是由中国图书进出口总公司进口，并在各个城市的外文书店出售。洋垃圾版则是通过各种渠道以废旧塑料进口的，并通过市场流通的音像制品，主要以后来的CD居多，磁带并不算多。

我对任何盗版的产品天生有抵触情绪，即使在经济最紧张的时候，也很难说服自己购买盗版的东西，所以购买的磁带以引进版为主，加上一部分进口版。引进版五六块钱，进口版则要二十多元，也算相当昂贵了。

十二岁那年，我去当地的外文书店挑选磁带，看上了一盘布鲁斯·斯普林斯汀的专辑《生在美国》（*Born In the USA*）。营业员是一位和蔼可亲的阿姨，她给我做了简单的介绍。开完票据我去交款的时候，才发现自己兜里并没有钱，无奈只好跑回家里取钱，然后赶在书店关门之前跑回去，交了费。大概也因此那位阿姨记住了我，以后我去的时候，她会亲切地说一句，我们的小发烧友来了！然而当年我还不知道"发烧"是什么概念。

伴随着斯普林斯汀，后面又有了一长串的欧美歌者名单，乔治·迈克尔、莱昂纳尔·里奇、肯尼·罗杰斯、斯汀、U2等。他们中的一些人已经在前几年去世了，让人不得不感慨世事无常。

我第一次购买黑胶唱片，也是在十二岁左右，中图公司来哈尔滨进行唱片展览，我挑了半天，终于买下两张流行音乐。一张是杰克逊五兄弟童年的唱片，另一张是布鲁斯·斯普林斯汀的一张摇滚专辑。家里没有唱机，我拿到这两张唱片，只能默默注视，用手抚摸它们。就这样，我看了它们很多年，这大概就是黑胶唱片实体的魅力吧。

听说现在购买黑胶的年轻人，有一半以上家里也没有唱机。他们并不拆封，也仅仅是欣赏它的实体感而已。

图书在版编目 (CIP) 数据

读库.2306/ 张立宪主编. —— 北京：新星出版社，2023.11
ISBN 978－7－5133－5325－0

Ⅰ.①读… Ⅱ.①张… Ⅲ.①中国文学－当代文学－作品综合集 Ⅳ.①I217.61

中国国家版本馆CIP数据核字(2023)第183961号

读库2306

主　　编　张立宪
责任编辑　汪　欣
责任印制　李珊珊

出 版 人　马汝军
出版发行　新星出版社
　　　　　(北京市西城区车公庄大街丙3号楼8001　100044)
网　　址　www.newstarpress.com
法律顾问　北京市岳成律师事务所
印　　刷　北京雅昌艺术印刷有限公司
开　　本　787mm×1092mm　1/32
印　　张　11
字　　数　220千字
版　　次　2023年11月第1版　　2023年11月第1次印刷
书　　号　ISBN 978－7－5133－5325－0
定　　价　42.00元

版权专有，侵权必究。读者服务：010-57268861　315@duku.cn

我们把书做好　等待您来发现

读库微信

读库天猫店

读库App

读库微博：@读库
读库官网：www.duku.cn
投稿邮箱：666@duku.cn
客服邮箱：315@duku.cn